古诗词欣赏与写作

李 民 编著

武汉理工大学出版社
·武汉·

图书在版编目(CIP)数据

古诗词欣赏与写作 / 李民编著. -- 武汉：武汉理工大学出版社，2025.6.
ISBN 978-7-5629-7326-3

Ⅰ．I207.2

中国国家版本馆 CIP 数据核字第 2025BW5872 号

项目负责人：王利永（027-87290908）　　责任编辑：刘紫娟
责 任 校 对：王　旭　　　　　　　　　　装帧设计：许伶俐
出 版 发 行：武汉理工大学出版社
网　　　　址：http://www.wutp.com.cn
地　　　　址：武汉市洪山区珞狮路 122 号
邮　　　　编：430070
印　刷　者：湖北金港彩印有限公司
发　行　者：各地新华书店
开　　　　本：710 mm×1000 mm　　1/16
印　　　　张：18.25
字　　　　数：287 千字
版　　　　次：2025 年 6 月第 1 版
印　　　　次：2025 年 6 月第 1 次印刷
定　　　　价：78.00 元

凡购本书，如有缺页、倒页、脱页等印装质量问题，请向出版社发行部调换。
本社购书热线电话：027-87523148　　027-87391631　　027-87165708（传真）

·版权所有　侵权必究·

出 版 说 明

《古诗词欣赏与写作》是一本讲解古诗词基础知识、欣赏方法和写作知识的入门书籍，适合广大古诗词初学者、爱好者，包括青少年和中老年朋友学习交流。

本书引用240余首古诗词，详细阐述古诗词欣赏和写作知识，集古诗词基础知识、欣赏技巧、写作知识为一体，具有较强的知识性、可读性、普及性和专业性，内容丰富，知识全面，结构分明，语言简洁，由浅入深，通俗易懂。本书在内容编排上与其他古诗词启蒙读本有所不同，具有鲜明特色，以方便读者学习为首要目的。

《古诗词欣赏与写作》可以帮助古诗词初学者了解古诗词写作知识和写作技巧，对初学者提高古诗词联想力和想象力，以及提升古诗词的欣赏、创作能力，都具有较大的促进作用。只有理解和掌握古诗词意象和意境的内涵，才能与诗人共情共鸣，享受诗人给我们带来的古诗词语言之美、情感之美，还可以从中学到许多的人生智慧。

编 者

2025年5月

自　序

　　诗词是一种抒情言志的文学体裁。唐朝和宋朝是中国古诗词发展的鼎盛时期。唐诗和宋词是中国文学史上的两颗璀璨明珠。中国古诗词是简洁、精练、平仄和谐、押韵的文体，诗中有景有画、有情有志、有韵有律，既有美感，又有意境，有的还有很高的思想境界，被后人传诵。古诗词是诗人抒发自己情感、人生感悟、家国情怀、人生理想的载体，可以给予人启迪、智慧和积极向上的力量。中国古诗词是我国优秀传统文化中的瑰宝，是中华文明的智慧结晶，是中国现代汉语文化之根。2016年，中央电视台开始推出《中国诗词大会》节目，这个电视节目深受广大观众欢迎。这也说明了中国古诗词老少皆宜，很多人都非常喜欢它。

　　我于1987年大学毕业后，一直在全国性质的行业媒体工作，无论工作岗位怎样变化，喜爱古诗词的初心始终没有改变。古诗词语言简洁典雅、情感丰富、意境醇美、境界高远。学习古诗词既可以从中领悟古代诗人的情感，与其共情共鸣而快乐，又可以从中学到许多人生智慧。古诗词是前人智慧的结晶，是阐述心灵的艺术，是各种情感的体现。我爱古诗词的声韵格律，爱它优美的文字意境，更爱它文字背后的情感故事和人生道理。

　　中国古诗词博大精深，学好古诗词绝非一件容易的事。现在，古诗词书籍有成千上万种，虽然各有所长，但是不一定有利于初学者。为了传播古诗词文化，便于古诗词初学者快速入门，我不揣浅陋，编写此书。同时，我在学习、编纂中也感悟到，古诗词并非高深莫测，因为现代汉语与中国古诗词一脉相承，很多现代汉语基础知识（包括一些理论）源于古代汉语，是对古代汉语的继承与发展。古诗词有对仗、修辞，现代汉语也有对仗、修辞。古诗词作者通过古诗词抒情言志，现当代文学作者也可以通过现代文学作品抒情，传达情感、观点或思想。古今文学写作表现手法大同小异，都是借景、借物、借事抒情，同时结合叙事、描写、抒情、议论等表达方式，抒发作者的真实情感，只是文学体裁、文章结构、语言风格不同。因此，初学者对学好古诗词一定要有信心，要持之以恒，触类旁通。

诗人的情感从何而来？来自人的"七情六欲"。《礼记·礼运》："何谓人情？喜怒哀惧爱恶欲，七者弗学而能。"而这些"情"不是无缘无故从天上掉下来的，而是通过人的"五觉"（视觉、听觉、味觉、嗅觉、触觉）受到外界刺激，包括看到物体的形状颜色、听到的声音、闻到的气味、尝到的味道以及所见所闻事物的变化结果，并在人的大脑里产生的心理反应。人有了"五觉"，才有"七情"，这就是触景生情的由来。这些情感在不同的人身上有不同的表现，而且有较大的差别，这取决于人的文化程度、学识、生活工作经历及其所处的环境、家庭、社会背景和社会责任感。因此，古代诗人常常借景、借物、借事写诗，抒发其真实情感，表达其观点思想，从而引起读者共情共鸣。各种艺术都是围绕人的"五觉""七情"进行艺术创作、构造意境的；并通过各种艺术表现形式，以及人的联想或想象而产生情感共鸣。古代诗人为了作品共情共鸣，既笃实守正，又不断探索创新，力求写出富有诗趣、诗味、诗情的优秀作品，这是历代诗人共同追求的目标。

古诗词是语言文学艺术，也是情感艺术。人们学习古诗词应该围绕这个情感艺术进行。古诗词是中国传统文学，而中国现代各种文学都是中国传统文学的继承与发展，都是表达情感的语言文学艺术。同理，绘画是一种视觉艺术，也是一种情感艺术，电影、电视、戏曲、书法等都是情感艺术。艺术都是相通的，都有意境、联想或想象，还有观众的共情。虽然各种艺术的表现形式和载体有所不同，但艺术情感的表现手法大同小异。掌握了古诗词欣赏写作技巧，就如同找到探索欣赏其他艺术的钥匙。因此，希望读者能够通过对本书的阅读学习，了解古诗词欣赏与写作的知识，丰富自己的情感，培养提升欣赏创作诗歌、散文、小说、剧本等艺术作品的能力，并进一步拓展对各种艺术的欣赏能力。

本书记录了一名古诗词爱好者的学习历程和感悟，蕴含着一名爱好者对古诗词的无限喜爱，倾注了一位编者对古诗词执着的情感。鄙人不才，欲集百家之长，所以不自量力，奉献此书以供交流。弘扬中国古诗词传统文化，匹夫有责，故撰写此文，直抒胸臆，作为本书之序言。

2024 年 9 月 26 日

前　　言

在古今汉语一脉相承的理论指导下，本书内容编排分为古诗词基础知识、古诗词欣赏与写作两部分，共十二章。古诗词基础知识包括第一章至第五章，主要讲解古诗词常识、术语、平仄格式、对仗写作、"起承转合"章法、古诗词写作线索和宋词格律常识。古诗词欣赏与写作包括第六章至第十二章，用现代汉语写作知识讲解古诗词表达方式及类型、20多种常见修辞方法（包括比喻、衬托、抑扬、用典、倒装等）和古诗词表现手法。古诗词表达方式包括叙事、描写、抒情、议论四种，古诗词分类包括表达方式分类、题材分类和格律诗章法分类三种。古诗词表现手法包括直接抒情和间接抒情，重点讲解古诗词叙事、描写、抒情、议论四类表现手法，还有修辞、联想、想象和"赋、比、兴"表现手法。由于诗歌是一种抒情言志的文学体裁，又是一种情感艺术，故而本书从儒家、佛家、医家对人的情感进行了定义。人的情感是创作诗歌的源泉，只有了解人的情感来源，才能更好地了解古诗词想表达的情感、观点和思想，才能与诗人共情共鸣，领略古诗词魅力。

第一章"中国古诗词常识"是本书各章节的基础知识，用了较多的文字介绍或讲解。俗话说："磨刀不误砍柴工。"

首先，本章重点介绍中国古诗词基础知识，包括诗歌、古体诗、近体诗、绝句、律诗、宋词、元曲等概念，还有中国古诗词常见术语，包括声调、声韵、平仄、押韵、韵书、象征词等知识。

其次，本章重点介绍联想和想象的定义及其重要性。联想和想象是理解、欣赏、创作古诗的关键。如果诗歌没有联想和想象，就失去好诗的魅力。如果读者缺乏联想力和想象力，就无法欣赏古诗之意境，感受不到古诗之美，更不可能与诗人共情共鸣。因此，联想和想象是打开读者与诗人共情共鸣之门的金钥匙。

再次，从古诗词写作基础出发，本章重点论述了意象、意境这两个重要概念，并用古诗词举例说明。

意象是古诗词构思写作的基础，是含有诗人主观情感的客观物象或景象或人象的联想或想象。古诗词意象分为人象、景象和物象三类。这三类意象都是以营造意境为目的，通过描写、抒情、文学修辞、情景交融等古诗歌写作手法来体现诗人的情感、观点和思想。只有我们走进古诗词的意象，才能更好地领略古代诗人当时的心境，仿佛身临其境，既享受古诗词文学艺术之美，又与诗人共情。

意境是诗人创作的目的，又是读者欣赏、领悟古诗词的关键。意境，从字面上理解，"意"为意象，"境"为境界。因此，意境是指作品达到一定水平或高度的意象和情感表达，使读者从艺术作品（包括诗词）的意象中感受到作品的意象画，并与作者在情感上或思想上产生共情。意境是意象内涵所能表达的思想、观点、情感。意境的特点是景中有情，情中有景，情景交融，并感动读者。一首诗，如果没有意境，就几乎没有什么艺术价值，难有共情者。只有理解掌握古诗词意象和意境的内涵，才能与诗人共情共鸣，享受诗人给我们带来的意象之美、语言之美、情感之美。古诗词初学者一旦掌握了意象和意境的概念，又具有一定的联想力和想象力，就掌握了欣赏各类文学作品或其他艺术作品的金钥匙，将受益终身。

最后，本章重点介绍古诗词写作方法，包括叙事、描写、抒情、议论四种表达方式，修辞方法和表现手法等概念，以及他们之间的相互关系。

掌握以上这些古诗词基础知识，将为后续学习古诗词欣赏与写作奠定坚实的基础。

第二章"格律诗的平仄格式"重点介绍格律诗平仄规则和基本平仄格式，包括句内相间、联内相对、联间相粘的平仄规则。绝句和律诗分为平起平收、平起仄收、仄起平收、仄起仄收四种基本平仄格式。同时介绍了失对、失粘、孤平、拗救等平仄知识和孤平问题的处理方法。

第三章"古诗词对仗"重点介绍对仗概念、对仗方法和对仗分类，包括工对、邻对、宽对、借对、流水对、正对、反对、叠字对、倒装对、隔句对、当句对、词性对、人物对、鸟兽对、数字对、数目对、巧变对、语气对、虚实对、联绵对、远近对、逆挽对、颜色对、错综对、衬豆对、双声对、叠韵对等二十七种对仗。

第四章"格律诗的章法"重点介绍"起承转合"章法知识及其欣赏写作方法，包括起句（首联）、承句（颔联）、转句（颈联）、合句（尾联）和古诗词写作线索。"起承转合"章法既是格律诗的骨架，又是创作格律诗的基础，还是欣赏格律诗的基本方法。因此，格律诗的章法十分重要，是格律诗入门学习者学习的重点内容。

古诗词创作离不开格律诗章法，同时也离不开古诗词写作线索。古诗词写作线索是诗人用来谋篇布局的，也是读者打开诗歌大门的钥匙。诗歌线索既体现了诗人创作的思路，又是读者鉴赏的向导。不少古诗词的题目就是诗歌线索，诗人一般紧扣诗题进行创作。因此，本章重点介绍古诗词七种写作线索，包括人物、事件、物件、景物、时间、空间、情感，如同散文、小说等文学体裁的写作线索。

第五章"宋词格律常识"重点介绍词牌、词牌来源及其选择，同时介绍五种宋词的押韵方式和三十八种常见的词牌格式。在欣赏、创作宋词时，本书其他章节的相关知识同样有用。

第六章"古诗词的表达方式及类型"。按照古诗词写作表达方式，重点讲解古诗词的叙事、描写、议论、抒情四种写作方法。古诗词是中国文学史上的一颗璀璨明珠，以其凝练、典雅、含蓄、深沉的特点，吸引着世世代代的读者。

按照写作表达方式，古诗词分为叙事诗、描写诗、抒情诗、理喻诗四大类。按照写作题材，古诗词可以分为咏物诗、咏史怀古诗、抒怀言志诗、山水田园诗、边塞诗、送别诗、行旅诗、闺怨诗、悼亡诗等。按照写作结构，格律诗章法分为并列式、承接式、转折式、因果式、递进式、综合式六类。

第七章"古诗词常见修辞方法"重点举例讲解了比喻、比拟、借代、夸张、对偶、排比、设问、反问、双关、互文、顶真、列锦、点化、抑扬、用典、倒装十六种古诗词常见修辞方法。

修辞方法是指通过修饰、调整语句，运用特定的表达形式，语言表达能够准确、鲜明而生动有力，具有提高语言表达的作用。在中国古诗词里，除了对仗，诗人还经常使用其他修辞方法，把人、事、景和环境描述得更具体、更形象、更生动，让读者产生联想或想象，增强诗歌的亲和力、感染力，激发读者兴趣，引发读者深思。其中，用典在咏史怀古题材诗中很常见，本书会详细讲解诗词用典、用典形式、用典方法等知识。为了符合古诗词格律要求，古诗词写作经常要使用倒装，所以本章重点介绍倒装概念、倒装方法和倒装分类。

第八章"古诗词叙事表现手法"重点介绍修辞叙事、叙事抒情、描写叙事三种叙事表现手法。其中，修辞叙事表现手法包括寓言、象征、隐喻、写实。

第九章"古诗词描写表现手法"。在一些古诗词里，描写与抒情是相互融合的，两者相辅相成，密不可分。通常，描写分为正面描写和侧面描写。按照描写对象，可以分为人物描写和环境描写。其中，人物描写包括对人物肖像（外貌、细节等）、动作、语言、心理的描写，而环境描写包括对景物、场面等方面的描写。

古诗词描写以抒情为主。因此，本章重点介绍修辞描写、联想、想象和"两面"表现手法。其中，修辞描写包括细描、白描、衬托、对比、烘托、渲染、象征等修辞方法，"两面"表现手法包括动静结合、点面结合、诗画结合、虚实结合、抑扬结合、起兴结合、乐景写哀、哀景写乐、主客移位、以小见大等。

第十章"古诗词抒情表现手法"。古诗词抒情主要分为直接抒情和间接抒情两大类。直接抒情是指诗人直抒胸臆，表达情感。间接抒情是指借景、借事、借物来抒发诗人的情感、志向和观点。因此，本章重点介绍以景载情、触景生情、情景交融、以景蕴情、以景结情、托物言志、用典抒情等抒情表现手法。

第十一章"古诗词议论的表现手法"重点介绍三种议论抒情表现手法：一是直接抒发，二是先景后议，三是先议后景。

第十二章"赋、比、兴的表现手法"重点介绍赋、比、兴三种古诗词表现手法的内涵，以及与现代汉语表现手法的内在关系。学习赋、比、兴古诗词表现手法，将有助于初学者了解和掌握古诗词各种表现手法的基础知识及其相互关系。

最后，本书把古诗词作者小传、《平水韵》和《词林正韵》韵部表、诗韵举要列入附录，方便读者查阅和深入学习。

目　　录

第一章　中国古诗词常识　///1
　　第一节　中国古诗　///1
　　第二节　古诗词常见术语　///8
　　第三节　格律诗　///21
　　第四节　意象　///23
　　第五节　意境　///28
　　第六节　古诗词的写作方法　///30

第二章　格律诗的平仄格式　///34
　　第一节　格律诗的基本规则　///34
　　第二节　古体诗和格律诗的区别　///38
　　第三节　绝句平仄格式　///40
　　第四节　律诗的平仄格式　///43
　　第五节　孤平与拗救　///48

第三章　古诗词对仗　///52
　　第一节　词性　///52
　　第二节　对仗概念　///53
　　第三节　对仗方法　///55
　　第四节　对仗分类　///56

第四章　格律诗的章法　///69
　　第一节　"起承转合"章法　///69

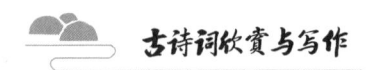

第二节　起句写作方法　///71

第三节　承句写作方法　///74

第四节　转句写作方法　///79

第五节　合句写作方法　///86

第六节　古诗词写作线索　///98

第五章　宋词格律常识　////105

第一节　词与词牌　////105

第二节　词牌来源　////106

第三节　词牌选择　////108

第四节　宋词押韵　////110

第五节　常见词牌格律　////115

第六章　古诗词的表达方式及类型　////134

第一节　古诗词表达方式　////134

第二节　古诗词表达方式类型　////137

第三节　古诗词题材类型　////145

第四节　格律诗章法类型　////155

第七章　古诗词常见修辞方法　////162

第一节　比喻　////162

第二节　比拟　////165

第三节　借代　////166

第四节　夸张　////166

第五节　对偶　////166

第六节　排比　////167

第七节　设问　////167

第八节　反问　////168

第九节　双关　////168

第十节　互文　///169

第十一节　顶真　///170

第十二节　列锦　///171

第十三节　点化　///172

第十四节　抑扬　///174

第十五节　用典　///175

第十六节　倒装　///180

第八章　古诗词叙事表现手法　///185

第一节　修辞叙事　///185

第二节　叙事抒情　///186

第三节　描写叙事　///188

第九章　古诗词描写表现手法　///191

第一节　古诗词描写方式　///191

第二节　修辞描写　///193

第三节　联想与想象　///200

第四节　"两面"表现手法　///203

第十章　古诗词抒情表现手法　///212

第一节　直接抒情　///212

第二节　以景载情　///213

第三节　情景交融　///214

第四节　触景生情　///214

第五节　以景蕴情　///215

第六节　以景结情　///216

第七节　托物言志　///217

第八节　用典抒情　///218

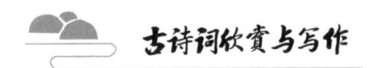

第十一章　古诗词议论的表现手法　///221

第一节　直接抒发　///221

第二节　先景后议　///222

第三节　先议后景　///223

第十二章　赋、比、兴的表现手法　///226

第一节　赋　///226

第二节　比　///232

第三节　兴　///234

附录1　古诗词作者小传　///238

附录2　《平水韵》和《词林正韵》韵部表　///258

附录3　诗韵举要　///261

参考文献　///275

后记　///276

第一章　中国古诗词常识

中国古诗词常识涉及面很广。首先，其种类包括诗歌、古体诗、格律诗、近体诗、唐诗、宋词、元曲等概念。其次，包括古诗词常见术语，如声调、声韵、平仄、押韵、韵书、象征词、绝句、律诗、联想、想象等。再次，还有意象、意境和古诗词写作方法、表达方式、修辞方法和表现手法等。这些常识是古诗词欣赏、创作的入门知识，只有全面、准确地掌握它们，才能学好古诗词，读懂古诗词，与作者共情共鸣，享受古诗词语言之美、情感之美。

第一节　中国古诗

1. 诗歌

诗歌，是一种抒情言志的文学体裁，它用高度凝练的文字生动形象地表达作者丰富的情感和志向，集中反映社会生活和人的精神世界，并具有一定的节奏和韵律。《毛诗·大序》记载："诗者，志之所之也。在心为志，发言为诗。"《尚书·舜典》记载："诗言志，歌永言，声依永，律和声。""诗言志"就是表达自己的志向，说出自己的观点。西晋文学家、书法家陆机在《文赋》中说"诗缘情而绮靡"，即诗歌因为抒情而显得美丽细腻，强调了诗歌抒情的特征，明确地将"诗言志"的传统理论向抒情化方向推动了一大步。南宋严羽《沧浪诗话》云："诗者，吟咏情性也。"依然强调诗歌发自作者的内心情感，追求诗歌的美好感人作用。因此，"诗缘情"与"诗言志"是诗歌的基本特征。没有情感的诗歌，如同没有灵魂的躯壳；没有志向的诗歌，就失去了它的方向和意义。只有情感与志向相互交织、相互融合，诗歌才能真正地打动人心，实现读者与作者的共情共鸣。

在中国古代，诗常常和音乐、舞蹈结合在一起，不合乐的称为诗，合乐的称为歌，现在一般将两者统称为诗歌。它按照一定的音节、韵律要求，表现社会生活和人的精神世界。诗歌有景有画，有情有志，有韵有律，有美有意。它不仅借助叙事、抒情、修辞等文学写作方法来表达人们喜、怒、哀、乐、忧、思、悲的情感，还表达人的思想、人生哲理、家国情怀和人生理想，给予人智慧和力量。

诗的起源可以追溯到上古，具有悠久的历史。《诗经》是我国第一部诗歌总集，相传为孔子整理。《诗经》收集了西周初年（公元前 11 世纪）至春秋中叶（公元前 6 世纪）的诗歌，共 305 篇。《诗经》在先秦时期称为《诗》，在西汉时称为《诗经》并沿用至今。《诗经》在内容上分为风、雅、颂三种诗歌形式，在表现手法上分为赋、比、兴三种。风是周代各地的歌谣，即国风，表达不同地区的地方音乐，反映劳动人民真实的生活，是诗经中最有成就的部分。雅是宫廷或朝会时的礼仪乐歌，分为大雅和小雅，其中大雅 31 篇、小雅 74 篇，大雅多为歌功颂德之作，小雅则多为讽刺之声或抒发情感，风格较为随意；颂是在贵族宗庙祭祀等活动中歌颂神灵、皇帝、祖先的舞曲歌辞，分为周颂、鲁颂、商颂。因此，风、雅、颂和赋、比、兴，又称为《诗经》的六义。

中国古诗历经汉魏六朝乐府、唐诗、宋词、元曲之发展。《乐府诗集》是继《诗经》之后由北宋文学家郭茂倩编撰的上古至唐、五代的乐府诗歌总集，是现存收集乐府歌辞最完备的一部。全书共一百卷，以辑录汉魏至唐的乐府诗为主。根据音乐性质的不同，所集作品分为郊庙歌辞、燕射歌辞、鼓吹曲辞、横吹曲辞、相和歌辞、清商曲辞、舞曲歌辞、琴曲歌辞、杂曲歌辞、近代曲辞、杂歌谣辞、新乐府辞等十二大类。每一类有总序，每一曲有题解，对乐曲的起源、性质、演唱配器等均有详尽说明，其中还保存了不少已失传著作的内容。《四库全书总目提要》载："征引浩博，援据精审，宋以来考乐府者无能出其范围。"其为学术界所重视，对文学史和音乐史的研究均有重要参考价值。

中国诗歌分为古诗和现代诗。首先，从语言上来看，古诗是文言文，是古代汉语的书面语言；而现代诗是现代汉语的口语语言。其次，从形式上来看，古诗往往遵循着严格的韵律和格式要求，如绝句、律诗等，其语言凝练，意境深远；而现代诗则打破了传统的格律束缚，形式更为自由，不拘一格，可以是长短句交错，也可以是自由体诗，更注重个人情感的直接表达。再次，从内容上看，古诗多描绘自然风景、历史故事、人生哲理等，展现了古代文人的审美情趣和精神追求；而现代诗则更多地聚焦现代生活、社会现象以及人的内心世界，展现了现代社会的多元性和复杂性。从次，从风格上来看，古诗往往追求含蓄、典雅的表达方式，通过细腻的描绘和深沉的思考来触动读者的心灵；而现代诗则更加直白、率真，敢于表达各种情感，甚至包括一些颠覆性的观点。最后，古诗与现代诗所呈现的时代特质也各有特色。古诗承载着古代文化的精髓，反映了古代人民的生活方式和精神风貌；而现代诗则反映了现代社会的发展变迁，体现了现代人的思维方式和价值观念。中国古诗分为古体诗和近体诗，先有古体诗，后有近体诗。近体诗是指相对于唐朝以前的古诗，而非指现代诗。

2. 古体诗

简言之，不属于格律诗的文言文诗，称为古体诗。古体诗的特点：一是对诗句的字数没要求；二是对全诗诗句数量没限制；三是押韵自由，既可以押平声韵，又可以押仄声韵，还可以押入声韵或中间换韵等；四是不受平仄相间、相对、相粘、对仗等格律约束，写作限制少，创作较为自由。从古诗风格上来说，古体诗就是文言文的"古现代诗"，即平仄随意，韵脚随意，对仗随意，句子长短随意，篇幅随意。

凡不符合格律诗要求的"绝句"或"律诗"，可以简称为古绝或古律，常见的有五言古绝、七言古绝和五言古律、七言古律等，而不能称其为绝句或律诗。古体诗可分为三言古诗、四言古诗、五言古诗、七言古诗、杂言诗、乐府诗、歌行、骚体诗等。

变体诗不是古体诗的主流，如回文诗、顶真诗、宝塔诗、集句诗、联句诗、离合诗、嵌字诗、剥皮诗、双声诗、叠韵诗等。

3. 格律诗

格律诗，又称近体诗或今体诗，是从唐代开始逐渐形成的格律体诗，包括绝句、律诗、排律等。格律包括格式和韵律。

格律体诗简称格律诗，分为齐言格律诗和非齐言格律诗两种。其中，齐言格律诗常分为五言或七言绝句、律诗、排律三类，而宋词、元曲称为非齐言格律诗。以下"格律诗"均指齐言格律诗。

格律诗规则：一是句内平仄相间，二是联内上下句相对，三是联间前后句相粘，四是押平声韵，五是律诗颔联、颈联要对仗。绝句既可以有对仗，又可以无对仗。

格律诗的优点是层次分明，笔墨均匀，文字工整，而且押韵，有声韵美，体现律诗的庄重典雅。格律诗有格律限制，内容表达受到束缚，不易自由创造和发挥。这既是格律诗的特点，又是格律诗学习的难点。

4. 唐诗

唐朝被古今诗人称为诗的时代。唐诗推陈出新，其形式和风格丰富多彩。它不仅继承了汉魏民歌、乐府诗歌的传统，而且极大地发展了歌行体的样式；不仅继承了前代的五言、七言古诗，而且发展为长篇叙事言情的巨制；不仅扩展了五言、七言形式的运用，而且创造了风格特别优美整齐的近体诗。近体诗是当时的新体诗，它的创造和成熟是唐代诗歌发展史上的一件大事。它把我国古曲诗歌音节和谐、文字简练的艺术特色提到了前所未有的高度，为中国古代抒情诗歌找到了一个最典型的表现形式，成为千年来人民最喜欢的中国传统文学体裁。

唐朝诗歌作品数量多，创作题材非常广泛，保存在《全唐诗》中的就有近五万首。这些诗歌有的从侧面反映了当时社会的阶级状况和阶级矛盾，揭露了封建社会的黑暗，表达了作者对广大劳动人民疾苦的同情和无奈；有的歌颂正义战争，有的抒发家国情怀，有的描绘祖国河山美景，有的抒发个人志向和抱负，有的表达儿女爱慕之情，有的诉说与朋友伤离惜别之谊，有的描写人间悲欢离合，等等。在创作方法上，既有现实主义流派，又有浪漫主义流派，其中许多优秀诗歌作品还是这两种创作方法相结合的典范，成为我国古典诗歌中的佳作。

唐诗的发展经历了初唐、盛唐、中唐、晚唐四个时期。

初唐：自唐高祖武德元年到唐玄宗开元元年（618—713），共95年。初唐为文学革新时期，从两方面为唐诗的繁荣做了准备。一是诗风的兴起。经过王绩和"初唐四杰"王勃、杨炯、卢照邻、骆宾王的创作实践，形式主义的齐梁诗风有所扭转；到陈子昂的文学时期，更是从创作实践到诗歌理论，都转入自觉的扫荡齐梁诗风，恢复以汉魏风格为代表的现实主义传统。二是诗体的变革。初唐已有王绩《野望》较为成熟的五律，经过王勃等人的实践，到宫廷诗人宋之问手中，五律已完全成熟，近体诗从此成为诗坛奇葩。代表人物有王勃、杨炯、卢照邻、骆宾王、宋之问、杜审言、陈子昂、沈佺期等。

盛唐：自唐玄宗开元元年到唐代宗大历元年（713—766），共53年。这一时期，虽然年限不长，但硕果累累，是唐诗繁荣极盛的时期。前期有张九龄、贺知章、张说等人，既巩固了初唐诗风的成果，又以大量的传世名篇使近体诗大展英姿。紧接着，又有以王维、孟浩然为代表的山水田园诗派和以高适、岑参为代表的边塞诗派的崛起，还有王之涣、王昌龄、李颀等名家的涌现，致使名篇迭出，都为开拓诗歌的体裁，提高诗歌的美学境界，做出了极大的贡献；将盛唐诗坛点缀得繁花似锦，如璀璨的明珠，闪耀在中华民族五千年的文明史中，凝聚了古人的智慧与情感，开辟了一个气势恢宏的诗歌黄金时代，成为中国传统文化的瑰宝。代表人物有李白、杜甫、张九龄、王维、孟浩然、王昌龄、贺知章、王之涣、崔颢、刘长卿、岑参、高适等。

中唐：从唐代宗大历元年到唐文宗太和九年（766—835），约70年。中唐诗人大约有570人，诗歌约19000首，诗人与诗作的数量均超过盛唐，诗歌流派也很多，所以有"中唐之再盛"之称。主要代表人物有柳宗元、孟郊、韩愈、白居易、李贺、李益、刘禹锡、贾岛、韦应物、元稹、张籍等。

晚唐：从唐文宗开成元年至唐朝灭亡（836—907），唐诗进入晚唐时代，共71年。晚唐诗人对后世的杰出贡献主要是为词这一新的诗体奠定了坚实的基础。在唐代，词又称曲子词、乐府。与律诗相比，词的句式参差不一，又称长短句。代表人物有李商隐、杜牧、温庭筠、韦庄等。

唐代有很多诗人是宫廷诗人，是统治者的御用工具。唐代诗人不胜枚举，今天知名的就有2300多人。唐诗代表人物有"诗仙"李白、"诗圣"杜甫、

"诗魔"白居易、"诗佛"王维、"诗豪"刘禹锡、"诗杰"王勃、"诗鬼"李贺、"七绝圣手"王昌龄，还有"诗骨"陈子昂、"诗狂"贺知章、"诗囚"孟郊、"诗奴"贾岛等。其中，李白与杜甫并称"李杜""小李杜"是李商隐和杜牧的代称，刘禹锡与柳宗元并称"刘柳"等。

5. 宋词

宋词源于民间，始于南朝梁代，形成于唐代而盛于宋代。唐朝五代时期就有不少人开始填词。除了清朝出土的《敦煌曲子词》这一类民间作品外，还有很多大诗人也留下了不少词作，如白居易《忆江南》、温庭筠《更漏子》、韦庄《浣溪沙》、李煜《虞美人》等，不胜枚举。

宋代经济繁荣，物质生活丰富，所以人们对文化生活的追求更加强烈。宋词是一种相对于古体诗的新体诗歌，是宋代盛行的一种文学体裁，为宋代文人智慧的精华，标志宋代文学的最高成就。因此，唐诗宋词是中国文学史上的两颗璀璨明珠，都代表一代文学之鼎盛，千百年来一直被人们传诵。

宋词句子有长有短，便于歌唱。合乐的歌词又称曲子词、乐府、乐章、长短句等。词的特点是有固定的格式和声韵，字数可以根据不同的词牌分为长调（91字以上）、中调（59~90字）、小令（58字以内），且词牌近千种，如"沁园春""卜算子""忆江南"等都是词牌。有一些词仅有词牌没有题目，后人就将词中第一句命名为词的题目，如柳永《雨霖铃·寒蝉凄切》，"雨霖铃"是词牌，而"寒蝉凄切"是后人命名此词的题目，为了区别于其他相同词牌。

宋朝被后人称为词的时代。全社会的认同和推崇使宋词佳篇迭出，影响久远。政治家范仲淹、王安石、司马光、苏轼等都是著名词人。女词人李清照是一代词宗，名垂千古。宋词分为婉约派和豪放派两大词派。婉约派以婉转含蓄为特点，结构严谨缜密，韵律婉转和谐，语言圆润清丽，有一种柔情之美，富有音乐性，常常通过细腻的描写和借景抒情来表达情感，其代表人物包括柳永、晏殊、晏幾道、欧阳修、秦观、贺铸、周邦彦、李清照，以及南唐后主李煜等。婉约派作品多表现男女欢爱、儿女风情、离愁别绪等细腻的情感。豪放派以豪迈放纵为特点，创作视野较为广阔，气势恢宏豪放，语言宏博，用典较多，不拘守音律，其代表人物有苏轼、辛弃疾、岳飞、陆游等，其中苏轼被后人尊称为"诗神"。豪放派作品多表现家国情怀、宇宙人生等宏大的主题，风格刚健，情调昂扬，意境超脱，思想境界高，常常展现诗人的豪情壮志、民族大义和爱国情怀。

另外，中国古代诗词还有花间词派。它诞生于晚唐五代时期，产生于西蜀，得名于赵崇祚编辑的《花间集》，但不属于宋词两大流派。花间词派奉温庭筠为鼻祖，主要词人还有孙光宪、李珣、牛希济等。花间词派题材狭窄、情致单调，大都以婉约表达方式，描写女性的美貌和服饰以及她们的离愁别恨。花间词是婉约词的先驱，为婉约派的创作提供了借鉴，在表现手法上注重音韵和语言的雕琢，描绘景物富丽、意象繁多、构图华美、刻画工细，能够唤起读者视觉、听觉、嗅觉的美感，对后世宋词婉约派的产生、发展具有一定的影响。

人们广泛传诵的宋词佳作有：苏轼《水调歌头·明月几时有》《念奴娇·赤壁怀古》《江城子·乙卯正月二十日夜记梦》，辛弃疾《永遇乐·京口北固亭怀古》《青玉案·元夕》，李清照《如梦令·昨夜雨疏风骤》《一剪梅·红藕香残玉簟秋》，陆游《卜算子·咏梅》《钗头凤·红酥手》，范仲淹《渔家傲·秋思》，秦观《鹊桥仙·纤云弄巧》，柳永《雨霖铃·寒蝉凄切》，岳飞《满江红·写怀》，李煜《虞美人·春花秋月何时了》，等等。

6. 元曲

元曲是盛行于元代的一种文艺形式的古诗体裁，为元代文人的智慧精髓，包括杂剧和散曲，有时专指杂剧。散曲盛行于元、明、清三代。

杂剧，在宋代是以滑稽搞笑为特点的一种表演艺术形式，元代发展成戏曲，又称元曲或北曲。曲通常是一本四折或更多折，在戏剧开头或折间可以另加楔子。戏曲中的折即幕或场，表示戏曲故事情节发展的一个段落。楔子是剧情交代或折间连接的短小开场戏或过场戏。折由同宫调同韵的北曲套曲、宾白、科（动作）三部分组成。一个剧本的内容包括故事的开端、发展、高潮和结局，常分为四折。剧本中每套曲子的第一支曲子前面都标有宫调名，称为曲牌，是唱曲的调子名称。宾白即剧中人的说白，分为对白、独白或者韵白、散白两类。科包括演员的动作、表情、舞台效果和音乐等。因此，元曲杂剧的故事情节具有格律诗"起承转合"的特点。一本四折的形式并不是一成不变的，如《赵氏孤儿》五折，《西厢记》五本二十一折，《西游记》六本二十四折等。"元曲四大家"是关汉卿、郑光祖、马致远、白朴。

　　散曲是在宋词基础上融合民间俗乐形成的一种合乐歌唱的诗体。散曲在元代也称乐府或今乐府，之所以称为散曲，是相对于杂剧而言的。散曲从体式上分为两类：小令和散套。小令又叫叶儿，篇幅短小，通常只是一支独立的曲子。散套则由两个以上同一宫调的曲子连缀而成的一个完整的组曲组成，而且要求始终用一个韵，散曲没有宾白。因此，散曲是一种可以合乐歌唱的诗体文学，是一种特殊的诗歌。例如，《天净沙·秋思》是马致远散曲的代表作，是元散曲中的绝唱。

　　从形式上看，元曲和宋词很相近，不过在语言上，宋词典雅含蓄，散曲通俗活泼。在格律上，宋词要求严格，散曲较为自由。散曲的曲牌名各式各样，但名称俚俗，如《刮地风》《喜春来》《山坡羊》《红绣鞋》等之类，这说明散曲比宋词更接近民歌，内容以抒情为主。

第二节　古诗词常见术语

1. 声调

　　古汉语声调分为平声、上声、去声、入声四声，调是指声的高和低。每个声调因声母的清浊不同而分为阴调和阳调，从而形成阴平、阳平、阴上、阳上、阴去、阳去、阴入、阳入八个调，称为"四声八调"。为区别平声，把上声、去声、入声三声合称为仄声。仄，按字意解释，是不平的意思。因此，古代汉语音节分为平音节和仄音节，平音节用平声表示，仄音节用仄声表示。平声没有升降，但较长，而其他三声有升有降，但较短。因此，运用好声调能够给诗词增添鲜活的节奏感，使诗词的表现力更丰富。

　　现代汉语普通话声调分为阴平（一声）、阳平（二声）、上声（三声）和去声（四声），没有入声，但在上海、江浙、江西等南方地区的一些方言中还有入声。为什么现代汉语某些一声、二声字不属于古代的平声字而属于仄声字呢？因为，现代汉语没有入声字。现代汉语学家将古代汉语入声字分派到汉语的四个声调中,称为"入派四声"。其中,全浊入声字变为现代汉语普通话的阴平,次浊入声字变为去声;清音入声字分化更复杂,有的变为阴平,有的变为阳平、上声、去声。这就是现代汉语某些一声、二声字属于古代仄声字的由来。

古代汉语有平声、上声、去声和入声,当时每个名词都可以通过这四个声调来解释其用法和含义。平声一般表示名词的原始意义或基本意义,上声表示名词的扩展意义或衍生意义,去声表示名词的消减意义或附加意义,入声表示名词的新意义或转义。因此,古代汉语也有一字多音的情况,而且比现代汉语更普遍、更广泛,但词性不同。例如,"骑"在古代汉语里作名词(坐骑)为去声(仄声),作动词(骑马)为平声,但在《现代汉语词典》里"骑"是二声、单音字。对于古诗词初学者来说,了解声调等知识概念已经足够,不必深究或较真儿,以防陷入学习难点而困惑不解,影响对古诗词的学习。

2. 声韵

声韵是由声母、韵母和声调构成的汉字字音,是古诗词格律的基本要素。有时,泛指和谐悦耳的声音或者乐调。在古诗词里,常指诗文的韵律。

在古代,汉字读音是没有汉语拼音的,只有汉字注音,通常采用直音法、反切法等方法来给汉字注音。直音法是用同音字注明汉字的读音,如果同音字是生僻字,即使注音也读不出来。反切法是指用两个汉字来给另一个汉字注音,反切上字与所注字的声母相同,反切下字与所注字的韵母相同、声调相同。直到1958年,中华人民共和国全国人民代表大会批准《汉语拼音方案》,解决了汉字注音、发音等汉语发音难学问题。1982年,国际标准化组织(ISO)开始采用《汉语拼音方案》。

汉语拼音由声母和韵母组成。声母由21个辅音组成,包括b、p、m、f、d、t、n、l、g、k、h、j、q、x、zh、ch、sh、r、z、c、s。韵母有39个,构成方式有三种:一是由10个单元音a、o、e、ê、i、u、ü、er、舌尖前元音-i [ɿ]、舌尖后元音-i [ʅ] 组成单元音韵母,其中ü是一个特殊的元音。二是由13个"元音+元音"组成的双(多)元音韵母,包括ai、ei、ao、ou、ia、 ie、ua、uo、üe、iao、iou、uai、uei 韵母。三是由 16 个"单元音韵母或双（多）元音韵母+辅音"组成元辅结构的韵母，包括 an、en、in、ün、ian、uan、uen、üan、ang、eng、ing、ong、iong、iang、uang、ueng 韵母。

3. 韵书

韵书是把同韵字编排在一起的字典。古代韵书有很多，通常选择《平水韵》和《词林正韵》作为学习古诗词写作查检韵字的工具书。它们是古代科举考试的官方工具书。

中国古代最早的韵书是三国时期李登的《声类》、晋代吕静的《韵集》，较有名的韵书还有隋朝陆法言的《切韵》。唐朝《唐韵》是《切韵》的一个增修本，北宋陈彭年、丘雍等人官修的《广韵》是《切韵》又一个重要增订本。南宋平水（今山西临汾）人刘渊，根据唐代人写诗的实际用韵情况，在《广韵》206 韵部基础上，将其缩减为 107 韵部；后来又是山西平水人王文郁将其缩减为 106 韵部，这 106 韵部称为平水韵，又称诗韵。其中，包括上平声、下平声各十五韵部，上声二十九韵部，去声三十韵部，入声十七韵部。每个韵部包含若干个韵字，选取每个韵部某个字作为这个韵部的代称，又称韵目，如上平声一东、二冬，下平声十二侵、十三覃，上声五尾、六语，去声九泰、十卦，入声五物、六月等。"东"与"冬"现在虽然读音相同，但在唐朝"东"与"冬"读音不同，分属不同韵部。另外，《平水韵》中的上平声、下平声与古汉语阴平、阳平声调无关。因为古代平声字较多，《广韵》就把平声分为平声上下两卷，所以后来《平水韵》把平声韵分为上平声 15 个韵部和下平声 15 个韵部。

古代韵书，还有明朝陈铎《词林要韵》、清朝戈载《词林正韵》、清朝官修《佩文诗韵》等。其中《词林正韵》分为平、上、去三声十四部，入声五部，共十九韵部。《词林正韵》对《平水韵》进行了一些合并、拆分，拓宽了韵部，纠正了《平水韵》中某些词韵问题，但"诗词不同韵"问题依然存在。因此，写作古诗词至今有一条不成文的押韵规矩：诗遵《平水韵》，词遵《词林正韵》。清朝康熙年间官修的《佩文诗韵》仍然以《平水韵》为基础，按照上平声、下平声、上声、去声和入声编排，保留 106 个韵部，这就是后来广为流传的《平水韵》。

现代韵书有教育部语言文字应用管理司组织编写的《中华通韵》和中华诗词学会组织编写的《中华新韵》，均突破《平水韵》的限制，是学习古诗词写作的现代韵书。但它们有一个最大的弊病，即没有入声，不适合填词。

《中华新韵》由赵京战编著。《中华新韵》分为一麻（a、ia、ua），二波（o、e、uo），三皆（ie、üe），四开（ai、uai），五微（ei、ui），六萧（ao、iao），七尤（ou、iu），八寒（an、ian、uan、üan），九真（en、in、un、ün），十阳（ang、iang、uang），十一庚（eng、ing、ong、iong），十二齐（i、er、ü），十三支（-i，零韵母），十四姑（u），共十四韵部。其中每个韵部又分为阴平、阳平、上声、去声四个分韵部。阴平和阳平为平声韵，上声和去声为仄声韵。

4. 平仄

随着社会历史的变迁和语言的进步，古汉字"四声八调"演变为现代汉语普通话的四声，即一声（阴平）、二声（阳平）、三声（上声）和四声（去声）4个声调，没有入声。按照《中华通韵》和《中华新韵》，汉语普通话一声、二声称为平声，三声、四声称为仄声。平声和仄声合称平仄。平仄是指音节的轻重和音调的升降。平仄的运用，可使诗词具有音调抑扬顿挫、起伏有致的节奏感，而且悦耳动听，可以增加作品的韵律美。

按照《平水韵》《词林正韵》等韵书记载，有一些一声字、二声字不是平声字，而是仄声字。对于古诗词初学者来说，为尽快掌握古诗词欣赏技巧和写作知识，又不被古代声韵的条条框框所束缚，既可以按照《中华通韵》或者《中华新韵》去欣赏古诗，也可以学写格律诗，抒发个人情志，与时俱进。不过，古诗词爱好者写作格律诗通常采用《平水韵》或《词林正韵》等古韵书，如果采用《中华通韵》或者《中华新韵》写诗，一般需要注明采用新韵，既便于读者理解，又可以避免诗人、学者误会。

5. 押韵

押韵，也称压韵。作诗词曲赋等韵文时，在相关诗句的句末或联末全用同一韵部的字，称为押韵。若这个字是平声字，称押平声韵；若这个字是仄声字，则称押仄声韵。在《平水韵》《词林正韵》等古韵书中，同一韵部的字称为同韵字。

古代诗词押韵方式多种多样，包括平声韵、仄声韵、入声韵、平仄换韵、叠韵等。押韵不仅使诗词声调优美，而且具有节奏感和韵律感，使作品声韵和谐，便于吟咏和记忆。例如，曹操《短歌行》"月明星稀，乌鹊南飞"，这里的"稀"和"飞"韵脚相同，整首词有一种流畅的韵律感。在欣赏格律诗时，按同韵字去理解古诗押韵即可，不会影响对古诗词的理解赏析，必要时可查阅《平水韵》或《词林正韵》进行验证。

例：《诗经·国风·周南·关雎》

  关关雎鸠，在河之洲。

  窈窕淑女，君子好逑。

此诗中的"鸠、洲、逑"这三个字都属于《平水韵》下平声"十一尤"，押平声韵。《说文解字》载："韵，和也。从音，员声。"可见，韵是和谐悦耳的声音。押韵的作用有两点：一是使诗文读起来顺口、悦耳；二是使诗文读起来有一种回环往复的音乐感。从《诗经》可知，中国人在 2500 年前就已熟练掌握押韵技巧。

按照《中华通韵》或《中华新韵》写诗，韵母相同的汉字称为声韵相同，在双（多）元音韵母或者元辅结构韵母中，通常把第一个元音字母 i、u、ü 称为韵头。如果韵母除去韵头，其他部分相同，也称为同韵字，如麻（má）、家（jiā）、瓜（guā）就是同韵字。如果同韵字都是平声，则称平声韵；如果同韵字都是仄声，则称仄声韵。

6. 象征词

在古诗词中，常用一些象征意义的词或典故写诗。这样既可以使诗歌语言精练，又可以增加内容表达的丰富性、生动性和含蓄性，达到言简意赅、耐人寻味的效果。

古诗词中的象征词具有意象含义，又称意象词。例如，在送别诗中常用"柳"表示离别，"月"表示离愁别绪、思乡，"流水""春雨"表示忧愁或怨恨，用"雁"和"红豆"抒发思念或相思之情感，用"竹""兰""梅""菊""蝉""松"等比喻人品高洁。在古诗词里，象征词大致可以分为以下九大类：

一是送别类。送别象征词常常表达作者对友人的不舍、情谊、关心、关爱、勉励和思念。

①杨柳。"柳"与"留"谐音，故汉代以来人们常以折柳相赠来寄托依依惜别之情，并由此引申为作者对远方亲人的思念以及行旅之人对故乡的思念。这一习俗始于汉而盛于唐，汉代就有《折杨柳》的曲子，以吹奏的形式表达惜别之情。唐朝长安的灞陵桥，是当时人们离别长安，前往全国各地的必经之地，而灞陵桥两边杨柳掩映，这里就成了古人"折柳送别"的著名地方，有了"年年柳色，灞陵伤别"的诗句。这就是"灞桥折柳"典故的出处。温庭筠曾写"绿杨陌上多离别"，柳永《雨霖铃·寒蝉凄切》"今宵酒醒何处？杨柳岸、晓风残月"，都是表达离别伤感的诗句。

②长亭。长亭乃送别之所，蕴含依依惜别之情。如《菩萨蛮·平林漠漠烟如织》"玉阶空伫立，宿鸟归飞急。何处是归程？长亭更短亭"。

③酒。酒可以排解愁绪，也可以饱含着深深的祝福，如王维《送元二使安西》"劝君更尽一杯酒，西出阳关无故人"。

④南浦。在中国古代诗歌里，南浦是水边送别专用词，并非专指南浦之地。如屈原《九歌·河伯》"子交手兮东行，送美人兮南浦"，白居易《南浦别》"南浦凄凄别，西风袅袅秋"，范成大《横塘》"南浦春来绿一川，石桥朱塔两依然"。

二是思乡类。思乡象征词常常表达诗人对家乡的思念、对亲人的牵挂。

①月亮。我国古代诗歌常用月亮来烘托情思，表示思乡。月亮还有很多别称，如蟾宫、玉盘、银钩、婵娟、桂宫、玉轮、玉环、玉钩、玉弓、玉兔、玉镜、天镜、明镜、嫦娥、蟾蜍等。如苏轼《水调歌头·明月几时有》"但愿人长久，千里共婵娟"中的"婵娟"表示月亮，象征对亲人的思念；李煜《虞美人》"小楼昨夜又东风，故国不堪回首月明中"表达诗人望月思故国和身为亡国之君的痛苦。

②双鲤。古人常将书信叠成双鲤形或将书信夹在鲤鱼形的木板中寄出，故在古诗词中常以"双鲤"作为书信的代称。如赵令畤《蝶恋花·卷絮风头

寒欲尽》"蝶去莺飞无处问，隔水高楼，望断双鱼信"。

③捣衣与砧声。古时，妇女常在寒冬来临前的秋夜，把织好的布帛铺在平滑的板（称为"砧"）上用木棒把布帛敲打平，这个过程称为"捣衣"。捣衣妇女一边捣衣，一边听着砧声，不由得思念远行的家人，担忧他们的饥寒，进而生出"斩不断"的离情别绪。在外漂泊的游子也是如此，听到砧声就不禁想起家中的亲人，于是勾起胸中无尽的乡愁。如杜甫《秋兴八首·其一》"寒衣处处催刀尺，白帝城高急暮砧"。

④班马。春秋时，晋、鲁、郑伐齐，齐军趁夜间撤离。晋国大臣刑伯听到齐军营里马叫声，推测道："有班马声音，齐国军队一定是连夜撤走了。"班马为离群之马，后来在送别诗里常用来抒发惜别之情。如李白《送友人》"挥手自兹去，萧萧班马鸣"。

⑤鸿雁。"雁书""雁足""鱼雁"等指书信、信使。据《汉书·苏武传》记载，匈奴单于欺骗汉使，称苏武已死，而汉使者故意说天子打猎时射下一只北方飞来的鸿雁，脚上拴着帛书，是苏武写的，单于只好放了苏武。后来就用鸿雁比喻书信。如晏殊《清平乐·红笺小字》"红笺小字，说尽平生意。鸿雁在云鱼在水，惆怅此情难寄"。李清照的词云"雁字回时，月满西楼"，又如《蝶恋花·晚止昌乐馆寄姊妹》"好把音书凭过雁，东莱不似蓬莱远"。大雁在这些诗词里都是传书的信使。有时，鸿雁又称大雁，表示亲友分离或者相思。如王实甫《西厢记·长亭送别》"碧云天，黄花地，西风紧，北雁南飞。晓来谁染霜林醉？总是离人泪"。

⑥桑梓。桑梓指家乡、故乡。在古代村落里，房前屋后遍地种植桑树和梓树，所以有"桑梓之地，父母之邦"的说法。久而久之，"桑梓"成了故乡的代名词。如柳宗元《闻黄鹂》"乡禽何事亦来此，令我生心忆桑梓"。

⑦烂柯。烂柯比喻离家时间很久。古代神话传说，晋代樵夫王质在信安郡（今浙江衢州）石室山砍柴时，偶遇数名童子下棋、歌咏。童子赠其枣核状物，王质含后不觉饥饿。观棋片刻后，童子提醒他离开，王质起身发现斧柄已经朽烂，归乡时发现人间已过数十年，故从皆逝。此山因此得名"烂柯山"。因此，烂柯常常隐喻时间的流逝与世事的巨变。后来，人们便以"烂柯"比喻离家年久。如刘禹锡《酬乐天扬州初逢席上见赠》"怀旧空吟闻笛

赋，到乡翻似烂柯人"。

三是愁苦类。愁苦象征词常常表达诗人的孤独、忧愁、悲伤、思归、痛苦等，或者渲染凄冷、悲凉的气氛。

①梧桐。梧桐往往是凄凉悲伤的象征。如李清照《声声慢》"梧桐更兼细雨，到黄昏、点点滴滴"。

②芭蕉。芭蕉表达孤独忧愁的心绪，特别是离情别绪。如李清照《添字丑奴儿·窗前谁种芭蕉树》"窗前谁种芭蕉树？阴满中庭。阴满中庭。叶叶心心，舒卷有馀情"。

③流水。流水多抒写人生苦短、命运无常的感伤和哀愁。如李煜《虞美人》"问君能有几多愁，恰似一江春水向东流"。

④猿猴。在古代诗歌里，猿啼多指哀声。诗人为表达心中的哀怨、愁苦、凄怆、孤寂，常常借用猿啼抒发情感。如李白《远别离》"海水直下万里深，谁人不言此离苦？日惨惨兮云冥冥，猩猩啼烟兮鬼啸雨"。

⑤杜鹃、子规。杜鹃鸟的哀鸣多代表哀怨、凄凉或思归的情思。如秦观《踏莎行》"可堪孤馆闭春寒，杜鹃声里斜阳暮"。

⑥斜阳。包括夕阳、落日、残阳、西风等，常常表示凄凉失落、苍茫沉郁之情。如王安石《桂枝香·金陵怀古》"归帆去棹残阳里，背西风，酒旗斜矗"。

⑦哀鸿。哀鸿比喻哀伤苦痛、流离失所的人。考其源流，"哀鸿"一语出自"鸿雁"。《诗经·小雅·鸿雁》有："鸿雁于飞，哀鸣嗷嗷。维此哲人，谓我劬劳。"此诗歌描写使臣行于四方，见流民如鸿雁飞集于野，流民高兴使者到来，用歌声向使者倾诉，如鸿雁哀鸣之声不绝。后来，鸿雁在野、哀鸿遍野常比喻百姓流离失所。如龚自珍《己亥杂诗232》"三更忽轸哀鸿思，九月无襦淮水湄"，写的就是劳动人民颠沛流离的痛苦生活。

⑧草木。有时，作者以草木繁盛反衬荒凉，以抒发盛衰兴亡的感慨。如杜甫《蜀相》"映阶碧草自春色，隔叶黄鹂空好音"。一代贤相及其业绩都无影无踪，如今只有映绿石阶的青草，年年自生春色，黄鹂发出这婉转美妙的叫声。作者慨叹往事空茫，深表惋惜。还有，刘禹锡《乌衣巷》"朱雀桥边野草花，乌衣巷口夕阳斜"。朱雀桥边昔日的繁华已荡然无存，如今桥边长满杂

草野花，乌衣巷已失去昔日的富丽堂皇，夕阳映照着破败凄凉的巷口。

四是抒怀类。抒怀象征词常常托物言志，抒发作者的高洁品格。

①菊花，代表坚强的品格，清高的气质。如郑思肖《寒菊》"宁可枝头抱香死，何曾吹落北风中"。

②梅花，代表自强不息、不屈不挠的品格。如王安石《梅花》"墙角数枝梅，凌寒独自开。遥知不是雪，为有暗香来"。

③松柏，代表坚贞不屈的人格。如李白《赠韦侍御黄裳二首》"愿君学长松，慎勿作桃李"。

④竹，古人有"君子比德于竹"之格言，"竹"代表不争艳丽、不媚不谄、冰雪不凋、顽强不屈的高尚品格。如苏轼《於潜僧绿筠轩》"宁可食无肉，不可居无竹"。

⑤冰雪，古人以冰雪的晶莹比喻心志忠贞、品格高尚。如宋代张孝祥《念奴娇·过洞庭》"应念岭海经年，孤光自照，肝肺皆冰雪"。描写作者在岭南一年的仕途生涯光明磊落，人格品行像冰雪一样晶莹、高洁。

⑥冰心，表示高洁、高贵的品格。古人用"清如玉壶冰"比喻一个人光明磊落的品格。如王昌龄《芙蓉楼送辛渐》"洛阳亲友如相问，一片冰心在玉壶"。

⑦蝉，表示品行高洁。古人认为，蝉，栖于树上，餐风饮露，不食人间烟火，象征高洁。所以，古人常以蝉的高洁比喻人的品行高洁。《唐诗别裁》有"咏蝉者每咏其声，此独尊其品格"。如虞世南《蝉》"居高声自远，非是藉秋风"，咏蝉言志。

五是爱情类。爱情象征词常常表达爱情或相思。

①红豆，象征爱情或相思。《南州记》称为海红豆，史载"出南海人家园圃中"，《本草》称其为"相思子"。作者常借生于南国的红豆抒发对友人的眷念。唐代至今，红豆常常表示爱情或相思。如王维《相思》"红豆生南国，春来发几枝。愿君多采撷，此物最相思"。

②莲，与"怜"同音，表示爱情。如《西洲曲》"采莲南塘秋，莲花过人头。低头弄莲子，莲子清如水"。

③连理枝、比翼鸟，多用于比喻夫妻恩爱。连理枝是指连生在一起的两

棵树；比翼鸟，传说中的一种鸟，雌雄总是一起飞，古典诗歌里常用它们比喻夫妻恩爱。如白居易《长恨歌》"七月七日长生殿，夜半无人私语时。在天愿作比翼鸟，在地愿为连理枝"。正因为有这些美好诗句，所以人们常把结婚称为"喜结连理"。

④琴瑟，一是比喻夫妇感情和谐，亦作"瑟琴"。如《诗经·国风·周南·关雎》"窈窕淑女，琴瑟友之"；又如，《诗经·小雅·常棣》"妻子好合，如鼓瑟琴"。二是比喻兄弟朋友之间的情谊。如陈子昂《春夜别友人二首》"离堂思琴瑟，别路绕山川"。

⑤青梅竹马，出自李白《长干行·其一》"郎骑竹马来，绕床弄青梅。同居长干里，两小无嫌猜"。后来就用"青梅竹马"形容男女两小无猜，天真无邪地在一起玩；也指幼时相识的伴侣。

⑥秋水，喻指女人的眼睛，形容盼望的迫切。如《西厢记》第三本第二折"望穿他盈盈秋水，蹙损他淡淡春山"。春山指眉毛。

⑦抱柱，表示信守誓言或约定。相传古代，尾生与一女子约定在桥梁相会，久候女子不到，水涨，抱桥柱不放而死。这就是成语"尾生抱柱"的由来，用以比喻坚守信约、至死不渝或固执而不知变通的守信。如李白《长干行·其一》"常存抱柱信，岂上望夫台"。

六是战争类。战争象征词常常表达诗人对战争的厌恶，对和平生活的向往，对百姓凄惨生活的同情。

①长城，指守边的将领。如陆游《书愤》"塞上长城空自许，镜中衰鬓已先斑"。

②楼兰，指边境之敌。如王昌龄《从军行七首·其四》"黄沙百战穿金甲，不破楼兰终不还"。

③羌笛，是中国古代西部地区的一种乐器，它发出的声音凄切、哀婉，象征着凄婉的思念。"羌笛"一词多见于唐代边塞诗，常使征夫怆然泪下。如王之涣《凉州词》"羌笛何须怨杨柳，春风不度玉门关"。

七是闲适类。闲适象征词常常表达诗人清闲、恬淡、愉快的生活，或者官场失意，对隐居生活的向往。

①东篱，陶渊明在《饮酒·其五》中写到"采菊东篱下，悠然见南山"。

后来，很多文人借东篱表现辞官归隐后过着悠闲的田园生活，或者淡泊名利、怡然自得的娴雅生活。如李清照《醉花阴·薄雾浓云愁永昼》"东篱把酒黄昏后，有暗香盈袖"。

②三径，常指隐士居住的地方，即隐居之地。如白居易《欲与元八卜邻，先有是赠》"明月好同三径夜，绿杨宜作两家春"。

八是志向抱负类。志向象征词表达诗人的志向抱负和爱国情怀。

①鸿鹄。鸿鹄飞得很高，常用来比喻志向高远的人。如《史记·陈涉世家》"嗟乎！燕雀安知鸿鹄之志哉"，杜甫《三川观水涨二十韵》"举头向苍天，安得骑鸿鹄"。

②辞第，比喻为国忘家的爱国精神。汉时，北方匈奴经常骚扰大汉边境。汉武帝要为大将霍去病修建府第，霍去病辞谢道："匈奴未灭，无以为家也。"后来，辞第比喻为国忘家。如杜甫《奉和严中丞西城晚眺十韵》"辞第输高义，观图忆古人"。

③请缨，比喻请求担当责任。汉武帝派年轻近臣终军到南越劝说南越王朝归顺。终军说：请给我一根长缨，一定把南越王捆绑来。后来便以请缨比喻请求担当责任。如岳飞《满江红·登黄鹤楼有感》"叹江山如故，千村寥落。何日请缨提锐旅，一鞭直渡清河洛"。

④吴钩，泛指宝刀、利剑。吴钩是春秋时期流行的一种弯刀，它用青铜铸成，是冷兵器中的贵器，充满传奇色彩，后被历代文人写入诗篇，成为驰骋疆场、励志报国的精神象征。如辛弃疾《水龙吟·登建康赏心亭》"落日楼头，断鸿声里，江南游子。把吴钩看了，栏杆拍遍，无人会，登临意"。通过看吴钩、拍栏杆，表达诗人意欲报效祖国、建功立业，而又无人领会的失意情怀。

⑤钓鳌，比喻豪迈的举止或远大的抱负。语出《列子·汤问》，传说古代渤海东面有五座大山，随海波漂流，上帝命令十五只大鳌顶住，山才固定不动。友伯国有一巨人抬脚跨出没几步，就到了五座山的地方，他一下钩就钓到六只鳌，因此有两座山沉入海底。后来用钓鳌比喻豪迈的举止或远大的抱负。如李白《赠薛校书》"未夸观涛作，空郁钓鳌心"。

九是其他象征词。

①杜康。《说文解字·巾部》"古者少康初作箕帚、秫酒。少康,杜康也。"后来,古人常以杜康代称酒。如曹操《短歌行》"何以解忧?唯有杜康"。

②彭祖,传说中的故事人物,生于夏朝,至殷末时已八百余岁。旧时把彭祖作为长寿的象征,常以"寿如彭祖"祝人长寿。如刘克庄《杂咏一百首·彭祖》"活得如彭老,忧愁八百春"。

③谢家。当唐宋诗词不达意处时,常用"谢家"之典。这些典故所指意义主要有三:

一是指谢安、谢玄家事,意指有风度的人。《世说新语·言语》载,谢安曾问侄子谢玄,我们家的子侄并不需要参与政事,为什么还要每个人都有才能呢?侄子谢玄回答:"譬如芝兰玉树,欲使其生于阶庭耳。"因此,谢家比喻端庄大方、举止有风度的人。如辛弃疾《沁园春·灵山斋庵赋》"似谢家子弟,衣冠磊落;相如庭户,车骑雍容"。

二是指山水诗人谢灵运之事。《宋书·谢灵运传》载,灵运于会稽山"修营别业,傍山带江,尽幽居之美",后常指居家幽美别墅。

三是指闺中女子。东晋谢奕之女谢道韫、唐朝李德裕之妾谢秋娘等皆有盛名,后人多以"谢家"代指闺中女子。如唐朝张泌《寄人》"别梦依依到谢家,小廊回合曲阑斜"。

④婵娟,既可以形容女子身材貌美,又可以指月亮,表示思乡。古代诗人常常把月亮比喻为美女,又称月亮婵娟。如寒山《诗三百三首·其十三》"玉堂挂珠帘,中有婵娟子",苏轼《水调歌头·明月几时有》"但愿人长久,千里共婵娟"。

⑤献芹。《列子·杨朱》有一个故事说,从前有个人在乡里豪绅面前大肆吹嘘芹菜如何好吃,豪绅尝试后"蜇于口,惨于腹"。后来就用"献芹"谦称赠人礼品菲薄,或者所提建议浅陋。如高适《自淇涉黄河途中作·其九》"尚有献芹心,无因见明主"。

⑥青鸟,代指传书信使。传说西王母有三只青鸟,一只为信使,前来给汉武帝报信,另外两只服侍在西王母身边。南唐李璟有诗"青鸟不传云外信,丁香空结雨中愁",其意为信使不曾捎来远方行人的音讯,雨中的丁香花让我想起凝结的忧愁。此句反用西王母与汉武帝的典故,据说七月七日那天,汉

武帝忽见青鸟飞到殿前，随后西王母即至。然而，所思主人却远在云外，青鸟不为之传信，思念难解的主人公就更加感到春恨的沉重。还有李商隐《无题·相见时难别亦难》"蓬山此去无多路，青鸟殷勤为探看"。

⑦还珠。古时合浦盛产珍珠，因太守贪婪，珍珠生产都转到别的地方。东汉孟尝任太守后，革除贪污流弊，珍珠生产又回到合浦，故以"还珠"比喻官员为政清廉。如杜牧《春日言怀寄虢州李常侍十韵》"今日还珠守，何年执戟郎"。

⑧青眼。相传三国魏国诗人阮籍，能以"青白眼"待人，看他尊敬的人，两眼正视，露出虹膜，则为"青眼"；看他不喜欢的人，两眼斜视，露出眼白，则为"白眼"。据说，阮籍母亲死时，好友嵇康前来慰问，阮籍给他"青眼"；而对嵇康的哥哥嵇喜，阮籍则给他"白眼"。因此，"青眼"表示尊重或喜爱，"白眼"表示轻视或憎恨。如杜甫《短歌行·赠王郎司直》"仲宣楼头春色深，青眼高歌望吾子"。

⑨高山流水，也作流水高山。相传春秋时俞伯牙善于弹琴，钟子期善于听琴。每当俞伯牙弹到《高山》《流水》曲调时，钟子期就感到他的琴声犹如巍峨的高山、浩荡的江河。因此，"高山流水"常比喻知音难遇或乐曲高妙。如明朝唐寅《世情歌》"清风明月用不竭，高山流水情相投"，辛弃疾《谒金门·和廓之五月雪楼小集韵》"流水高山弦断绝，怒蛙声自咽"。

⑩巴歌，亦称巴唱、巴讴、巴人之曲，借指鄙俗之作，多作谦辞。如唐人李群玉《自澧浦东游江表，途出巴丘，投员外从公虞》"巴歌掩白雪，鲍肆埋兰芳"，元人谢应芳《水调歌头·再和寄酬袁子英萧寺》"多谢寄来双鲤，白雪阳春数曲，为我和巴讴"。常和阳春白雪比照对写，表达自己的微不足道，其典故出自《战国策》宋玉对楚王问。

⑪苍狗，比喻世事变幻无常，也称白云苍狗。它出自杜甫《可叹》"天上浮云如白衣，斯须变幻如苍狗。古往今来共一时，人生万事无不有"，浮云像白衣裳，顷刻又变成苍狗，比喻事物变化不定。

7. 联想

联想是由一事物想起与之有关的事物的心理活动或思想活动。联想不是修辞方法，而是一种表现手法，同时又是理解、欣赏、创作诗歌艺术的一种技巧。艾青在《诗论》中写道：联想是由事物唤起的类似的记忆，联想是经验与经验的呼应。如"床前明月光，疑是地上霜"，通过联想把月光与地上的霜联系在一起，对明月的描绘引发作者的思乡之情。

8. 想象

想象是指人们在已有材料和观念的基础上，经过猜测、推断、分析、综合，创造出新的形象的心理过程，是人的心理活动。想象是通过创造性的思维活动，将抽象的概念、情感或道理具象化，以增强语言的表现力和感染力，激发读者的想象力，读者能在心中形成一幅画面，加深对作品的理解和感受。想象虽然有助于提高语言表达效果，但它不属于修辞方法。想象不对语句进行任何的语言修饰，它既是一种表现手法，又是理解欣赏创作诗歌艺术的一种写作技巧。想象不是真实的，而是夸大的、虚拟的、逼真的形象。如"飞流直下三千尺，疑是银河落九天"，这两句诗，作者通过想象并极其成功地运用夸张、比喻的修辞方法，描绘了庐山瀑布雄奇壮丽的景色，构思奇特，语言生动形象，反映作者对祖国大好河山的无限热爱。

从以上概念可知，联想和想象是两种不同的心理现象和心理活动过程，既包括人的感觉、知觉、记忆、思维等心理现象，又包括人的认知、情绪、情感、意志等心理活动过程。在古诗词里，联想和想象是构思创作的重要方法，是两种不同的艺术创作表现手法，又是各种表现手法的基础。通过联想和想象，作者能够创造出丰富多彩的古诗词，让读者获得更丰富的情感体验和情感共鸣，了解诗词的意境或境界，与作者共情共鸣。因此，联想和想象是打开读者欣赏各种情感艺术作品之门的金钥匙。

第三节　格　律　诗

1. 音韵格律

古诗词的音韵格律由声调、平仄和押韵三方面组成。

音韵格律在格律诗包括宋词中具有重要的作用，它不仅能够增强诗词的美感、表现力和意境，还能够使诗词更贴近音乐的艺术形式，其主要作用如下。

一是音韵格律能够赋予诗词美感。诗词是一种表现情感和思想的艺术形式，音韵格律的运用能够使诗词具有韵律感和节奏感，给人以美的享受。例如，杜牧《秋夕》"银烛秋光冷画屏，轻罗小扇扑流萤"中的平仄和押韵，使诗的意境更加深远，美感更加突出。

二是音韵格律能够增强诗词的表现力。平仄、声调和押韵的运用使诗词更有表现力和感染力。例如，孟浩然《春晓》"春眠不觉晓，处处闻啼鸟。夜来风雨声，花落知多少"中的平仄和押韵，把作者晨醒的感受表现得起伏跌宕，趣味横生，充满着诗人惜花之情，表达了作者对生活和大自然的热爱。

三是音韵格律使诗词与音乐形式更贴近。在古代，诗词和音乐常常结合在一起表演，形成独特的艺术形式。音韵格律使诗词具有了一定的音乐性，使诗词更易被人们吟咏和演唱。例如，苏轼《水调歌头·明月几时有》中的平仄和押韵，使词句具有一种旋律感，能够被音乐家更好地演绎出来。

2. 绝句

全诗为四句的齐言格律诗，称为绝句。常见绝句有五言绝句和七言绝句，分别简称为五绝、七绝。绝句全诗分为两联，首联（一、二句）和尾联（三、四句），每联两句，共四句。另外一种说法是，绝句是对律诗的截取而形成，故绝句分为四种：一是截取律诗首尾两联，二是截取律诗上半首，三是截取律诗下半首，四是截取律诗中间两联。

绝句必须符合格律诗的格式要求，具备"起承转合"的句法功能要求，不要求对仗，但可以有对仗。如王之涣的五言绝句《登鹳雀楼》"白日依山尽，黄河入海流。欲穷千里目，更上一层楼"，它不仅符合格律诗的要求，而且做到两两对仗。

3. 律诗

全诗为八句的齐言格律诗，可分为上、下两片，每片四句。全诗又可分为四联，上片两联包括首联（一、二句）和颔联（三、四句），下片两联包括颈联（五、六句）和尾联（七、八句）。

律诗必须符合格律诗的格律要求，达到首联具有起、颔联具有承、颈联具有转、尾联具有合的句法功能要求；颔联和颈联要求对仗，否则不属于律诗。常见律诗有五言律诗和七言律诗，分别简称为五律和七律。按照平仄相间的规则，在五言律诗每句前，增加2个平仄相同的汉字，五言律诗即转化成七言律诗。

4. 排律

超过八句以上的律诗，称为排律。排律除了首联和尾联可以不对仗，中间不论联数多寡，皆须对仗。常见排律有五言排律和七言排律两种。

宋词和元曲是非齐言格律诗。本书重点介绍古体诗、绝句、律诗的基础知识、欣赏技巧和写作知识，这些知识在创作和欣赏宋词、元曲时依然有用，故本节省略宋词、元曲的格律知识介绍。

第四节 意　　象[①]

古诗词意象分为人象、景象和物象三类。这三类意象都是以营造意境为目的，通过描写、抒情、文学修辞、情景交融等古诗歌写作手法来表达作者的情感、观点和思想。

人象，是指诗词中的人物形象。在古典诗词里，有不慕荣利、豪放不羁的，有寄情山水、归隐山林的，有心系天下、忧国忧民的，有送别友人、思念故乡的，有怀才不遇、壮志难酬的，有爱恨情长、慷慨愤世的等多种人物形象。

例：杜甫《登高》

风急天高猿啸哀，渚清沙白鸟飞回。
无边落木萧萧下，不尽长江滚滚来。
万里悲秋常作客，百年多病独登台。
艰难苦恨繁霜鬓，潦倒新停浊酒杯。

此诗首联连用六个意象"风急""天高""猿啸""渚清""沙白""鸟飞"，

[①] 本节选编于百度：用意象营造意境，用景物交融情感，是中国古典诗词的两个审美追求（原创）小话诗词。

描绘了一幅秋天的图画（意象图），为后面诗人登高抒怀作了环境的渲染。此诗下片，作者把自己描写为一个远离故土、漂泊不定的悲秋游子和生病、孤独登高、斑白鬓发、穷困戒酒的老人，在凄清的秋天登高望远，联想到国破家亡、仕途坎坷、时世艰难，诗人万般愁绪无以排遣，表达了诗人忧国伤时、愁绪满怀的情感或意境。

　　景象，是指诗词中的景物形象，由景象、物象构成。近代著名学者王国维在《人间词话删稿》中认为"一切景语皆情语"。

　　在唐代诗人王湾《次北固山下》"海日生残夜，江春入旧年"中"海日""残夜""江春""旧年"是景象，作者给我们描绘了一幅夜色将尽、晨曦微露，一轮红日从大海冉冉升起的美丽风景；严冬将尽未尽，但春天的气息已悄然而至，景中寓情即"旧事物中孕育着新事物"，构成一幅美丽动人的画面。这就是诗词意象的景与情交融。此诗句不仅景中含情，而且景中出理。这就是诗词景物抒情所追求的最高境界。此诗句含义是：海日生于残夜，驱走了黑暗，江上景物呈现出"春意"，闯入旧年。赶走严冬，蕴含了时序变迁、新旧交替的自然规律，表现出具有普遍意义的生活哲理，给人乐观积极向上的力量。这就是此诗的意境。

　　例：秦观《踏莎行·雾失楼台》

　　　　雾失楼台，月迷津渡，桃源望断无寻处。可堪孤馆闭春寒，杜鹃声里斜阳暮。

　　　　驿寄梅花，鱼传尺素，砌成此恨无重数。郴江幸自绕郴山，为谁流下潇湘去？

　　北宋绍圣四年（1097年）作者曾任杭州通判，因新旧党争，被罗织罪名贬谪郴州，削去所有官爵和俸禄，后又贬至横州。这首词是作者离开郴州前在旅舍的感慨。

　　此词上阕"雾失楼台，月迷津渡"为哀景，而从其后句"桃源望断无寻处"可以联想到楼台、津渡都是因情所设之景，可能现实中并不存在，表达了作者内心不被人理解的情怀，无处宣泄而所生出的无人问津之感。"桃源"一语又让人联想到《桃花源记》一文，表达了作者离世绝俗的情感。此词上阕开头三句由景生情，描绘了一幅凄楚迷茫、黯然销魂的画面；后二句通过对景象"春寒""斜阳"和物象"孤馆""杜鹃"的描写,将作者心中孤苦凄凉的情感融于景中。"可堪孤馆闭春寒,杜鹃声里斜阳暮"这两句又给人以凄婉哀怨、声情凄厉的伤感意象。此词以委婉曲折的笔法,虚实相间,互为生发,表达了失意人的凄苦和哀怨的心情,流露出作者对现实政治的不满。

景与情的交融,莫过于思乡与送别的场景。如柳永在《雨霖铃·寒蝉凄切》中写道:"今宵酒醒何处?杨柳岸、晓风残月。"作者将"杨柳"这个意象与离愁别绪紧密联系起来,"杨柳""晓风""残月"是最触动人心的意象,三者聚集,更能打动人心。

物象,是指作者为表明心迹或情感,对物进行拟人化的象征性描写,曲折地表现诗人的品格、节操和思想感情,包括言志、言情等。

柳是一种树木,它有形状、颜色,是一个物象,又与"留"谐音,常常在古诗词中表达离别。当这些具体事物寄托作者某种特殊的寓意时,这个物象就有了"生命"。有了物象这个载体,抒情才有所依附,但这远远不够。只有对物象作具体的描绘,才能使人透过"形"看到"神"。如果"形"描绘得不具体,那么所颂扬的精神和意志就只能是抽象的概念,作者的"意"也就不能形象地表达出来。因此,物象在诗词构思中非常重要。

例:马致远《天净沙·秋思》

枯藤老树昏鸦,小桥流水人家,古道西风瘦马。夕阳西下,断肠人在天涯。

这是一首悲秋的元曲。作者选取"枯藤"作为开篇物象,不仅为之后的"老树""昏鸦""小桥""人家""古道""瘦马"等相关物象和"流水""西风"景象发挥龙头牵引作用,也为全篇奠定荒凉、凋敝和哀愁绵延的意象,并与后续一系列意象构成意象组合,传达作者思念故乡、四处漂泊、忧愁痛苦的意境。

因此,意象是指出现在诗歌之中的用以传达作者情感、寄寓作者思想的艺术形象。通俗地理解,用语言文字描绘作者"五觉"(视觉、听觉、嗅觉、味觉、触觉)感受到的景象、物象和人象,并在人的大脑里形成的一幅情感画面,抒发作者情感、观点和思想。意象是含有作者主观情感的关于客观物象、景象或人象的联想或想象。

只有走进诗词的意象，读者才能更好地领略古代诗人当时的心境，仿佛身临其境，既享受古诗词文学艺术之美，又与诗人共情共鸣。

例：陆游《卜算子·咏梅》

驿外断桥边，寂寞开无主。已是黄昏独自愁，更著风和雨。

无意苦争春，一任群芳妒。零落成泥碾作尘，只有香如故。

此词上阕描写了梅花（物象）的困难处境，着力渲染梅的落寞凄清、饱受风雨之苦的情形（意象）；下阕以物寄情写梅花的灵魂及其生死观。此词以梅花自况，以咏梅的凄苦宣泄作者胸中之抑郁，感叹人生的失意和坎坷。作者既赞扬了梅花坚守情操的高尚品格，又表达了青春无悔的信念以及对自己爱国情操和不变志节的自许。

1. 意象的特征

象征性：意象通常具有象征意义，通过比喻、拟人等修辞方法来表达诗人的意图。如"杨柳"在古诗歌中象征着离别，而"南浦"表示水边送别，"梧桐"表示凄凉悲伤等。

形象性：意象具有鲜明的形象特征，作者通过具体、生动的形象来描绘事物的状态、特征和内涵，以引起读者的共鸣和情感体验。如"枯藤老树昏鸦，小桥流水人家，古道西风瘦马。夕阳西下，断肠人在天涯。"表示作者常年旅居在外，触景生情，思念故乡，同时勾起作者四处漂泊的忧愁和痛苦。

主观性：意象的创造与作者的主观情感紧密相连，它是作者内心世界的直接反映。因此，不同的作者可能会在同一事物中创造出截然不同的意象。例如，李清照的"帘卷西风，人比黄花瘦"中的"西风"寄托相思；而晏殊的"昨夜西风凋碧树，独上高楼，望尽天涯路"中的"西风"是感伤韶华已逝。

创造性：优秀的意象往往具有创造性，它们既出人意料，又在情理之中，能够给读者带来新的启示和思考。没有意象、意境的构思和创造，诗歌就没有生命力，如白居易《赋得古原草送别》中的"野火烧不尽，春风吹又生"，构建了深远意境，极具生命力。

审美性：意象的创造往往追求美的表达，它通过美的语言和形式唤起读者的审美体验，诗歌就有一种美的享受。如北朝民歌《敕勒歌》展现了我国古代北方广阔、壮丽、美丽的草原自然风光和天然美景。

2. 意象的作用

表达情感：意象是诗人表达情感的重要手段，它能够将抽象的情感具象化，使读者更加深入地理解诗人的情感世界。

营造意境：多个意象的组合可以营造一个独特的意境，使诗歌更具艺术感染力。

创造形象：意象是诗人创造形象的重要方式，它能够使诗歌中的形象更加鲜明、生动。

深化主题：意象可以深化诗歌的主题，使诗歌的主题更加鲜明、深刻。

3. 意象的构建

在中国古典诗词里，意象常以"情"和"景"的妙合或者融合而构建。情与景的融合，常见于一系列情与景的意象组合之中，赋予意象于意境之中。王国维在《人间词话删稿》中认为："昔人论诗词，有景语、情语之别，不知一切景语皆情语也。"

例：王冕《白梅》

冰雪林中著此身，不同桃李混芳尘。

忽然一夜清香发，散作乾坤万里春。

这是一首托物言志的题画诗。作者把"白梅"这种景物融入了自己的主观情感，就成了意象。作者赞美白梅不求人人夸，只愿给人间留下清香的美德；并以白梅比喻自己，表达了自己的人生态度和洁身自好的高尚情操。

"冰雪林中著此身"，就颜色而言，以"冰雪"形"此身"之"白"；就品性而言，以"冰雪"形"此身"之坚韧耐寒。作者运用拟人手法，将寒冬伫立的白梅比作自己，表现白梅的冰清玉洁。接着作者拿桃李反衬，"不同桃李混芳尘"的"混芳尘"是指把芳香与尘垢混同，如"和其光，同其尘"。相比之下，梅花则能迥异流俗，所以"清香"二字只能属于梅花，而与桃李无缘。

"忽然一夜清香发，散作乾坤万里春。"也许只是作者在灯下画了一枝梅花，诗句却形成这样的意象——忽然在一夜之间，世间的白梅都一齐绽放，清香四溢，弥漫整个大地。这首诗给人以品格高尚、志气远大、绝俗而又入世的矛盾统一的感觉，这又是王冕人格的真实写照。

从此诗的创作构思技巧来看，这是一首托物言志之佳作。前两句写梅花冰清玉洁，傲霜斗雪，不与众花争艳，不与世俗同流合污的高尚品格。后两句借用白梅比喻作者的高尚品格，表达了作者为广大民众造福的理想和抱负。在具体表现手法中，此诗把混芳尘的"桃李"与冰雪林中的"白梅"进行对比，衬托"梅花"的素雅高洁，同时又综合运用拟人、对比、衬托三种修辞方法，通过联想或想象，表现了作者品行高洁、甘愿为民造福的精神。

第五节　意　境

在日常生活中，我们常常用"意境"这个词语对人的情感或事物进行评价或赞美。比如说，一首诗很好，我们就说"这首诗很有意境"；一幅画很美，我们就说"这幅画很有意境"；甚至看完一场电影，走出电影院，我们也会听到有人议论"今天的电影很有意境"。大家都在用这个词，究竟什么是意境？很多人很难说清楚。

"意境"从字面上理解，"意"为意象，"境"为边界。意境是指作品达到一定水平或高度的意象和情感表达，是读者从艺术作品（包括诗词）的意象中感受到作品的意象画，并与作者在情感上或思想上产生共情共鸣。意境是意象及其内涵所能表达的思想、观点、情感的高度或深度。意境是指古诗词中描绘的意象与其所表现的思想情感融为一体而形成的艺术境界。意境的特点是景中有情，情中有景，情景交融，并感动读者。中国古典诗歌十分讲究意境的创造。意境是中国古典诗歌美学中的一个重要范畴，它的本质特征在于情景交融、心物合一；情与景能否"妙合"，是构成意境的关键。因此，意境是诗人主观情意和客观物象互相交融形成的足以使读者沉浸其中的艺术想象世界。它依托景象、物象、人象而产生，又超越具体意象，读者通过联想和想象，自己仿佛进入这种艺术境界，与作者共鸣，成为作品的知音。

例：马致远《天净沙·秋思》

　　枯藤老树昏鸦，小桥流水人家，古道西风瘦马。夕阳西下，断肠人在天涯。

此作前三句共列出九种意象，包括景象和物象，以"枯藤"作为开篇物象，与之后的"老树""昏鸦""小桥""人家""古道""瘦马"等相关物象和"流水""西风"景象，共同构成一幅意象组合图。

一年四季冷暖不同，景色自然不同，人的内心也就随着这些变化而感动。春天万物生长，百花齐放，让人联想到美好，引起人们的喜乐；而秋天阴气渐生，草木凋零，让人联想到生命的衰老与终结，常常让人感到忧愁和悲伤。作者所见到秋天之景，满目凄凉。藤枝是枯萎的藤，代表秋天的枯枝落叶和凋零的生命；树是苍老的古树，象征着岁月的痕迹和生命的衰老；昏鸦是黄昏归巢的乌鸦，暗指诗人孤独和无助；飒飒的西风吹着他走向风烛残年，道是荒凉的古道，马是体弱无力的瘦马。飘零在天涯海角的人，面对如此描绘秋天凄凉、冷寂萧瑟的景色，怎么能不断肠呢？而作者同时又看到另一幅画面——小桥、流水、人家，是那么安详，那么静谧，又是那么温馨，而作者的家乡、亲人却又离作者那么遥远。他们一切都好吗？这些物象和景象传达了作者对故乡亲人的思念，勾起作者四处漂泊、忧愁、痛苦的情感。还引发读者对生命、时间和孤独等人生问题的思考。

此作前四句所描之景之物，成为"天涯断肠人"内心悲凉情感的触发物。曲中景物既是作者旅途中所见之景物，又是其情感的载体，还是心中之物。此作不仅以景托情，寓情于景，在情景交融中构成一种"凄凉悲苦的意象画面感"，而且景中有情，情中有景，情景妙合，共同构成此作情与景的艺术境界。尾句"断肠人在天涯"作为"曲眼"更具有画龙点睛之"妙合"。这些都是此作意境之所在。此作语言极为凝练，内涵丰富，意蕴深远，结构精巧，顿挫有致，被后人誉为"秋思之祖"。

总之，在中国古诗词里，意境是表达作者情感的联想或想象，意境构造是引起读者共情共鸣之本。古诗词若没有意境，则如同无本之木、无源之水。

第六节　古诗词的写作方法

一首诗词，不管诗人运用什么写作方法，都是为了抒情达意，即抒发表达诗人的情感、情怀、心意、意愿、观点和思想。写作时要着眼于诗词的主旨和中心，同时兼顾诗词的谋篇和行文。古诗词的写作方法是作者组织语言的写作方法，与诗歌的体裁、内容有关。古诗词写作主要由表达方式、修辞方法、表现手法、诗词格律和章法五个部分组成。

古诗词的表达方式是诗句写作方法，修辞方法是修饰、调整语句的方法，表现手法是古诗词整体写作的技巧，章法是古诗词写作结构，诗词格律是古诗词平仄格式规则，五者是一个整体，相互融合，缺一不可。修辞方法、表现手法、章法都是建立在表达方式之上的，不能独立存在。一首古诗词的表达方式和修辞方法不是单一使用的，而是以一种表达方式或修辞方法为主，兼用其他表达方式或修辞方法。表达方式和修辞方法若在一些诗词里表现特别突出，就成为表现手法，如修辞叙事、描写叙事、叙事抒情和修辞描写等。其中，修辞描写常用白描、细描、抑扬、对比、渲染、烘托、用典等方法。表现手法是抒发诗歌情感的整体写作技巧，包括直接抒情和间接抒情。章法、平仄格式规则始终贯穿格律诗创作的全篇。

1. 古诗词的表达方式

表达方式由"表达"和"方式"组成。"表达"是动词，其意是表示思想和情感。"方式"是名词，其意是指说话、做事所采取的方法和形式。我们常说的"表达方式"是指诗文的写作方法。古诗词表达方式有叙事、描写、抒情、议论四种。

（1）叙事

叙事又称记叙，即用文字讲述人物、事件，包括作者对人物的经历和事件的发展变化过程以及场景、空间的转换所作的叙说、交代和表达。

例句如下：

①故国神游，多情应笑我，早生华发。（苏轼《念奴娇·赤壁怀古》）

②河桥送人处，凉夜何其。（周邦彦《夜飞鹊·河桥送人处》）

③洛阳城里春光好，洛阳才子他乡老。（韦庄《菩萨蛮五首·其五》）

（2）描写

描是描绘，写是摹写。描写就是作者用生动形象的语言或者朴素直白的文字，把人物、场景、事物等状态具体形象地描绘出来。描写的作用是再现自然景色、事物情状，描绘人物的形貌及内心世界，使人物活动的环境具体化。

例句如下：

①春眠不觉晓，处处闻啼鸟。（孟浩然《春晓》）

②红豆生南国，春来发几枝？（王维《相思》）

③野火烧不尽，春风吹又生。（白居易《赋得古原草送别》）

（3）抒情

抒情是表达情思，抒发情感。抒情方式包括直接抒情和间接抒情两种。直接抒情又称直抒胸臆；间接抒情包括借景、借物、借事抒情，其中又包含触景生情、托物言志、用典抒情等抒情表现手法。

例句如下：

①才下眉头，却上心头。（李清照《一剪梅·红藕香残玉簟秋》）

②此情可待成追忆，只是当时已惘然。（李商隐《锦瑟》）

③问君能有几多愁，恰似一江春水向东流。（李煜《虞美人·春花秋月何时了》）

（4）议论

议论是由叙事、抒情、描写等表达方式引发作者对人对事物的看法、评价、主张或思想，在关键处起到画龙点睛的作用，但不宜多用，更不能滥用。

例句如下：

①议论有馀地，公侯来未迟。（杜甫《奉送魏六丈佑少府之交广》）

②此心安处是吾乡。（苏轼《定风波·南海归赠王定国侍人寓娘》）

③秋风吹不尽，总是玉关情。（李白《子夜吴歌·秋歌》）

2. 古诗词的修辞方法

古诗词修辞方法是指在诗文写作中对所使用的语言文字进行修饰、加工、润色的写作方法，可以提高语言表达的效果。古诗词常用的修辞方法有二十余种，包括比喻、排比、拟人、对比、夸张、借代、反问、设问、对偶、对仗、用典、列锦等。

例：欲把西湖比西子，淡妆浓抹总相宜。（苏轼《饮湖上，初晴后雨二首·其二》）

在此诗句中，作者用了比喻修辞方法，把西湖比喻为美女西施，强调西湖景色十分美丽。

例：危楼高百尺，手可摘星辰。（李白《夜宿山寺》）

在此诗句中，作者用了夸张的修辞方法，描写山上寺院好似有百丈之高，站在上面仿佛都能摘下天上的星辰。

例：鸡声茅店月，人迹板桥霜。（温庭筠《商山早行》）

这两句诗是脍炙人口的名句，采用列锦修辞方法。上下联皆用名词，代表了十种景物：鸡、声、茅、店、月、人、迹、板、桥、霜，构成了鸡声、茅店、残月、人迹、板桥、晨霜六个意象，多重画面组合，形成多种景象，描绘思归客人起早赶路的场景。

3. 古诗词的表现手法

表现手法又称艺术手法，是一种技巧。古诗词表现手法是一种诗句的组织方式，是作者在诗文措辞上和表达思想感情时所使用的特殊语句组织技巧。分析一篇诗词，可以从由点到面、以动写静、虚实结合、抑扬、对比、触景生情、托物言志、借古抒怀、修辞、联想、想象等方面入手，表现手法既是分析理解古诗词写作思路的方法，又是古诗词创作构想的技巧。按照诗歌表达方式分类，古诗词写作表现手法可以分为叙事、描写、抒情和议论四大类。其中，以抒情和描写居多，古诗词抒情又分为直接抒情和间接抒情两类。不管古诗词的表现手法多么复杂，万变不离其宗，诗词的表现手法着眼于诗歌的整体，服务于诗歌的主旨。

叙事表现手法独具匠心，常含有寓言、象征、隐喻、写实等修辞方法和叙事抒情手法、白描叙事手法，多被巧妙地运用其中，使故事情节丰富多彩，引人入胜。

描写表现手法是用生动形象的语言,把人物的状态、动作和景物的性质、特征以及环境的色彩、布局等具体描绘出来,把具体、形象、生动的人物(事件、环境)再现给读者,使读者有身临其境的感觉。描写表现手法包括修辞(比喻、细描、白描、用典、对比、衬托、烘托、渲染、象征等)、联想、想象和两面表现手法四大类。其中,两面表现手法包括动静结合、点面结合、诗画结合、虚实结合、抑扬结合、乐景写哀、主客移位、以小见大等。

抒情表现手法是抒发自己的主观感受、情感、观点和思想的写作方法。抒情表现手法包括直接抒情和间接抒情两种,其中,间接抒情表现手法包括以景载情、触景生情、以景结情、情景交融、托物言志、用典抒情等。

议论表现手法是作者在诗词中直接抒发议论;或者先景后议、触景生情,就事生议;或者先议论抒情、后写景或写事,前后相辅相成。

格律诗平仄格式、章法虽然非常重要,但为了避免重复,故此处不讲,后面章节将详细介绍。

第二章　格律诗的平仄格式

格律诗的格律包括韵律和平仄格式。格律诗的平仄格式包括句内相间、联内相对、联间相粘等基本规则。按照绝句、律诗首句平仄格式划分，格律诗可以分为平起平收、平起仄收、仄起平收、仄起仄收四种。格律诗的平仄格式要避免失对、失粘、孤平等问题。若出现这些语法问题，则应采取措施进行补救，否则就不是格律诗。

第一节　格律诗的基本规则

一是诗句字数规则。在全诗中，每句字数相同，称为齐言诗；每句字数不等，称为非齐言诗。在齐言诗里，每句五个字称为五言诗，每句七个字称为七言诗。以此类推。

二是诗句数量规则。绝句全诗为四句，律诗全诗为八句，分为上下两片，各四句。在律诗中，一、二句为首联，三、四句为颔联，五、六句为颈联，七、八句为尾联。

三是平仄规则。格律诗必须符合句内相间、联内相对、联间相粘的平仄格式规则。

①句内相间：每句平仄相间，即每句的二、四、六字平仄相反。如"平平仄仄平""仄仄平平仄仄平""仄仄平平仄""平平仄仄平平仄"等。

还有一种常规说法。曹雪芹在《红楼梦》第四十八回林黛玉教香菱学习七律时写道："一三五不论，二四六分明。"其意是每句诗，除了句尾字，诗句中的奇数字可平可仄，而偶数字必须符合平仄相间的规则。这同样适用于五言律诗和绝句。

②联内相对：同联上下句必须平仄相对，即平仄相反。如上句为"仄仄

平平仄",下句则为"平平仄仄平",简称为"相对"或"对"。因此,"对"就是平声字对仄声字,或者仄声字对平声字。

③联间相粘:联间两个相邻句子的第二字平仄相同,称为联间相粘,又称"相粘"或"粘"。"粘"就是"平粘平"或者"仄粘仄"。还有一种定义,因为联间诗句既要符合联间相粘,又要遵守句内相间规则,所以,联间两个相邻句子第二、四、六字的平仄全相同,尾字平仄相对,其他奇数字的平仄既可以相同,又可以相对。

例:杜甫《闻官军收河南河北》

剑外忽传收蓟北,初闻涕泪满衣裳。
却看妻子愁何在,漫卷诗书喜欲狂。
白首放歌须纵酒,青春作伴好还乡。
即从巴峡穿巫峡,便下襄阳向洛阳。

该诗第二句"闻"字平声,第三句"看"字也是平声;第四句"卷"字仄声,第五句"日"字也是仄声;第六句"春"字平声,第七句"从"字也是平声,符合平仄相粘规则。或者说,第二句中的"闻"(平声)"泪"(仄声)"衣"(平声),第三句中的"看"(平声)"子"(仄声)"何"(平声),符合句内平仄相间、联间平仄相粘。同理,第四句与第五句、第六句与第七句,也是如此。

失对与失粘:按照诗律学要求,每联中的上句叫出句,下句叫对句。每一联的出句和对句必须相对,上一联的对句和下一联的出句必须相粘。因此,一般可以检查诗句第二字与前后句第二字是否遵循相对或相粘平仄规则,若不符合,可以排除此诗为格律诗,而判断其为古体诗。

例:王之涣《登鹳雀楼》

白日依山尽,黄河入海流。
欲穷千里目,更上一层楼。

此诗第一句第二字"日"是仄声字,第二句第二字"河"是平声字,符合相对规则。第二句第二字"河"与第三句第二字"穷"都是平声字,符合相粘规则。第三句"穷"是平声字,第四句"上"字是仄声字,依然符合相对规则。

如果对句不对，叫失对。如果邻句不粘，叫失粘。失对和失粘都是格律诗的大忌。相比而言，失对要比失粘严重。由于相粘规则确定较晚，故在初唐、盛唐诗人的诗里还能见到失粘的名作。

例：杜甫《咏怀古迹五首·其二》

摇落深知宋玉悲，风流儒雅亦吾师。
怅望千秋一洒泪，萧条异代不同时。
江山故宅空文藻，云雨荒台岂梦思。
最是楚宫俱泯灭，舟人指点到今疑。

此诗第二句第二字"流"是平声字，第三句第二字"望"是仄声字，两者平仄相反而失粘。

相对规则早在齐梁时期就确立了，所以在唐诗中很少见到失对情况，但杜甫《寄赠王十将军承俊》却出现了失对现象。

将军胆气雄，臂悬两角弓。
缠结青骢马，出入锦城中。
时危未授钺，势屈难为功。
宾客满堂上，何人高义同。

此诗首联"将军胆气雄，臂悬两角弓"除了第一个字外，其他各字平仄完全相同，此为失对。通常，古诗若存在失对或失粘问题，就不能称其为格律诗，只能称其为古体诗。

还有一种情况，为了诗意表达而不顾平仄相对规则。

例：杜甫《白帝》

白帝城中云出门，白帝城下雨翻盆。
高江急峡雷霆斗，古木苍藤日月昏。
戎马不如归马逸，千家今有百家存。
哀哀寡妇诛求尽，恸哭秋原何处村？

此诗第二句第二字本该用平声，现在用仄声字"帝"，既与第一句失对，又与第三句失粘。这是因为作者故意重复使用"白帝城"造成排比而牺牲诗的格律，但依然不失为一首好诗。

四是押韵规则。律诗是二、四、六、八句押韵，绝句是二、四句押韵。

除了平收式律诗或绝句的首句押韵外，其他单句（出句）尾字为仄声字，不押韵；偶数句（对句）尾字为平声字，押平声韵，且一韵到底。

押韵在绝句、律诗中要注意六个问题：

①避免出韵，即不能换韵，必须使用同一韵部的字，不能使用邻韵（首句入韵除外）。

②避免重韵。重韵是指在诗中不同押韵诗句的韵脚不能使用相同或重复的韵字，包括使用相同意义的字也要避免，如"香""芳"和"花"是同一个意义，依然属于重韵。重韵发音单调，失去声律美，但填词可以重韵。

③避免凑韵。凑韵是指为了押韵，勉强使用与句子意思不相连的字形成韵脚。

④尽量避免撞韵。撞韵是指诗中不押韵句子最后一个字的韵母跟韵脚的韵母相同且为仄声字；撞韵如同平仄混押或者换韵，这也是不允许的。

⑤尽量避免挤韵，即在同一诗句中使用了与韵脚相同韵部的字，如"中间只隔数重山"中的"间"与韵脚"山"同韵，都属于"十五删"韵部。

⑥尽量避免连韵。连韵是指相邻两句用了"音同字不同"的韵脚，如"旭日跃重生，层层海浪声"中的"生"和"声"就是连韵，失去韵律美。若是隔句音同字不同，就不属于连韵。因此，写格律诗应避免以上押韵错误。

五是对仗规则。在律诗中，除首尾两联外，中间两联（颔联和颈联）必须对仗。一般情况下颔联宽对，颈联工对。有时，在颈联中也可以宽对，如杜甫《登楼》颈联"北极朝廷终不改，西山寇盗莫相侵"不是工对，而是流水对。首联和尾联可以对仗，也可以不对仗。还有一种变体是首联对仗，颔联不对仗，称为偷春格。

在绝句中，可以无对仗，也可以有对仗，还可以全对仗，但不要刻意追求全对仗，因为这绝非易事。王之焕《登鹳雀楼》仅有四句，两两对仗，"黄河入海流"对"白日依山尽""更上一层楼"对"欲穷千里目"。因此，这首绝句被人们称为"五绝"之首。

第二节　古体诗和格律诗的区别

古体诗和格律诗的主要区别如下：

一是字数不同。古体诗，每句字数可多可少，不要求每句字数一致，而格律诗则要求每句的字数相同。

二是句数不同。古体诗对句数没有限制，可多可少。如刘邦《大风歌》只有三句："大风起兮云飞扬，威加海内兮归故乡。安得猛士兮守四方？"古体诗一般较长，多的几十句甚至超百句，如屈原《离骚》和李白《将进酒》。格律诗句数较少，绝句只有四句，律诗八句，排律八句以上，一般不长。

三是平仄不同。古体诗不受平仄格式限制，而格律诗必须受平仄格式限制，做到句内平仄相间、联内平仄相对。

四是粘对不同。古体诗不要求平仄句内相间、联内相对和联间相粘；格律诗则有这样的平仄规则要求。

例：杜甫《春望》

　　国破山河在，城春草木深。
　　感时花溅泪，恨别鸟惊心。
　　烽火连三月，家书抵万金。
　　白头搔更短，浑欲不胜簪。

此诗中第二句第二字"春"是平声，第三句第二字"时"也是平声；第四句第二字"别"是仄声，第五句第二字"火"也是仄声；第六句第二字"书"是平声，第七句第二字"头"也是平声。此诗既符合平仄相粘规则，又符合平仄句内相间、联内相对规则。因此，此诗是五言律诗。

五是押韵不同。古体诗全诗可以用一个平声韵或仄声韵，中间也可以换韵。格律诗（绝句、律诗）一般限用一个韵，第一句可押韵或不押韵，偶数句必须押韵，押平声韵，一韵到底。

六是对仗不同。古体诗可以对仗，也可以不对仗。格律诗要求对仗工整，尤其是律诗中间两联，绝句可以不对仗。排律除了首联和尾联可以不对仗，无论中间有多少联，都必须对仗，否则就不是排律，而是古体诗。

再以杜甫《春望》为例,说明颔联、颈联两两对仗。

此诗颔联"感时花溅泪,恨别鸟惊心"一般解释为对乱世别离的悲凉情感,花为之落泪,鸟也为之惊心。"恨别"对"感时","鸟"对"花","惊"对"溅","心"对"泪"。作者触景生情,移情于物,可见好诗蕴含丰富。此联还运用了互文的修辞方法,"感时"与"恨别"可以互换位置,即"恨别花溅泪,感时鸟惊心"。

此诗颈联"烽火连三月,家书抵万金"中的"烽火"对"家书","连"对"抵","三月"对"万金"。那时,唐朝将领安禄山和史思明发动"安史之乱",历时多年,战火不断,很多百姓颠沛流离、妻离子散,与家人联系中断。如今晚春三月,作者十分迫切地盼望收到家人的音信,此时此刻一封家书真是胜过"万金"!这也是人之常情。因此,"家书抵万金"成为千古传诵的古诗名句。

在古诗中,若有一条诗句不符合格律诗规则,一般可以断定此诗为古体诗,而不是格律诗。鉴别古体诗和格律诗的方法如下:

①是否为齐言诗。若诗各句字数不一,则可以判断此诗为古体诗。

②是否符合押韵规则。若诗的偶数句不押韵或者不是押平声韵,则可以判断此诗为古体诗。

③是否符合对仗规则。若诗的中间两联不对仗,则可以判定此诗为古体诗,绝句除外。

④是否符合句内平仄相间规则。若不符合,则可以判断此诗为古体诗。

⑤是否符合联内平仄相对规则。若不符合,则可以判断此诗为古体诗。

⑥是否符合联间平仄相粘规则。若不符合,则可以判断此诗为古体诗。

例:李白《静夜思》

　　床前明月光,疑是地上霜。

　　举头望明月,低头思故乡。

这是一首古体诗,不是五言绝句。虽然它有一些格律诗的特征,又脍炙人口、传诵千年,但它不符合格律诗的平仄规则。因为"疑是地上霜"为"平仄仄仄平",不合律句;"举头望明月"不粘,"低头思故乡"不对。因此,它是一首古体诗,而非格律诗。

例：范仲淹《江上渔者》

　　江上往来人，但爱鲈鱼美。

　　君看一叶舟，出没风波里。

首先，这首诗首联平仄不对，首句第二字"上"是仄声，第二句第二字"爱"也是仄声，不符合联内相对规则。其次，第二句第二字"爱"是仄声字，第三句第二字"看"是平声字，上联对句与下联出句不粘，不符合联间相粘规则。因此，此诗不是绝句，是一首五言古体诗。

第三节　绝句平仄格式

1. 绝句基本句型

五言绝句有四种基本句型，这里分别用小写英文字母 a、b、c、d 表示。七言绝句也有四种基本句型，这里分别用大写英文字母 A、B、C、D 表示。

五言绝句的四种基本句型：

a. 仄仄平平仄

b. 平平仄仄平

c. 平平平仄仄

d. 仄仄仄平平

七言绝句的四种基本句型：

A. 平平仄仄平平仄

B. 仄仄平平仄仄平

C. 仄仄平平平仄仄

D. 平平仄仄仄平平

七言绝句的四种基本句型是在五言绝句的基本句型前增加两个与后面两字平仄相反的字，即两个平声字或两个仄声字。

2. 五言绝句的平仄格式

五言绝句由四种基本句型按一定规律排列组合，分为仄起仄收、平起平收、平起仄收、仄起平收四种基本平仄格式。首句以不押韵、仄起较常见。

格式一：仄起仄收

首句第二个字和尾字都是仄声字，称为仄起仄收。因为首句尾字为仄声，所以首句不押韵。其平仄基本格式如下：

a. 仄仄㊉平仄，

b. 平平㊄仄韵。

c. ㊉平㊉仄仄，

d. ㊄仄仄平韵。

[**注释**] 平表示平声字。仄表示仄声字。韵表示押韵，格律诗均押平声韵。㊉表示可平可仄，用平声字，但也可用仄声字。㊄表示可仄可平，即该用仄声字，但也可用平声字。

例：韦承庆《南中咏雁》

万里人南去，三春雁北飞。

不知何岁月，得与尔同归？

格式二：平起平收

首句第二个字和尾字都是平声字，称为平起平收。因为首句尾字为平声，所以首句押韵。其平仄基本格式如下：

b. 平平㊄仄韵，

d. ㊄仄仄平韵。

a. ㊄仄㊉平仄，

b. 平平㊄仄韵。

例：李嘉祐《白鹭》

江南渌水多，顾影逗轻波。

落日秦云里，山高奈若何。

格式三：平起仄收

首句第二个字是平声字，首句尾字是仄声字，称为平起仄收。因为首句尾字为仄声，所以首句不押韵。其平仄基本格式如下：

c. ㊉平㊉仄仄，

d. ㊄仄仄平韵。

41

a. 仄仄平平仄,
b. 平平仄仄韵。

例：王勃《山中》

长江悲已滞，万里念将归。

况属高风晚，山山黄叶飞。

格式四：仄起平收

首句第二个字是仄声字，首句尾字是平声字，称为仄起平收。因为首句尾字为平声，所以首句押韵。其平仄基本格式如下：

d. 仄仄仄平韵,

b. 平平仄仄韵。

c. 平平平仄仄,

d. 仄仄仄平韵。

例：卢纶《塞下曲六首·其二》

林暗草惊风，将军夜引弓。

平明寻白羽，没在石棱中。

3. 七言绝句平仄格式

七言绝句分为平起仄收、仄起平收、仄起仄收、平起平收四种基本平仄格式。其中，平收式首句押平声韵，仄收式首句不押韵。首句以平起、押韵（平收）较常见。

格式一：平起仄收

A. 平平仄仄平平仄。

B. 仄仄平平仄仄韵。

C. 仄仄平平平仄仄,

D. 平平仄仄仄平韵。

例：窦巩《南游感怀》

伤心欲问前朝事，惟见江流去不回。

日暮东风春草绿，鹧鸪飞上越王台。

格式二：仄起平收

B. ⊘仄平平⊘仄㊙,
D. ⊘平⊘仄仄平㊙。
A. ⊘平⊘仄⊘平仄,
B. ⊘仄平平⊘仄㊙。

例：王昌龄《从军行七首·其四》

　　青海长云暗雪山，孤城遥望玉门关。
　　黄沙百战穿金甲，不破楼兰终不还。

格式三：仄起仄收

C. ⊘仄⊘平⊘仄仄,
D. ⊘平⊘仄仄平㊙。
A. ⊘平⊘仄⊘平仄,
B. ⊘仄平平⊘仄㊙。

例：王维《九月九日忆山东兄弟》

　　独在异乡为异客，每逢佳节倍思亲。
　　遥知兄弟登高处，遍插茱萸少一人。

格式四：平起平收

D. ⊘平⊘仄仄平㊙,
B. ⊘仄平平⊘仄㊙。
C. ⊘仄⊘平⊘仄仄,
D. ⊘平⊘仄仄平㊙。

例：王昌龄《出塞二首·其一》

　　秦时明月汉时关，万里长征人未还。
　　但使龙城飞将在，不教胡马度阴山。

第四节　律诗的平仄格式

1. 律诗的基本句型

律诗的基本句型来自绝句。五言律诗有四种基本句型，这里分别用小写英文字母 a、b、c、d 表示。七言律诗也有四种基本句型，这里分别用大写英文字母 A、B、C、D 表示。

五言律诗的四种基本句型：

a. 仄仄平平仄

b. 平平仄仄平

c. 平平平仄仄

d. 仄仄仄平平

七言律诗四种基本句型：

A. 平平仄仄平平仄

B. 仄仄平平仄仄平

C. 仄仄平平平仄仄

D. 平平仄仄仄平平

七言律诗的四种基本句型是在五言律诗基本句型前增加两个与后面两字平仄相反的字，即两个平声字或两个仄声字。

2. 五言律诗的平仄格式

五言律诗的平仄由五言绝句的四种基本句型按照一定规律的排列组合，分为仄起仄收、平起平收、平起仄收、仄起平收四种基本平仄格式，每首诗由八句组成。其中，平收式律诗首句押平声韵，仄收式律诗首句不押韵。

格式一：仄起仄收

a. 仄仄平平仄，

b. 平平仄仄韵。

c. 平平平仄仄，

d. 仄仄仄平韵。

a. 仄仄平平仄，

b. 平平仄仄韵。

c. 平平平仄仄，

d. 仄仄仄平韵。

例：杜甫《春望》

国破山河在，城春草木深。

感时花溅泪，恨别鸟惊心。
　　烽火连三月，家书抵万金。
　　白头搔更短，浑欲不胜簪。

格式二：平起平收

b. 平平⊗仄㊰，
d. ⊗仄仄平㊰。
a. ⊗仄㊉平仄，
b. 平平⊗仄㊰。
c. ㊉平㊉仄仄，
d. ⊗仄仄平㊰。
a. ⊗仄㊉平仄，
b. 平平⊗仄㊰。

例：杜甫《题玄武禅师屋壁》

　　何年顾虎头，满壁画沧州。
　　赤日石林气，青天江海流。
　　锡飞常近鹤，杯渡不惊鸥。
　　似得庐山路，真随惠远游。

格式三：平起仄收

c. ㊉平㊉仄仄，
d. ⊗仄仄平㊰。
a. ⊗仄㊉平仄，
b. 平平⊗仄㊰。
c. ㊉平㊉仄仄，
d. ⊗仄仄平㊰。
a. ⊗仄㊉平仄，
b. 平平⊗仄㊰。

例：李白《秋登宣城谢朓北楼》

　　江城如画里，山晚望晴空。
　　两水夹明镜，双桥落彩虹。

人烟寒橘柚，秋色老梧桐。

谁念北楼上，临风怀谢公。

格式四：仄起平收

d. 仄仄仄平韵，

a. 平平仄仄韵。

c. 平平平仄仄，

d. 仄仄仄平韵。

a. 仄仄平平仄，

b. 平平仄仄韵。

c. 平平平仄仄，

d. 仄仄仄平韵。

例：王维《终南山》

太乙近天都，连山接海隅。

白云回望合，青霭入看无。

分野中峰变，阴晴众壑殊。

欲投人处宿，隔水问樵夫。

3. 七言律诗的平仄格式

七言律诗分为仄起仄收、平起平收、平起仄收、仄起平收四种基本平仄格式。其中，平收式首句押平声韵，仄收式首句不押韵。

格式一：平起仄收

A. 平平仄仄平平仄。

B. 仄仄平平仄仄韵。

C. 仄仄平平平仄仄，

D. 平平仄仄仄平韵。

A. 平平仄仄平平仄，

B. 仄仄平平仄仄韵。

C. 仄仄平平平仄仄，

D. 平平仄仄仄平韵。

例：李绅《宿扬州》

　　江横渡阔烟波晚，潮过金陵落叶秋。
　　嘹唳塞鸿经楚泽，浅深红树见扬州。
　　夜桥灯火连星汉，水郭帆樯近斗牛。
　　今日市朝风俗变，不须开口问迷楼。

格式二：仄起平收

B. ⊘仄平平⊘仄㊵，
D. ⊕平⊘仄仄平㊵。
A. ⊕平⊘仄⊕平仄，
B. ⊘仄平平⊘仄㊵。
C. ⊘仄⊕平⊕仄仄，
D. ⊕平⊘仄仄平㊵。
A. ⊕平⊘仄⊕平仄，
B. ⊘仄平平⊘仄㊵。

例：李商隐《无题二首·其一》

　　昨夜星辰昨夜风，画楼西畔桂堂东。
　　身无彩凤双飞翼，心有灵犀一点通。
　　隔座送钩春酒暖，分曹射覆蜡灯红。
　　嗟余听鼓应官去，走马兰台类转蓬。

格式三：仄起仄收

C. ⊘仄⊕平⊕仄仄，
D. ⊕平⊘仄仄平㊵。
A. ⊕平⊘仄⊕平仄，
B. ⊘仄平平⊘仄㊵。
C. ⊘仄⊕平⊕仄仄，
D. ⊕平⊘仄仄平㊵。
A. ⊕平⊘仄⊕平仄，
B. ⊘仄平平⊘仄㊵。

例：杜甫《咏怀古迹五首·其五》
　　诸葛大名垂宇宙，宗臣遗像肃清高。
　　三分割据纡筹策，万古云霄一羽毛。
　　伯仲之间见伊吕，指挥若定失萧曹。
　　运移汉祚终难复，志决身歼军务劳。

格式四：平起平收

D. ⊕平⊗仄仄平⟨韵⟩，
B. ⊗仄平平⊗仄⟨韵⟩。
C. ⊗仄⊕平⊕仄仄，
D. ⊕平⊗仄仄平⟨韵⟩。
A. ⊕平⊗仄⊕平仄，
B. ⊗仄平平⊗仄⟨韵⟩。
C. ⊗仄⊕平⊕仄仄，
D. ⊕平⊗仄仄平⟨韵⟩。

例：韩愈《左迁至蓝关示侄孙湘》
　　一封朝奏九重天，夕贬潮州路八千。
　　欲为圣明除弊事，肯将衰朽惜残年！
　　云横秦岭家何在？雪拥蓝关马不前。
　　知汝远来应有意，好收吾骨瘴江边。

第五节　孤平与拗救

孤平从古至近代没有统一的说法。唐宋时没有，直至到清代乾隆以前也没有。现在，一般遵循现代诗律学者王力的定义。他认为，孤平是指格律诗一个句子里除韵脚外，不能只有一个平声字。如果全句除韵脚外只有一个平声字，则称犯孤平。

王力在《诗词格律》中认为，五言"平平仄仄平"（平起平收）这个句型，第一字必须用平声，如果用了仄声字，就犯了孤平。七言是五言的扩展，在"仄仄平平仄仄平"（仄起平收）这个句型中，第三字如果用了仄声就是孤平，因为在一个句中两个仄声之间只有一个平声，句尾平声韵除外。孤平是格律诗的大忌，容易出现在五言平起平收和七言仄起平收平仄格式中。因此，在写格律诗时，遇到这两种平仄格式要特别注意避免孤平问题。

什么是拗？拗是违反的意思。诗词中的拗，特指违背平仄格式，即该用平声时没有用平声字，该用仄声字时没有用仄声字，称为拗，这样的句子称为拗句。若发生了拗，有可能产生句子孤平问题。这时就要对这个句子进行补救，称为拗救。如果发生了拗，但句子没有犯孤平，且不影响诗意，一般不用拗救。

通俗说，拗救是指一个句子该用平声却用了仄声，或者该用仄声却用了平声，然后在本句或对句的适当位置，把该用仄声字改用平声字，或者把该用平声字改用仄声字，加以补救。拗救方法有本句自救和对句相救两种。

五言平起平收的标准平仄格式为"平平仄仄平"，如果第一字拗，就变成了"仄平仄仄平"，这是典型的孤平，需要加以补救。方法是把第三字的仄声字改为平声字，即变成"仄平平仄平"。这种救是在本句内完成的，称为本句自救。以李白《夜宿山寺》为例：

危楼高百尺，手可摘星辰。
不敢高声语，恐惊天上人。

这首诗的格律如下：
平平平仄仄，仄仄仄平平。
仄仄平平仄，仄平平仄平。

按照标准格式，末句本应该是"平平仄仄平"，第一个字用了仄声字"恐"，出现了拗。为了避免孤平，作者采取了补救措施，把第三个字改为平声字"天"，则变成了"仄平平仄平"。

七言仄起平收标准平仄格式为"仄仄平平仄仄平"，如果第三字拗，就变成了"仄仄仄平仄仄平"，这也是典型的孤平，需要加以补救。方法是把第五字的仄声字改为平声字，即变成"仄仄仄平平仄平"，这样就不犯孤平，这是本句自救。以贺知章《回乡偶书二首·其一》为例：

少小离家老大回，乡音无改鬓毛衰。
儿童相见不相识，笑问客从何处来。

这首诗的格律如下：

仄仄平平仄仄平，平平仄仄仄平平。
平平仄仄平平仄，仄仄平平仄仄平。

按照标准格式，末句应该是"仄仄平平仄仄平"，第三字用了仄声字"客"，出现了拗，为了避免"仄仄仄平仄仄平"，作者采取本句补救措施，把第五字改为平声字"何"，则变成"仄仄仄平平仄平"。

还有三种有争议的孤平，称为准孤平。专家学者对此也有不同观点，有的认为可以不救，而作者为了使作品更加完美，往往会采取补救措施。

五言仄起仄收标准平仄格式为"仄仄平平仄"，如果第三字拗，就变成"仄仄仄平仄"。以李白《赠孟浩然》为例：

吾爱孟夫子，风流天下闻。
红颜弃轩冕，白首卧松云。
醉月频中圣，迷花不事君。
高山安可仰，徒此揖清芬。

此诗首联平仄标准格式应为"仄仄平平仄，平平仄仄平"，但上句第三字"孟"字为仄声字，平仄格式变成"仄仄仄平仄"，犯了准孤平。作者采取对句相救的方法加以补救，即将本该为仄声字的对句第三字改为平声字"天"，下句平仄格式变成了"平平平仄平"。这种补救方法称为对句相救。

七言平起平收标准平仄格式为"平平仄仄仄平平"，如果第一字拗，就变成了"仄平仄仄仄平平"，犯了准孤平。这种情况，作者通常可以采用本句自救的方法，把第三字改为平声字，变成"仄平平仄仄平平"。以杜甫《登高》为例：

风急天高猿啸哀，渚清沙白鸟飞回。
无边落木萧萧下，不尽长江滚滚来。
万里悲秋常作客，百年多病独登台。
艰难苦恨繁霜鬓，潦倒新停浊酒杯。

第二句标准平仄格式是"平平仄仄仄平平"（"白"在《平水韵》中为仄声字），而此句第一字"渚"为仄声字，出现了拗。此句平仄格式变成了"仄平仄仄仄平平"，形成准孤平。所以第三字改用平声字"沙"，平仄格式又变成了"仄平平仄仄平平",通过本句补救避免了准孤平。

七言平起仄收的标准平仄格式为"平平仄仄平平仄",如果第一字拗,就变成了"仄平仄仄平平仄",犯了准孤平。可采用本句自救方法,把第三字改为平声字,变成"仄平平仄平平仄"。有的还同时把第五字的平声再变成仄声字,变成"仄平平仄仄平仄"。有一些专家学者认为这也是准孤平,但在古代是存在的。以苏轼《新城道中二首·其一》为例:

东风知我欲山行,吹断檐间积雨声。

岭上晴云披絮帽,树头初日挂铜钲。

野桃含笑竹篱短,溪柳自摇沙水清。

西崦人家应最乐,煮芹烧笋饷春耕。

这首诗的标准平仄格式应为:

平平仄仄仄平平,仄仄平平仄仄平。

仄仄平平平仄仄,平平仄仄仄平平。

平平仄仄平平仄,仄仄平平仄仄平。

仄仄平平平仄仄,平平仄仄仄平平。

此诗第五句标准平仄格式为"平平仄仄平平仄",而实际平仄格式是"仄平平仄仄平仄",这是因为第一字用了仄声字"野",出现了拗,为避免准孤平,把第三字改为平声字"含",同时还把第五字改为仄声字"竹"(其在《平水韵》中为仄声)。单从这一句来说,作者完全可以避免拗救,如"春桃带笑茅篱短",可能是因为"带笑"不如"含笑"更恰当,也可能是因为诗中末句已经有"春"字,为避免重字,作者最后还是用了仄声字"野"。

另外,此诗第六句标准平仄格式为"仄仄平平仄仄平",而实际上平仄格式是"平仄仄平平仄平"。这句诗第三字"自"为仄声字,出现了拗,为避免第四字平声"摇"字犯孤平,诗人采取了本句自救,第五字用了平声字"沙"。同时第一字"溪"是平声字,有专家认为这也是一种补救,起到了锦上添花的作用。

平仄是一种韵律节奏格式。在格律诗中,诗句必须遵守平仄格式规则。若有拗句,没有孤平,又不害诗意,可不自救,因为诗意是最主要的。

第三章　古诗词对仗

对仗是古诗词中最常用的基本写作方法，内容丰富，应用极广。在格律诗中，如果没有对仗，就没有律诗。常见古诗词对仗有工对、邻对、宽对、借对、流水对、正对、反对、叠字对、倒装对、隔句对、当句对、词性对、人物对、鸟兽对、数字对、数目对、巧变对、语气对、虚实对、联绵对、远近对、逆挽对、颜色对、错综对、衬豆对、双声对、叠韵对等二十七种。

第一节　词　性

词性是对仗的基础。古汉语的词性分为实词和虚词两类。其中，实词包括名词、动词、形容词、数词、代词等；虚词包括副词、介词、连词、助词、叹词等。

1. 实词

名词：事物的名称，如水、日、风、草、灯火等。
动词：表示行为动作的词，如登、敲、入等。
形容词：表示性质、状态的词，如大、小、红、绿等。
数词：表示数量的词，如一、千、万等。
代词：代名词。如第一人称代词有余、吾、予、我等，第二人称代词有汝、若、尔等，第三人称代词有之、其、伊、彼等，指示代词有斯、是、此、他、其、夫、彼等，疑问代词有谁、何、故、安、孰等。

2. 虚词

副词：位于动词和形容词之前，表示程度、范围、肯定、否定的词；还有疑问副词，如岂、独等。

介词：具有介引作用的词，不能单独使用，必须与其他成分组成介词短语，如向、于、为、与等。

连词：具有连接作用的词，如而、以、则、且等。

时态助词：如着、了、过等。

结构助词：如而、以等。

语气助词：如矣、哉、也、呼等。

叹词：独立于句子之外，可以独立成句，如噫、吁等。

3. 句子成分

格律诗的句子成分有六种：主语、谓语、宾语、定语、状语、补语，简称为"主谓宾、定状补"。"名词+动词"为主谓词组，"动词+名词或代词"为动宾词组，"定语+名词"和"状语+动词"为偏正词组，"动词或形容词+补语"为动补词组等。

第二节 对仗概念

对偶是一种文学修辞方法，是字数相等、结构相似或相同、意义对称的一对短语或句子，具有对称美。对偶在古代散文或对偶式对联中较常见，"先天下之忧而忧，后天下之乐而乐"就是典型的对偶句。对偶通常对平仄、词性和结构要求不严，上联、下联可以用相同的汉字对应。

对仗是对偶的特殊形式，也是一种文学修辞方法。对仗一定是对偶，但对偶不一定对仗。对仗是在对偶基础上，增加了许多的限定条件。对仗的基本规则是上下联平仄相对、句内平仄相间，对仗的上下联对应的汉字不会相同。对仗讲究平仄，读起来抑扬顿挫、节奏和谐，具有韵律美。对仗是律诗的基本特征，律诗的颔联、颈联必须对仗，尤其是颈联；而绝句一般不要求对仗，对仗可有可无，若有对仗则更佳。

对仗有工对、宽对之分。工对比较严格，绝对的工对和宽对一般不多，律诗宽对较多，相当于半工对、半宽对。例如，"脸红"对"心跳"，"脸"与

"心"都是身体部位，属工对，而"红"与"跳"分别为形容词和动词，属于宽对，所以"脸红"对"心跳"属于半工对。

对仗主要从字词的意义和结构上来看，有些初学者总喜欢词性对仗，一旦发现一个词性不对，就认为失对，这是错误的。如"春蚕到死丝方尽，蜡炬成灰泪始干"，"死"是形容词，"灰"是名词，若认为此诗句失对，那就很片面，对对仗的理解太狭隘了。

有些人常常把对仗、对偶、对联三者混淆。对联又称对偶、门对、春贴、春联、对子、楹联等，是一种含有对偶或对仗的文学体裁，是写在纸上、柱子上的对偶语句，既是中文语言特有的艺术形式，又是中国特有的文学体裁。通常，上联尾字押仄声韵，而下联尾字押平声韵。其特点是言简意深，字数相同，结构相同，平仄协调，对仗工整。对仗式对联既要满足对仗的基本要求，还要保证内容的关联性，即上下联要有逻辑关系，这样才能形成完整的情感表达和意境。关于对联的起源，一说起源于桃符，另一说来源是春贴。古人在立春日张贴"宜春"二字，后来渐渐发展为春联。每逢中国春节，家家户户贴春联，辞旧迎新，增加节日喜庆，表达辟邪除灾、迎祥纳福的美好愿望。

对仗、对偶、对联三者的区别如下：

一是概念不同。对偶和对仗都是修辞方法，对联是一种文学体裁。

二是格律不同。对仗要求句内平仄相间，上下联平仄相对，且由句意相关的对偶句构成。凡是律诗必须有对仗，主要在颔联和颈联中，且对仗下句必须押韵。而对联一般不对仗，就对偶。

三是关系不同。对仗一定是对偶，但对偶不一定对仗。对联可以是对仗式对联，也可以是对偶式对联。

四是汉字不同。对仗的上下联相对汉字不能相同，而对偶的上下联相对汉字可以相同。

五是应用范围不同。对仗常用于写作对联和格律诗包括律诗、绝句、宋词；对偶常用于其他文学体裁作品。

第三节 对仗方法

在上下联平仄相对的前提下，对仗要结合对仗构思、用字、措辞、造句和诗意等，对仗基本方法如下：

一是词类相同。实词对实词、虚词对虚词，即名词对名词、动词对动词、形容词对形容词、数词对数词、代词对代词，副词对副词、介词对介词、连词对连词、助词对助词等。

二是同类词相对。天文类对天文类、时令类对时令类，单字词对单字词、双音词对双音词、三字词对三字词，等等。

三是名词若干小类，同一小类的词相对，依然算工对。

四是有些词虽然不同类，但是两种事物经常并提，如天地、诗酒、花鸟、人物、兵马、金玉、金石等，经常在上下句中相对，也算工对。

五是句中同类且与下句异类相对的，也属工对，如杜甫的"国破山河在，城春草木深"中的"国破"与"山河"、"城春"与"草木"属于句中同类，但"国破"与"城春"、"山河"和"草木"属于上下联异类相对。

六是反义词互为对仗，属工对。如李白《塞下曲六首·其一》"晓战随金鼓，宵眠抱玉鞍"中的"晓"和"宵"。同义词相对，看似工对，实为劣对，因为反对为优、正对为劣。出句和对句完全同义相对，称为合掌或合盘。因此，上下联要避免合掌，避免意思重复。如"长空展翅，广宇翔云"，此联中"长空"与"广宇"合掌，"展翅"与"翔云"合掌，相当于诗句重复。

七是除了工对，还有邻对和宽对；对仗再宽一点儿，就是半对半不对。

八是词意对，包括词意相反对、相似对、相关对。相反对，如"喜"对"哀"、"善"对"恶"、"新"对"旧"等；相似对如"地久"对"天长"、"父慈"对"子孝"；相关对，如"狂风"对"骤雨"、"珊瑚"对"玳瑁"、"青草地"对"白云天"等。

九是联绵词对联绵词。联绵词中的字不能拆开，如参差、葡萄、蜘蛛。联绵词多为双声叠韵，如辗转。

十是句子成分相同。律诗对仗不但要求上下句词性相同相对，还要求句子成分相同，即主谓词组对主谓词组，联合词组对联合词组，偏正词组对偏正词组，动宾词组对动宾词组，介宾词组对介宾词组，动补词组对动补词组等。

第四节　对仗分类

1. 工对

工对是指同一门类词语相互对偶、工整对仗。古汉语名词分为若干小类，同一小类的词相对便是工对，如天文类对天文类、地理类对地理类。有些虽不是同小类词语，但在语言中经常平列，如天地、花鸟、诗酒等也属工对。在李白《渡荆门送别》"月下飞天镜，云生结海楼"中，"月"和"云"既是名词，又是天文类词；李商隐《无题·相见时难别亦难》"晓镜但愁云鬓改，夜吟应觉月光寒"，"晓"和"夜"是名词中的时令词对时令词。根据字词内容进行工对，方式有二十余种。

①天文（日月风雨等）　　　②时令（春秋晓夜等）
③地理（山村湖海等）　　　④宫室（楼堂府库等）
⑤器物（刀剑杯盘等）　　　⑥服饰（衣巾布帛等）
⑦饮食（茶饭粮油等）　　　⑧文具（纸笔琴棋等）
⑨文学（诗书文字等）　　　⑩植物（草木花絮等）
⑪动物（鸟兽虫鱼等）　　　⑫形体（身心魂魄等）
⑬人事（道德才情等）　　　⑭人伦（父子姑舅等）
⑮颜色词（红黄蓝绿等）　　⑯数目词（一二三四等）
⑰联绵词（葡萄、蜘蛛等）　⑱重叠词（悠悠、凄凄等）
⑲方位词自成一类（东西、上下等）
⑳天干地支词自成一类（甲乙、子丑等）
㉑专用名词（人名对人名、国名对国名等）

2. 邻对

邻近事物类相对的对仗，称为邻对。邻对是介于工对和宽对之间的一种对仗，虽然比工对稍逊一筹，但属于近于工整的对仗，有二十余种。

① 时令对天文　　　② 天文对地理
③ 地理对宫室　　　④ 地理对器物
⑤ 器物对衣饰　　　⑥ 器物对文具
⑦ 衣饰对饮食　　　⑧ 文具对文学
⑨ 形体对人事　　　⑩ 草木对花果
⑪ 鸟兽对鱼虫　　　⑫ 草木对鸟兽
⑬ 人伦对代名　　　⑭ 方位对数目
⑮ 数目对颜色　　　⑯ 人名对地名
⑰ 同义对反义　　　⑱ 同义对联绵
⑲ 联绵对反义　　　⑳ 副词对连词
㉑ 副词对介词　　　㉒ 连词对助词

（以上邻对仅供参考，无法全部列举。）

例：征蓬出汉塞，归雁入胡天。（王维《使至塞上》）

此联中"蓬"对"雁"是草木对鸟兽，属于邻对。

例：离堂思琴瑟，别路绕山川。（陈子昂《春夜别友人二首·其一》）

上联"离堂"表示饯别之堂，"琴瑟"表示和谐的乐器，"离堂"对"琴瑟"是地理对器物，象征融洽的感情。下联"别路"对"山川"。它们既属于邻对，又属于当句对。

3. 宽对

不能严格区分词语类别，按词性相同要求构成的对仗，称为宽对，只要词性相同，就可相对；半对半不对也属于宽对。对仗主要出于自然，如果有天然佳句，即使字面对仗不工整，也无损毫末。

例：日斜江上孤帆影，草绿湖南万里情。（刘长卿《别严士元》）

此联中的"日斜"对"草绿"、"孤帆"对"万里"属于自然宽对，且无害又为佳句。对仗更宽一点儿，属于半对半不对，一般用在律诗的首联或颔联。

例：匈奴犹未灭，魏绛复从戎。（陈子昂《送魏大从军》）

此联中"匈奴"与"魏绛"是名词相对，"犹"与"复"是副词相对，但"未灭"与"从戎"不对，此联属于半对半不对的宽对。

例：饮马鱼惊水，穿花露滴衣。（元稹《早归》）

此联中的马、鱼、水与花、露、衣全为名词互对，属于宽对。

4. 借对

字面上本不相对，但由于同音、谐声，借用字音相对，或者由于是多义词，借用某一意义相对，统称借对。因此，借对可分为借音对和借义对。

①借音对：借用一个同音字进行对仗，或者一个字有两个以上的读音，诗中用的是甲音，但同时借用它的乙音或丙音与另一个字对仗。

例：沧海月明珠有泪，蓝田日暖玉生烟。（李商隐《锦瑟》）

此联中的"沧"借"苍"（灰白色）的字音，与"蓝"相对，属于借音对。

例：事直皇天在，归迟白发生。（刘长卿《新安奉送穆谕德归朝，赋得行字》）

此联中的"皇"借"黄"的字音，与"白"相对，属于借音对。

例：樽开柏叶酒，灯发九枝花。（张子容《除夜乐城逢孟浩然》）

此联中的"柏"借"百"的字音，与"九"以数目词相对，属于借音对。

②借义对：一个字（词）有两个或者两个以上含义，使用它的甲义，却假借它的乙义与另一个字（词）相对。

例：行李淹吾舅，诛茅问老翁。（杜甫《巫峡敝庐奉赠侍御四舅别之澧朗》）

此联中"行李"的"李"并不是"桃李"的"李"义，但作者借用"桃李"的"李"与"茅"互对，属于借义对。

例：岐王宅里寻常见，崔九堂前几度闻。（杜甫《江南逢李龟年》）

此联中的"寻常"是平常的意思，"寻常"对"几度"。古代八尺为寻，两寻为常，借来对数目，属于借义对。

5. 流水对

通常，对仗是平行的各有其独立性的上下两句。但有一种对仗，把一句话分成两句说，每句都没有独立性，出句和对句合起来才是一个整体，这种对仗称为流水对，又称串对。

例：北极朝廷终不改，西山寇盗莫相侵。（杜甫《登楼》）

此联意思是：朝廷如同北极星一样最终都不会改换，西山的吐蕃寇盗不要来侵扰。此联上下句合在一起理解，意义才完整，表达了作者的爱国情怀，此联属于流水对。

例：欲穷千里目，更上一层楼。（王之涣《登鹳雀楼》）

此联意思是：人想要看到千里之外的风光，那就要登上更高的一层楼。此联上下句合在一起理解，意义才完整，表达了作者一种无止境探求的愿望。人若想看得更远，看到目力所能达到的地方，唯一的办法就是要站得更高。此联属于流水对。

6. 正对

正对是指意思相近，内容相关，达到相辅相成效果的对仗。

例：蝉噪林逾静，鸟鸣山更幽。（王籍《入若耶溪》）

此联属于正对，"蝉"对"鸟"、"噪"对"鸣"、"林"对"山"、"逾"对"更"、"静"对"幽"，对仗工整，同时用以动衬静的表现手法来渲染山林的幽静，塑造了一种幽深清静的境界。

例：春风又绿江南岸，明月何时照我还？（王安石《泊船瓜洲》）

此联意思是：和煦的春风又吹绿了江南岸边的景色，皎洁的明月什么时候才能照着我回到家乡呢？诗人描写江南美丽的春色，把春景与思归联系在一起，暗示了作者希望早日辞官回家的心愿，寄托了作者浩荡的情思。下联以疑问语气更增添了作者内心的无奈和伤感。此联既属于正对，又属于流水对、语气对。

7. 反对

反对就是从矛盾对立的两个方面对照，表示相对相反的意思，在内容上相反相成、对立统一，是对仗或对偶修辞方法中的一种。反对是由"反与对"组成矛盾的统一体。简言之，两组意义相反的字相对，称为反对。比如"有"与"无"、"多"与"少"。反对为优，意义相同或相近的正对为次。

例：山重水复疑无路，柳暗花明又一村。（陆游《游山西村》）

此联意思是：山峦重叠，水流曲折，作者正担心无路可走，忽然在柳绿花艳的山间里出现一个美丽的村庄。此联描写山间水畔的景色，景中寓含哲理，比喻在困境中又见生机的欢喜，千百年来被人广泛引用。此联属于反对。

例：身无彩凤双飞翼，心有灵犀一点通。（李商隐《无题二首·其一》）

此联意思是：我们身上虽然没有彩凤的双翼，不能比翼齐飞；但是你我内心却像灵犀一样，感情息息相通。因此，此联既属于反对，又属于流水对。

例：天意怜幽草，人间重晚晴。（李商隐《晚晴》）

此联意思是：老天爷都怜惜那幽僻处的小草，人世间非常珍惜傍晚时的晴天。此联既属于反对，又属于流水对。

8. 叠字对

叠字对又称连珠对，上联某一位置用重叠字，在下联相对应的位置也用重叠字，音词对仗。

例：树树皆秋色，山山唯落晖。（王绩《野望》）

此联中的"树树"对"山山"，属于叠字对。

例：无边落木萧萧下，不尽长江滚滚来。（杜甫《登高》）

此联中的"萧萧"对"滚滚"，属于叠字对。

9. 倒装对

倒装对是琢句对仗法的一种，由于受格律诗平仄或词性的约束，故意把词语颠倒，包括句内词语颠倒或上下句颠倒，又称倒插对。

例：柳絮打残连夜雨，桃花飞落五更风。（白玉蟾《快轩书怀》）

此联采用句内倒装手法，其正常语序应为"连夜雨打残柳絮，五更风飞落桃花"。所以，此联是倒装对。

例：竹喧归浣女，莲动下渔舟。（王维《山居秋暝》）

此联顺读应为"莲动渔舟下，竹喧浣女归"。但顺读不符合平仄格式，为了符合格律要求，作者故意把诗句的前后次序颠倒。此联是倒装对。

10. 隔句对

上联的出句和下联的出句相对，上联的对句和下联的对句相对，从整体上说是两句对两句。这种隔句对仗称为隔句对，亦称扇面对。

例：白居易《夜闻筝中弹潇湘送神曲感旧》

　　缥缈巫山女，归来七八年。
　　殷勤湘水曲，留在十三弦。

此诗不是常见的一二句对仗、三四句对仗，而是一三句、二四句对仗，采用了隔句对仗。

例：杜甫《哭台州郑司户苏少监》（节选）

　　得罪台州去，时危弃硕儒。
　　移官蓬阁后，谷贵没潜夫。

此段诗句也是隔句对，第一句与第三句对仗，第二句与第四句对仗。诗题中的"郑司户"是指被贬谪到台州的郑虔；"苏少监"是指苏源明，唐肃宗时擢知制诰，官终秘书少监，唐代宗广德二年（764年）饿死长安。他们都是杜甫的好友。

11. 当句对

当句对又称互成对、自成对、自对，即句内有自对且与另一句双双成对。

例：吴楚东南坼，乾坤日夜浮。（杜甫《登岳阳楼》）

此联上句中的"吴"对"楚"、"东"对"南"自对；下句中的"乾"对"坤"、"日"对"夜"，而且上下句对仗。所以，此联属于当句对。

例：小院回廊春寂寂，浴凫飞鹭晚悠悠。（杜甫《涪城县香积寺官阁》）

此联上句中的"小院"对"回廊"，下句中的"浴凫"对"飞鹭"，而且上下句对仗。所以，此联属于当句对。

例：无情有恨何人觉，月晓风清欲堕时。（陆龟蒙《白莲》）

此联上句中的"无情"对"有恨"，下句中的"月晓"对"风清"，而且上下句对仗。所以，此联属于当句对。

12. 词性对

动词对动词、名词对名词、虚词对虚词的对仗，称为词性对。

例：楼船夜雪瓜洲渡，铁马秋风大散关。（陆游《书愤》）

此联"楼船"对"铁马"、"夜雪"对"秋风"、"瓜洲渡"对"大散关"，描写作者两次经历的难以忘怀的抗金战斗。作者采用列锦的修辞方法，用六个名词简洁、巧妙地写出了战斗的情形，抒发作者抗金杀敌的心情，流露出抗金复宋的豪情壮志。此联既是词性对，又是正对。

例：鸡声茅店月，人迹板桥霜。（温庭筠《商山早行》）

此联中的"鸡声"对"人迹"、"茅"对"板"、"店"对"桥"、"月"对"霜"。作者采用列锦的修辞方法，描写作者起早赶路见到的晨景。此联既是词性对，又是正对。

例：若教解语应倾国，任是无情亦动人。（罗隐《牡丹花》）

此联出句中的"若教""应"和对句中的"任是""亦"都是虚词。所以，此联是词性对。

13. 人物对

人物（名）对人物（名）构成的对仗，称为人物对。

例：黄公石上三芝秀，陶令门前五柳春。（灵一《题黄公陶翰别业》）

此联中的"黄公"对"陶令"，属于人物对。这两句诗合在一起，不仅展现了一幅美丽的田园风光画面，作者还通过"黄公石上"和"陶令门前"的意象，融入了中国古代对于自然、隐逸生活的向往和追求，共同构成了一幅和谐、宁静的田园生活图景，同时表达了作者对简单、自然生活的赞美和向往。

例：欲舞定随曹植马，有情应湿谢庄衣。（李商隐《对雪二首·其一》）

此联中的"曹植"对"谢庄"，属于人物对。此诗原意是：祥瑞的雪花如果飞舞，一定会跟随曹植翩翩而来的白马；雪花如果有情，一定要润湿谢庄的衣服。曹植早年著有《白马篇》，塑造了捐躯赴国难的白马少年。谢庄是南朝宋代文学家、诗人，《宋书·符瑞志下》载："大明五年正月戊午元日，花雪降殿庭。时右卫将军谢庄下殿，雪集衣。还白，上以为瑞。于是公卿并作花雪诗。"

14. 鸟兽对

动物对动物构成的对仗,称为鸟兽对。

例:明月别枝惊鹊,清风半夜鸣蝉。(辛弃疾《西江月·夜行黄沙道中》)

此联中的"鹊"对"蝉",属于鸟兽对。

例:几处早莺争暖树,谁家新燕啄春泥。(白居易《钱塘湖春行》)

此联中的"莺"对"燕",属于鸟兽对。

15. 数字对

将表示具体数值大小的数字嵌入对联,其出句与对句数字相对,称为数字对。

例:三顾频烦天下计,两朝开济老臣心。(杜甫《蜀相》)

此联中的"三"对"两",属于数字对。

例:酒债寻常行处有,人生七十古来稀。(杜甫《曲江二首·其二》)

此联中的"寻常"对"七十"。因为古代八尺为寻、两寻为常,"寻常"借其数字义。此联既是数字对,又是借义对。

16. 数目对

数目对侧重使用数字来表示事物的数量,与数字对相比,数目对更注重对事物数量的描述,而不是具体的数值大小,数目对使语句更具表现力。

例:两个黄鹂鸣翠柳,一行白鹭上青天。(杜甫《绝句》)

此联上句"两个"与下句"一行"相对,属于数目对。

例:飞流直下三千尺,疑是银河落九天。(李白《望庐山瀑布》)

此联"三千尺"对"九天"在高度上构成了夸张对仗,展现了瀑布的壮观和作者浪漫主义情怀风格,属于数目对。

17. 巧变对

巧变对又称拱璧对,即重出句法对。

例：鸟去鸟来山色里，人歌人哭水声中。（杜牧《题宣州开元寺水阁》）
此联"鸟去鸟"对"人歌人"，属于巧变对。

什么是重出句法？在一句或一首诗中，一字或数字再现，其寓意委婉含蓄，诗意隐忧，百味无穷。

一句重出一字：相见时难别亦难。（李商隐《无题·相见时难别亦难》）

一句重出两字：春心莫共花争发，一寸相思一寸灰。（李商隐《无题四首·其二》）

二句重出字：深知身在情长在，怅望江头江水声。（李商隐《暮秋独游曲江》）

四句中重出字：

例：王安石《游钟山》

　　终日看山不厌山，买山终待老山间。
　　山花落尽山长在，山水空流山自闲。

此诗共四句，其中"山"字在每句中均出现两次。

例：王士禛《题秋江独钓图》

　　一蓑一笠一扁舟，一丈丝纶一寸钩。
　　一曲高歌一樽酒，一人独钓一江秋。

此诗共四句，其中"一"字在每句中至少出现两次。

18. 语气对

在对联中，上句用陈述肯定语气，下句用感叹或疑问语气，称为语气对。

例：若言声在指头上，何不于君指上听？（苏轼《琴诗》）
此联是肯定句对疑问句，属于语气对，还是流水对。

例：春风又绿江南岸，明月何时照我还？（王安石《泊船瓜洲》）
此联是肯定句对疑问句，属于语气对，还是正对、流水对。

19. 虚实对

上句实写，下句虚写，称为虚实对。反之亦然。

例：寒雨连江夜入吴，平明送客楚山孤。（王昌龄《芙蓉楼送辛渐》）

此联上句实写诗人夜雨送客的场景，下句虚写与友人的深厚情谊，属于虚实对。

例：独在异乡为异客，每逢佳节倍思亲。（王维《九月九日忆山东兄弟》）

诗人实写自己的孤独和对亲人的思念，虚写与兄弟共度的温馨时光。故此联属于虚实对。

20. 联绵对

联绵对是指上句联绵词与下句联绵词的对仗，称为联绵对。

例：江上小堂巢翡翠，苑边高冢卧麒麟。（杜甫《曲江二首·其一》）

此联中的"翡翠"对"麒麟"，属于联绵对。

例：坐感岁时歌慷慨，起看天地色凄凉。（王安石《葛溪驿》）

此联中的"慷慨"对"凄凉"，属于联绵对。

21. 远近对

上句着眼于远、多、大、高、宏观等，下句着眼于近、少、小、低、微观等，这种对仗称为远近对。

例：千山鸟飞绝，万径人踪灭。（柳宗元《江雪》）

此联中的"千山"对"万径"、"鸟飞"对"人踪"，属于远近对。

例：明月松间照，清泉石上流。（王维《山居秋暝》）

此联中的"明月"对"清泉"，属于远近对。

22. 逆挽对

逆挽对是指对偶两句语意有先有后，后发生的先说，先发生的后说，两句的语义逻辑顺序颠倒。比如，上句叙述现在的情况，而下句则追溯往事，使得全联的意思更加完整。

例：回日楼台非甲帐，去时冠剑是丁年。（温庭筠《苏武庙》）

此联描写苏武"回日"所见所感。通过相隔遥远的时间写苏武出使、归国前后的人事变换，上句叙述现在情况，苏武十九年后归国，往日楼台殿阁虽然依旧，但汉武帝早已逝去，当年的甲帐也不复存在，流露出一种物是人非、恍如隔世的感慨，隐含着对汉武帝的追思；下句追溯往事，回想当年苏武戴冠佩剑，奉命出使，正当壮盛之年。先后对比使得整首诗意境更加丰富和深刻。此联中的"甲帐"与"丁年（壮年）"巧对，先说"回日"，后述"去时"。诗评家称之为"逆挽法"，可以化板滞为跳脱。其实，由"回日"忆及"去时"，用"去时"反衬"回日"，更增感慨。

23. 颜色对

颜色对以颜色词入对，颜色词对颜色词。

例：两个黄鹂鸣翠柳，一行白鹭上青天。（杜甫《绝句》）

此联中的"黄鹂"对"白鹭"、"翠柳"对"青天"和"两个"对"一行"，既是颜色对，又是数目对。

例：红颜弃轩冕，白首卧松云。（李白《赠孟浩然》）

此联中的"红颜"对"白首"，属于颜色对。

24. 错综对

错综对是指上下句相互对应两组词中的汉字交叉互对。

例：于今腐草无萤火，终古垂杨有暮鸦。（李商隐《隋宫》）

此联中的"萤"与"鸦"、"火"与"暮"交叉互对，属于错综对。

例：昔看黄菊与君别，今听玄蝉我却回。（刘禹锡《始闻秋风》）

此联中的"君"与"我"、"与"与"却"交叉互对，属于错综对。

25. 衬豆对

衬豆对，又称一字豆，词中出句起首句加一字豆或两字豆，后面几个字形成对仗。读到这个字时稍作停顿，以引起下文之意，在宋词中较常见。

例：有三秋桂子，十里荷花。（柳永《望海潮·东南形胜》）

此联上下两句字数不相等，上句五字，下句四字，若将上句首字"有"去掉，上句剩下四字，与下句四字对仗，所以，此联是衬豆对。

例：正十分皓月，一半春光。（吴文英《高阳台·寿毛荷塘》）

此联将前句"正"字去掉，上下句就构成衬豆对。

例：那堪片片飞花弄晚，蒙蒙残雨笼晴。（秦观《八六子·倚危亭》）

此联将前句"那堪"这两个字去掉，上下句构成衬豆对。

例：对一张琴，一壶酒，一溪云。（苏轼《行香子·述怀》）

此句将首句"对"字去掉，构成衬豆对。

26. 双声对

相邻两字的声母相同，且上下联相对，称为双声对。双声对又分为句首双声对、句中双声对、句尾双声对三种。

（1）句首双声对

例：牢落西江外，参差北户间。（杜甫《自瀼西荆扉且移居东屯茅屋四首·其四》）

此联"牢落"两字的声母都是"l"，"参差"两字的声母都是"c"，属于句首双声对。

例：留连戏蝶时时舞，自在娇莺恰恰啼。（杜甫《江畔独步寻花七绝句·其六》）

此联"留连"二字的声母都是"l"，"自在"二字的声母是"z"，属于句首双声对。

（2）句中双声对

例：万籁参差写明月，一家寥落共清风。（黄庭坚《题息轩》）

此联"参差"二字的声母都是"c"，"寥落"二字的声母都是"l"，属于句中双声对。

例：人情展转闲中看，客路崎岖倦后知。（辛弃疾《鹧鸪天·送欧阳国瑞入吴中》）

此联"展转"二字的声母都是"zh"，"崎岖"二字的声母都是"q"，属于句中双声对。

（3）句尾双声对

例：四壁图书谁料理，满庭兰蕙欲芳菲。（钱谦益《献岁书怀二首·其二》）

此联"料理"二字的声母都是"l"，"芳菲"二字的声母都是"f"，属于句尾双声对。

27. 叠韵对

相邻两字同韵，且上下句叠韵词相对，称为叠韵对。

例：蹉跎暮容色，怅望好林泉。（杜甫《重过何氏五首·其五》）

此联"蹉跎"二字的韵母都是"uo"，"怅望"二字的韵母都是"ang"，属于叠韵对。

例：风尘荏苒音书绝，关塞萧条行路难。（杜甫《宿府》）

因为"荏苒"二字韵母虽然不相同，但是在《平水韵》中属于邻韵，分别为上声二十六寝和上声二十八俭；而"萧条"二字韵母相同，在《平水韵》中都属于平声二萧。所以，此联"荏苒"对"萧条"，属于叠韵对。

第四章　格律诗的章法

在创作格律诗时，既要遵循格律诗的规则，又要笃实守正，不断探索，不断创新，力求写出富有诗趣、诗味、诗情的优秀作品，这是诗人的最高追求。因此，格律诗"起承转合"章法及写作线索是欣赏、创作诗歌的基础。

第一节　"起承转合"章法

章法是指文章的结构，是文章写作的段法、节法，介乎句法与篇法之间。南朝梁文学家刘勰说："夫人之立言，因字而生句，积句而为章，积章而成篇。"格律诗章法可以简单概括为"起承转合"四个字，包括绝句章法和律诗章法。在绝句中，首句为起句，第二句为承句，第三句为转句，第四句为合句。在律诗中，每两句为一联，共四联；首联为起联，颔联为承联，颈联为转联，尾联为合联；每一联承担一项功能，但也有例外。绝句是每一句承担一项功能。

清朝小说家曹雪芹在《红楼梦》里描写林黛玉教香菱学律诗："什么难事，也值得去学！不过是起承转合。当中承转是两副对子，平声对仄声，虚的对实的，实的对虚的，若是果有了奇句，连平仄虚实不对都使得的。"

起，即一首诗的起句或起联，又称"兴起"，即起事，或自然描述，或交代事情的起因、时间、地点等，引出下文。起句或起联宜开不宜合，或单刀直入，或启人思考、或引人注目，变化多样，以自然为佳。

承是承接起句或起联，是起句的延续、延伸，承接开头，写景或者抒情，语气和缓，与上句自然衔接，以顺畅为妙，不可松泛。在律诗中，起联若概括大概，承笔应点明题意，以开启下文转笔之联。我国元朝诗人杨载在《诗法家数》中认为，颔联是"或写意，或写景，或书事、用事引证。此联要接破题，要如骊龙之珠，抱而不脱"。

　　转就是转句或转联，表明诗意的转折变换，是指结构上的转折，往往体现由物及人、由景及情、由事及理思路上的转换。转笔是转折突起，陡生波澜，有起有伏，力戒平铺直叙。律诗转联，起笔呼应，上承颔联，转折或递进。杨载在《诗法家数》中认为，颈联"或写意、写景、书事、用事引证，与前联之意相应相避。要变化，如疾雷破山，观者惊愕"。其法有三：进一层转、推一层转和反转。转以能够前后相呼应，活而不死板者为佳。总要求是转笔前后相呼应，活泼而不板滞为佳。绝句写作也是如此。

　　合是指诗的合笔，是诗的结句，是对前三句（绝句）或前三联（律诗）诗意的最后合成，又称"妙合"，其常在篇末抒发作者感情，直接点题，揭示诗的主旨，或者议论明理。它是诗人思想感情抒发的凝结点，常常有点明题旨、收束全诗的作用，是诗的精华所在。无论绝句合句，还是律诗尾联，通常呼应开头、完善结构、总结前文、收束全篇、揭示中心、升华主旨。诗歌结尾往往是诗歌的高潮，合得好才能使作品气势磅礴，慷慨激昂，意境深远，引人深思，言尽而意未尽，耐人寻味，启人遐想。

　　例：杜牧《泊秦淮》

　　　　烟笼寒水月笼沙，（起句）

　　　　夜泊秦淮近酒家。（承句）

　　　　商女不知亡国恨，（转句）

　　　　隔江犹唱《后庭花》。（合句）

　　此诗起句先写远景，承句后写近景，转句转折抒情，合句则用一个动词"唱"进行合。本诗通过描写一个"商女"在"秦淮酒家"卖唱的场景。假借南陈末代皇帝陈叔宝追求荒淫享乐导致亡国的历史，讽刺那些不从中汲取教训、醉生梦死的晚唐统治者，抒发作者对国家前途命运的关心和忧虑。

　　例：杜甫《蜀相》

　　　　丞相祠堂何处寻，锦官城外柏森森。（起联）

　　　　映阶碧草自春色，隔叶黄鹂空好音。（承联）

　　　　三顾频烦天下计，两朝开济老臣心。（转联）

　　　　出师未捷身先死，长使英雄泪满襟。（合联）

此诗首联上句以设问方式从地点写起，下句以自答方式，描写作者所见的景象，既有丞相祠堂的外景、远景，又点明祠堂的所在地，前后相呼应。"柏森森"三个字渲染了一种安谧、肃穆的气氛。

颔联承写祠堂的近景，通过对祠堂周边春天景色的描绘，以及远处传来的鸟鸣声，营造出一种静谧且生机勃勃的氛围。这里的"碧草"与"黄鹂"都是生动的春日景象，它们在诗中不仅是美丽的自然之物，也寄寓着作者对蜀相过往功业和精神的追思，还蕴含诗人怀才不遇的忧愁，同时折射出诗人忧国忧民的爱国情怀。

颈联以典故的方式转折，点出丞相的高尚品格及其对国家大事的操劳。上句是指诸葛亮在南阳隐居时，刘备三次登门拜访的事。下句描写诸葛亮尽忠蜀汉，施展其政治抱负和才能，给国家带来安定和繁荣，表现了他鞠躬尽瘁、死而后已的精神。

尾联以典故与颈联妙合。上句指的是诸葛亮五次出征伐魏的事，最后一次病死军中。下句指包括诗人自己在内的有志之士常常追怀诸葛亮，表达他们对诸葛亮献身精神的崇高景仰、对他未竟事业的痛惜以及深切的怀念与哀悼之情。

第二节　起句写作方法

人们常说"万事开头难"。写诗也是如此，诗的开头至关重要。诗的开头在绝句中叫起句、发句、首句，在律诗中叫起联、首联、破题。南宋诗人严羽在《沧浪诗话·诗法》中写道："对句好可得，结句好难得，发句好尤难得。"起句难写是因为起句犹如一座高楼的地基，要考虑高楼的整体结构、用途、承重等因素；起句又像一列火车的车头和司机，其决定了列车行驶的路线和方向。起句的选择决定了诗的平仄格式，故作者常常在起句上很下功夫。

起，诗的开头，要紧扣题目。起就是破题，或对景兴起，或比起，或引事而起，或就题而起。诗的起句或起联除了要考虑平仄格式，还要考虑写作方式。写诗怎样开头，并无严格规定，但常见的写作方式有以下4种。

1. 以写景开头

以写景开头，先写景，后抒情。

例：王之涣《登鹳雀楼》

　　白日依山尽，黄河入海流。

　　欲穷千里目，更上一层楼。

此诗前两句写作者登楼所见之景，后两句转而议论抒情，把诗篇推至更高的境界，表达了作者积极进取的精神和高瞻远瞩的胸襟，成为以理入诗的千古佳句。这后两句的议论好在何处？好在紧承前两句的情景，贴"楼"发表议论抒情。作者运用了形象思维，不使人感觉是抽象的说教，而是富有哲理、能鼓舞人们积极进取向上的道理。

2. 以叙事开头

以叙事开头，就是开头叙述一件事，而后抒情。

例：王维《山中送别》

　　山中相送罢，日暮掩柴扉。

　　春草年年绿，王孙归不归？

这首诗的起句、承句叙说作者在深山中送别了好友，夕阳西下暮色时把柴门关闭。起句含蓄深厚，曲折别致，作者将送行时的话别场面、惜别情怀，用一个看似毫无感情色彩的"罢"字一笔带过，实则流露出分别后浓重的寂寞之感、怅惘之情。

例：李益《江南曲》

　　嫁得瞿塘贾，朝朝误妾期。

　　早知潮有信，嫁与弄潮儿。

这首诗以叙事开头，妻子真悔恨嫁给瞿塘商人，丈夫天天把相会的佳期耽误。此诗语言非常直白，描写商人妻子与丈夫多年离别的生活，抒发商人妻子思夫的内心苦楚或感叹。

3. 以抒情开头

以抒情开头，开门见山，直奔主题。

例：李白《秋浦歌十七首·其十五》

　　白发三千丈，缘愁似箇长。

　　不知明镜里，何处得秋霜！

此诗以夸张式抒情开头。白发长达三千丈，是因为离愁太长，表达了作者壮志难酬、怀才不遇的无限愁思。

4. 以问句开头

以问句开头。起句一开始就提出问题，引发悬念，避免了平铺直叙。

例：崔颢《长干曲四首·其一》

　　君家何处住？妾住在横塘。

　　停船暂借问，或恐是同乡。

此诗以问开头，以回答承接。请问郎君你的家在什么地方？我家住在建康（今南京）的横塘。此诗句用白描手法，寥寥几笔，将一个富有戏剧性的场景呈现在读者眼前，拥有无尽的艺术感染力。

例：李贺《南园十三首·其五》

　　男儿何不带吴钩，收取关山五十州？

　　请君暂上凌烟阁，若个书生万户侯？

这首诗由两个疑问句组成，顿挫激越，又直抒胸臆，把家国之痛和身世之悲都酣畅淋漓地表达了出来。第一个疑问是否定反问，也是自问，含有"国家兴亡，匹夫有责"的豪情。"男儿何不带吴钩"起句峻急，紧连次句"收取关山五十州"一个"取"字，举重若轻，有破竹之势，生动地表达了作者急切的救国心愿。第二个疑问句是设问，借此询问：在这荣耀的殿堂中，又有哪一个是仅凭文墨的书生呢？表达了对社会现实的不满和对自己才华未能得到认可的愤懑。

第三节　承句写作方法

何为承句？承句就是承接起句，继续写景或者写意、叙事、引证，是起句的升华。承，就是承上之意，接着起句或起联的意思加以发展，且连贯、自然。同时，承句与起句的内容不能重复，不能没有变化。无论是律诗还是绝句，一首诗的意脉是否顺畅，承句起到非常关键的作用。承句写作要注意三点：

一是紧扣诗题，切不可远离主题。不要首联写"电闪雷鸣"，颔联写"星移斗转"；首联写"阳光灿烂"，颔联写"肝肠寸断"。总之，不能首联表达哀伤，而承联描写欢快。

二是承句之法贵在平和、舒缓。承句要根据起句的缓急而来，急者宜舒缓，缓者宜坚挺。不论是景生情还是情生景，均须虚实相间，否则难以达到生动的效果，显得乏味。

三是紧接起句的立意，无论写景或者抒情、旁征博引，决不可松散，应力求一气呵成。

明末清初著名文学家金圣叹针对律诗有过精辟的论述：三四（指律诗的第三句和第四句）自来只是承之一体，不必用力太过。若上文发笔意在起句，则三四可尽承起句。若发笔意在次句，则可尽承四句。若发笔起句、次句尽有意，则三四必须双承之。双承之者，或是顺承，或是逆承。顺承则三承一，四承二；逆（承）则三反先承二，四乃徐承一也。

起和承是相同意境或话题下的两个步骤或环节，不能割裂，承是起的继续，承的任务就是对起的意境或话题进行扩展深入，并突出起的意境或话题，使起的意境或话题更有力度。承绝不能脱离起的话题而另起一个话题。

承句、承联的写作方法有很多，主要有以下七种。

1. 顺承

顺承：按照景物顺序、顺势展开写，承接起联或起句。

第四章 格律诗的章法

例：白居易《钱塘湖春行》

孤山寺北贾亭西，水面初平云脚低。
几处早莺争暖树，谁家新燕啄春泥。
乱花渐欲迷人眼，浅草才能没马蹄。
最爱湖东行不足，绿杨阴里白沙堤。

这首诗的颔联承接首联的地点、景象和周围环境，继续描写作者看到莺争相飞暖树，接下来就问谁家的燕在衔泥筑巢。颔联写莺燕，黄莺和燕子是春的歌手，都争着飞到向阳的树上去唱歌。用"早"来形容黄莺，体现了白居易对这些充满生机的小生命的喜爱；"争"字让人感到春光的难得与宝贵，"啄"字描写燕子忙碌又兴奋的情态，还描写黄莺、燕子的动态。作者按照选取的物象并分类排列，在颔联和颈联里先后描写黄莺、燕子、花、草四种最常见的春天景物，独具匠心。

例：王湾《次北固山下》

客路青山外，行舟绿水前。
潮平两岸阔，风正一帆悬。
海日生残夜，江春入旧年。
乡书何处达，归雁洛阳边。

此诗承联"潮平两岸阔，风正一帆悬"所描写的景色承接了第二句的"水"字，把行舟所见的风景描写得非常壮丽。起联和承联描写作者在离开家乡的路上，暂不知思乡的苦楚，所以在路上看到好山好水比较兴奋。此时，在这个颔联承接里，看不到作者离别故土的哀伤和思乡的愁绪，似乎和诗的主题不合，但在转联和尾联中却流露出作者的思乡之情。这样，离开时的兴奋和他在异乡作客的乡愁形成了一个鲜明的对比，如此前后照应、对比以及先扬后抑，更加突出了作者的乡愁之痛。

例：李白《登金陵凤凰台》

凤凰台上凤凰游，凤去台空江自流。
吴宫花草埋幽径，晋代衣冠成古丘。
三山半落青天外，一水中分白鹭洲。
总为浮云能蔽日，长安不见使人愁。

此诗承联"吴宫花草埋幽径，晋代衣冠成古丘"承接起联中的遗迹"空台"而继续描写遗迹"幽径""古丘"，这就是起联的延伸。从"凤去台空"的时空变化挖掘其中的启示，有如"念天地之悠悠，独怆然而涕下"的感慨。承联在起联的基础上做到层层递进，严丝布局，达到了意气不断、不偏不离、绝不跑题的写诗基本要求。

2. 意承

意承是指顺承起联或起句隐含的话题而深入。

例：王勃《送杜少府之任蜀州》

城阙辅三秦，风烟望五津。
与君离别意，同是宦游人。
海内存知己，天涯若比邻。
无为在歧路，儿女共沾巾。

这是一首送别诗。首联工对且对仗工整，描绘了送别地与友人出发地的地形和风貌，隐含送别的情意。承联用了流水对，点明离别的无奈和悲伤，由虚转实，文情跌宕，同时为转联做了铺垫。

3. 点题承

点题承是指承联或承句紧扣诗的主题。

例：卢照邻《雨雪曲》

虏骑三秋入，关云万里平。
雪似胡沙暗，冰如汉月明。
高阙银为阙，长城玉作城。
节旄零落尽，天子不知名。

这是一首边塞诗。此诗承联紧扣诗的主题，描写雨雪之大而暗，冰雪透亮而明，把雪比胡沙，把冰比汉月，形容战争使边塞荒凉寒冷的场景，形成了强烈的对比，点出了战争的残酷和孤独；同时透露出一种历史沧桑、英雄辈出的感慨，表达了在历史长河中有不少英雄人物被遗忘的现实和情理。

4. 递进承

在律诗中，承联前句承接首句，承联下句比其上句的意思更进一层，一般由轻到重、由小到大、由浅到深、由易到难，后句在前句的基础上有明显推进含义，由不是十分明确到比较明确，称为递进承。

例：王维《从军行》

吹角动行人，喧喧行人起。
笳悲马嘶乱，争渡黄河水。
日暮沙漠陲，战声烟尘里。
尽系名王颈，归来报天子。

此诗承联下句"争渡黄河水"在上句"笳悲马嘶乱"的基础上由浅到深，这个承句就是递进式承接。因为，诗句寓意是敌军吹响了胡笳，战马闻到战斗的气息兴奋地嘶鸣起来，表示一个"乱"字，概括双方即将投入战斗时胡笳鸣、马嘶、嘈杂一片的情景；但本句语义重点在自己一方的马嘶，并以马嘶表示兴奋的战士不怕牺牲的斗志。"争渡黄河水"的"争"写出了战士们人人摩拳擦掌、精神抖擞、奋勇渡河、踊跃杀敌的战斗精神。所以，此承联下句比其上句递进了一层含义。

5. 并列承

并列承是指围绕一个中心主题，描写有关联的两件事或同一事物的两个方面，即上句与下句独自反映一个相对独立的意思，但这两个意思横向并列，说明同一事物或主题的两个方面或者下句说明上句。或者说，各层次平行排列，分别从不同角度、不同侧面来表述、诠释主题，使文章呈现多管齐下、齐头并进的格局，称为并列承。

例：陆游《书愤》

早岁那知世事艰？中原北望气如山。
楼船夜雪瓜洲渡，铁马秋风大散关。
塞上长城空自许，镜中衰鬓已先斑。
《出师》一表真名世，千载谁堪伯仲间？

此诗承联"楼船夜雪瓜洲渡，铁马秋风大散关"叙述了两次征战抗金均以失败而告终，作者的希望成了泡影，所以这十四个字包含了作者无比愤激和辛酸的感情，雄浑悲壮，气宇轩昂，为人们广泛传诵。"楼船夜雪"与"铁马秋风"正对，既传达出作者的豪情壮志，又给人一种荒凉萧瑟之感，所以它们表现的感情是比较复杂的。"楼船""夜雪""瓜州渡""铁马""秋风""大散关"这几个孤立形象的白描名词，没有描写战争，却展现战争的紧张空气，有如对弈举棋在手，静中有动，令人深思，这就是作者内心激愤的并列意象。

6. 问答承

问答承是指一问一答地承接，一方面可以引起悬念，另一方面可以使全诗跌宕起伏，避免单调、平铺直叙。

例：秦韬玉《贫女》

蓬门未识绮罗香，拟托良媒益自伤。
谁爱风流高格调，共怜时世俭梳妆。
敢将十指夸针巧，不把双眉斗画长。
苦恨年年压金线，为他人作嫁衣裳。

这首诗以语意双关、蕴含丰富而为人传诵。全篇都是一个未嫁贫女的独白，倾诉她抑郁惆怅的心情，而字里行间里却流露出作者怀才不遇、寄人篱下的感恨。此诗承联"谁爱风流高格调，共怜时世俭梳妆"，其意是如今人们竞相追求时髦的奇装异服，又有谁来欣赏我不同流俗的高尚情操？与起联相承。起联第一句以"绮罗香"衬"贫"字，第二句以"伤"字点题立意，其意是贫穷人家的女儿不识绮罗的芳香，想找一个好媒人说亲，于是更加悲伤，此诗以"伤"贯通全篇。承联前句自矜身份，后句鄙弃时俗，揭露并批判当时上流社会的风俗和习惯。或许，这是作者的自叹。通过作者的诗情哀怨和沉痛，表达封建社会贫寒士人不为世用的愤懑和不平。

7. 逆承

逆承是指在承接起联时不按起联出现的先后顺序进行承接，而是倒装承接。这种承接方式多见于律诗。

例：王安石《葛溪驿》

　　缺月昏昏漏未央，一灯明灭照秋床。
　　病身最觉风露早，归梦不知山水长。
　　坐感岁时歌慷慨，起看天地色凄凉。
　　鸣蝉更乱行人耳，正抱疏桐叶半黄。

这首诗是一幅驿站秋夜难眠图。颔联上句承接起联下句"一灯明灭照秋床"，颈联上句承接起联上句"缺月昏昏漏未央"，打破了颔联在颈联前应承接起联第一句、颈联在后应承接第二句的习惯性思维模式，故称这种方式为逆承。此诗起联借用残月、滴漏、昏暗的灯光暗写作者的心烦意乱。颔联描写作者身体之病、羁旅之困、怀乡之愁，点明乱的原因，为进一步写乱蓄势。颈联转折描写忧国之思，以天地凄凉的色彩加以烘托，使烦乱的心情更加推进一层。尾联用衬托手法，借用稀疏梧桐树上的蝉鸣将作者的烦乱渲染到极致。作者选择缺月、孤灯、风露、鸣蝉、疏桐、叶黄等衰残的景象构成凄凉的秋景和孤寂的旅况，衬托出抱病的作者在羁旅中孤独苦楚的处境，抒发作者强烈的忧国忧家的情感。

第四节　转句写作方法

　　转句是章法的重要一环，往往是一首诗的主旨所在。转句又被古人称为跳转，尽量使转折之笔荡开，造就波澜，给人峰回路转之感。转句的作用是避免诗歌平直，促使诗意更加鲜活生动，同时又转向对诗歌主旨的揭示。因此，理解和鉴赏诗歌要抓住转句这个关键点。它的重点是要有变化，必须转出新意，使读者眼前一亮，有读完全诗的强烈欲望，否则容易流于平淡。

　　简言之，转是转折，开拓新意，既有新颖又很巧妙，多为结句作准备。转不能一味地自说自话，全是流水账，要制造一些波澜，但又与全诗主旨存在内在联系。

　　怎样写好转句或转联？以律诗为例，转联就是颈联，而颈联是上片和下片的分水岭，既要与颔联承接自然，写景或写事都要顺势而下，又要有起伏，否则与尾联难以妙合。颈联可以写意、写景、书事、用事引证，既要与颔联相呼应，又不能断裂，还要有变化。因此，写好颈联或转句要注意四个方面的问题。

一是颈联既要与起联、颔联相呼应，又要为尾联铺垫，阐明全诗主旨。颈联对于颔联来说，要有承接，这是相对应。不能只顾转，而不注意上下联或上下句的衔接，要承上启下；不要"天上一句、地上一句"，前后要相互照应。无论写景、写事、抒情，都要与颔联、尾联有紧密的关联性，不能疏远、脱离主题。颈联在起联、颔联描写的基础上，抒发作者情感，就是我们所说的触景生情。

二是颈联与尾联的关系，颈联应该为尾联妙合作铺垫，但不能抢尾联的风头。

三是如果颔联写景，颈联最好不要写景，否则原地踏步。比如，颔联描写景色，颈联则描写由眼前景色产生的联想或者心理活动。颔联与颈联的描写关系是：颔联写远，颈联写近；颔联写现在，颈联写过去；颔联写虚，颈联写实；颔联写辽阔，颈联写具体；颔联写面，颈联写点；颔联写粗犷，颈联写细致。反之亦然。

四是颈联要形转而意不转，转不要前后断裂。这里的转只是形上的转，并不是意上的转，不是从这个主题转到另一个主题。当不知道怎么转的时候，可以从字面上转。写诗必须先有构思，如果立意好、谋篇好，就会有一条非常清晰的脉络。诗人写诗，一是禁忌转的断裂，二是禁忌合的无力。

颈联或转句的写作方法有六种，包括景入情转法、抒情转法、反转法、递进转法、地点转法、写意转法。

1. 景入情转法

例：王湾《次北固山下》

客路青山外，行舟绿水前。
潮平两岸阔，风正一帆悬。
海日生残夜，江春入旧年。
乡书何处达，归雁洛阳边。

这首诗的颈联，从"海日""残夜"到漂泊很久的无奈，既是写景，又是抒情。作者从所见所感出发，描写了昼夜交替、时序转换，举重若轻。在此诗转联中，这几个词组"海日""残夜"和"江春""旧年"，两两对照。单独看，"残夜""旧年"这两个词绝对不是写景，但又和景色连在一起。残夜，就是天要亮，海上朝日马上升起，为什么这样写景能体现作者一夜不眠呢？又为什么和前两联那种刚离开家乡沿途的喜悦心情不一样呢？因为一年已经过去，作者在外漂泊了很久。这样，我们就从"海日生残夜，江春入旧年"联想到作者的无眠与无奈。当残夜还未消退之时，一轮红日已从海上升起；当旧年尚未逝去，江上已呈现春意。这虽然是在写景，但其实是在抒情，把自己的情绪融合在景色之中，使读者超越意象，并获得蕴含丰富的哲理启迪。因此，这个颈联主要是抒情，以景抒情。这种以抒情为主的转联方法，称为景入情转法。这个"情"必须把握好，要符合律，这个"律"是指符合自然规律和人的正常情感，而不是莫名其妙的情感。写情感可以细腻、可以粗犷，但要视人、视情和合句的需要而定，必须符合全诗的情绪或主旨。

例：常建《题破山寺后禅院》

清晨入古寺，初日照高林。

竹径通幽处，禅房花木深。

山光悦鸟性，潭影空人心。

万籁此俱寂，但馀钟磬音。

作者在颈联中描述所见的禅院山林风光，使鸟儿感到喜悦的清晨景色，即"山光悦鸟性，潭影空人心"。既紧接前句"花木深"来描写，保持与颔联的连接，又在颈联中描写山色、花木倒映在清澄的潭水里，使人心变得空明的情景，这是说万物终究只是一种幻象。按照佛教的观点，世界在本质上是一种虚无，但这种虚无又通过"有"来表现，由"有"入"无"，是返归佛性、把握世界的方法。"空人心"仿佛感觉不到万籁争鸣，为尾联埋下伏笔。人心如果沉浸到佛的境界里，那只能听到佛的声音，从而引起尾联"万籁此俱寂，但馀钟磬音"，将佛家关于"空"的义理融化在景物之中。即使你不明白作者隐藏的意图，也能感觉到某种很特别的寺院氛围及其周围的环境状况。

例：李白《送友人》

> 青山横北郭，白水绕东城。
> 此地一为别，孤蓬万里征。
> 浮云游子意，落日故人情。
> 挥手自兹去，萧萧班马鸣。

这是一首情意深长的送别诗，先写景，后写情。作者通过送别环境的刻画和气氛的渲染，表达出依依惜别之情。中间两联切题，描写离别的深情。其中，颈联"浮云游子意，落日故人情"转折抒情，写得十分工整。作者巧妙地运用"浮云""落日"作比，表达心意和情感。天空中一抹白云随风飘浮，象征友人行踪不定，任意东西；远处一轮红彤彤的夕阳徐徐而下，似乎不忍遽然离开大地，隐喻作者对朋友依依惜别的心情。在这山明水秀、红日西照的背景下送别，特别令人难舍难分。"挥手自兹去"紧扣诗题，表示频频致意送友人的动作，而"萧萧班马鸣"进一步地抒发难舍难分的情绪，以情作结，收拢全篇。这首诗中既有景，又有情，情景交融，扣人心弦。

2. 反转法

反转法是指颈联从正面描写转为反面描写，即按照与起联、颔联相反的情绪来描写，但其主旨还是一致的，只是从不同的角度刻画而已。不同之处就是颈联转折要与颔联、尾联有联系。

例：韦应物《淮上喜会梁州故人》

> 江汉曾为客，相逢每醉还。
> 浮云一别后，流水十年间。
> 欢笑情如旧，萧疏鬓已斑。
> 何因不归去？淮上有秋山。

颈联"欢笑情如旧，萧疏鬓已斑"描写由喜转悲的变化，依然保持欢笑之态。今日重新聚首，欢愉如昔，情谊依旧，但岁月无情，十年的漂泊生涯使各自两鬓都已染上了霜华，"萧疏鬓已斑"五字尽现衰老本色。虽然与友人久别重逢，欣喜异常，但是世事沧桑，看出颈联由喜转悲的变化。此诗笔法跌宕，一喜一悲，一正一反，交互为文。这种转折方式转出作者一副衰老的形象，与友人悲欢离合尽在不言中；并以萧疏的华发抒写蹉跎岁月、老大伤悲之感，又反映了相互倾诉的神态。颈联描写了环境、形貌和心思，构思、剪裁、抒写流畅自然，表现细密。可见，反转法是转句的一个重要写作方法。

3. 抒情转法

抒情转法是指颈联在承接颔联的基础上，以激发涌现的思想感情为特征来转折，特征是直抒胸臆或借景抒情等。

例：李白《渡荆门送别》

渡远荆门外，来从楚国游。
山随平野尽，江入大荒流。
月下飞天镜，云生结海楼。
仍怜故乡水，万里送行舟。

这首诗是李白青年时期出蜀至荆门时赠别家乡之作。前两联描述景色，首联是入境，颔联是扩境，而颈联依然描写长江近景，月亮在水中的倒影，就好像天上飞下来的一面天镜，云彩升起，变幻无穷，结成了海市蜃楼。这与颔联不是同一个层次的景色描写，也不是景色大小、远近层次的不同，而是将人、心托出了画面，很有意境，表现了作者丰富浪漫的想象力。这首诗以描写景色为主，作者将自己融入景色之中。诗中有景有画，景中寓情，展现在你的眼前是一幅辽阔的楚地风光——山峦重叠，平野无际，大江奔涌，浮云变化。欣赏如此壮阔的风光后，最妙的是尾联采用拟人的修辞方法，将故乡水拟人化，描写故乡的水有情，不远万里、依恋不舍地送我离别故乡。但作者不说自己思念故乡，而说故乡的水恋恋不舍地一路送我远行。实质上，表达了作者对故乡的思念更深，感情更真。这首诗首尾呼应，浑然一体，情感倍增，意境高远。

例：杜甫《月夜忆舍弟》

戍鼓断人行，边秋一雁声。
露从今夜白，月是故乡明。
有弟皆分散，无家问死生。
寄书长不达，况乃未休兵。

从诗题中的"忆"字可知，此诗由白露、明月转到忆起兄弟分散。颈联"有弟皆分散，无家问死生"陈述作者的境况，直抒对兄弟的眷恋之情，也是对"忆舍弟"原因的回答。兄弟各奔一方，不是为了郊游，不是为了求官，而是为了避难，同时表达了作者对战争的厌恶。"我虽然有兄弟，但全都在战乱中离散，彼此都居无定所，现在去哪里探问他们的生死呢？""有"字与"无"字形成鲜明对比，不仅反映了兄弟离散的痛苦，又描写了"安史之乱"给广大人民带来的流离失所的生活。作者由颔联对白露、明月的描写，转到颈联忆起分散各地的诸弟，再扩展到对亲人安危的惦念和关心。

4. 递进转法

递进转法是指叙事时由轻及重、由浅入深，层层递进安排材料。这种写作之法不是平推平列，而是一件事物比一件事物更深入递进。它可以增强诗词的气势，是写咏物诗的好技巧。写诗一定要紧扣诗的题目，层层推进而转，须与起句、承句、合句前后相关联。这种写作方法又称为递进转法。

例：杜甫《春夜喜雨》

好雨知时节，当春乃发生。
随风潜入夜，润物细无声。
野径云俱黑，江船火独明。
晓看红湿处，花重锦官城。

在这首诗的颈联中，作者看见雨意正浓，情不自禁地想象天明之后春色满城的景色，即"野径云俱黑，江船火独明"。此联抓住典型细节，工笔细描，精妙传神地渲染出春雨迷蒙、色彩迷离的氛围，其无限喜悦的心情表现得很生动。而尾联"晓看红湿处，花重锦官城"是作者紧扣诗题的想象："天亮时再看那被雨水润湿的花丛，娇美红艳，整个锦官城将变成繁花盛开的世界。"

5. 地点转法

地点转法是指颈联所写的地点、场面，与起联、颔联描写的地点、场面不同。

例：杨炯《从军行》

烽火照西京，心中自不平。

牙璋辞凤阙，铁骑绕龙城。

雪暗凋旗画，风多杂鼓声。

宁为百夫长，胜作一书生。

颔联"牙璋辞凤阙，铁骑绕龙城"，描写了军队奉命出征时的那种严肃、隆重、雄壮的场景。随后，在颈联中有"雪暗凋旗画"的视觉描写、"风多杂鼓声"的听觉描写，从视觉、听觉两个角度正面描写将士们的战斗画面，承接颔联场面描写并转折，与颔联所写的出征场面完全不同。此诗颈联的这种转折写法属于地点转法。

例：王维《观猎》

风劲角弓鸣，将军猎渭城。

草枯鹰眼疾，雪尽马蹄轻。

忽过新丰市，还归细柳营。

回看射雕处，千里暮云平。

此诗颈联描写的是打猎归来的场景，轻松快意，与颔联的射猎、观猎的紧张气氛形成了鲜明对照。颔联刻画了围猎活动的高潮场面，同时表现了部队战斗训练有素，用笔酣畅，一气呵成。此诗气概豪迈，造句精工，章法严整，诗味浓郁。作者运用先声夺人、侧面烘托的表现手法来刻画人物，从而使诗的形象鲜明生动、意境恢宏而含蓄。此诗虽然描写日常的狩猎活动，却栩栩如生地刻画出将军的骁勇英姿，表达出作者渴望效命疆场、期盼建功立业的情感。

6. 写意转法

写意转法是指颈联句意要与颔联句意相对或者相反，在意义表达上有所转折。

例：杜甫《旅夜书怀》

细草微风岸，危樯独夜舟。

星垂平野阔，月涌大江流。

名岂文章著，官应老病休。

飘飘何所似？天地一沙鸥。

此诗情景交融,景中有情,整首诗意境雄浑,气象万千。作者用景物之间的对比,烘托出一个独立于天地之间四处飘零的作者形象,使全诗弥漫着深沉凝重的孤独感。这正是作者身世际遇的真实写照。

诗的前四句描写旅夜的情景。第一、二句写近景:微风吹拂着江岸上的细草,竖着高高桅杆的小船在月夜下孤独地停泊着。这里不是空泛地写景,而是寓情于景,通过写景展示作者的境况和情怀,像江岸细草一样渺小,像江中孤舟一般寂寞。第三、四句写远景:明星低垂,平野广阔;月随波涌,大江东流。这两句写景雄浑阔大,历来为人所称道。作者写景寄寓了什么感情呢?很显然,这首诗描述了作者暮年漂泊凄苦的境况。作者描写辽阔的平野、浩荡的大江、灿烂的星月,是为了反衬作者孤苦伶仃的形象和颠沛流离的凄怆生活。这种以乐景写哀的写意手法在古诗中经常使用。

诗的后四句是作者抒怀。"名岂文章著",作者不是因为政治抱负而显名,而是因为文章显著而知名,这本非自己的志趣。作者故意在句中说"岂",流露出因政治理想得不到实现的愤慨,无奈地说"官应老病休"。作者通过"名岂文章著"反衬"官应老病休",表达了作者内心的苦闷和无奈。其实,作者辞官并非因为年老多病,但作者并没有直接说出原因。说应当,本是不应当,正显出一位老人的悲愤心情,面对辽阔寂寥的原野,想起自己的痛苦遭遇,深感自己漂泊无依,在这静夜孤舟的意境里,自己恰如天地之间一只无所依存的沙鸥。水天空阔,沙鸥飘零;人似沙鸥,转徙江湖。此诗借景抒情,深刻地表现了作者漂泊无依的感伤,真是一字一泪,感人至深。

第五节 合句写作方法

合句又称结句,即不要把话题扯远,而是总结或结束全诗。因此,诗句结尾要含蓄深邃,铿锵有力,点明诗意。诗的结尾往往是诗人抒情达意的关键点,有着画龙点睛的作用。由于尾联不受对仗的限制,有一定的自由和灵活性,可以充分发挥作者的创造力。所以,律诗的首联和尾联相较于中间两联更富于变化和创新。诗的结尾最能体现作者的底蕴,以及他独到精辟的结论、见解和写作风格。不论采用何种结尾写作方式，诗的前部内容都要确立一个中心，可以以自己为主、以景为主、以情为主，最重要的是结尾要紧扣主题，收拢全篇，使人读后留有余味为最佳。

因此，合句、尾联写作要注意四个方面的问题：

一是诗的结尾不要拖泥带水，紧接颈联的内容要干净利落，关合全篇。

二是以情感诗句作为诗的结尾。这个情感要有思想或深度，可以用警句把强烈的情感表现出来；情感表达要委婉含蓄，含而不露，不要把想表达的思想感情和盘托出，而是蕴含在形象和意境之中，给人留下想象的空间。

三是以意作结为佳。这个"意"既可以明喻作结体现作品畅快得意、神采飞扬的鲜活情态，又可以暗喻作结体现作者的情感、寄托和抱负；既可以正意作结，又可以反意作结。"意"应为无尽之意，不要把意写完、写尽，要给读者留有想象空间，留有余味，言尽而意不尽。

四是格律诗结尾是诗人思想感情抒发的凝结点，诗的结尾方式多种多样，各具特色，都要紧扣主题，收拢全篇，使人读后有所思考和回味。

合句写作方法包括以景作结、以情作结、以题作结、以理作结、以问作结、以典作结、概括作结、以梦作结、叙事作结、修辞作结、想象作结、以意作结等十二种。

1. 以景作结

以景作结是指在诗的结尾以写景方式表达情感，不是直接表达情感，而是把情感蕴于景中，进而达到余味不尽的效果。在律诗里，通常前七句叙事或抒发感慨，而在尾句中用比较典型的景象作结，寓情于景。

例：李白《黄鹤楼送孟浩然之广陵》

　　故人西辞黄鹤楼，烟花三月下扬州。

　　孤帆远影碧空尽，唯见长江天际流。

此诗最后两句的意思是：孤船帆影渐渐地消失在碧空尽头，只看见滚滚长江向天际奔流。李白在此诗中把惜别之情寄托在对自然景物长江的动态描写中，做到了情景交融，以景写情，耐人回味。

例：苏轼《六月二十七日望湖楼醉书五首·其一》

　　黑云翻墨未遮山，白雨跳珠乱入船。

　　卷地风来忽吹散，望湖楼下水如天。

此诗最后两句的意思是：忽然间狂风卷地而来，吹散了满天的乌云，而那西湖的湖水碧波如镜，明媚温柔。作者描绘了一幅西湖骤雨图，写出阵雨来去变化极快，呈现出神清气爽的雨后情景，含有悠然不尽的情致。

例：韦庄《忆昔》

　　昔年曾向五陵游，子夜歌清月满楼。

　　银烛树前长似昼，露桃花里不知秋。

　　西园公子名无忌，南国佳人号莫愁。

　　今日乱离俱是梦，夕阳唯见水东流！

唐末诗人韦庄在黄巢起义军攻破长安前后，目睹了长安的盛衰兴替。诗中描述了昔年上层人物灯红酒绿、醉生梦死的生活，其实是忧思今日。作者在尾联中把对往日回想的思绪拉回到现实，追昔抚今，感慨万千。此地此景，昨日的繁华，今日的乱离，多么像一场梦。作者的感叹实则包含了他对前面所写的醉生梦死生活的谴责，并在尾句中以景作结。因为呈现在他眼前的是夕阳西下，逝水东流，这暗淡的景象、悲凉的意境，不仅预示着唐朝行将就木，也是作者悲伤情怀的折射。

2. 以情作结

以情作结是指作者在尾联或尾句中深化思想感情并以情感诗句作为诗的结尾，把作者情感淋漓尽致地表现出来。

例：孟浩然《送杜十四之江南》

　　荆吴相接水为乡，君去春江正渺茫。

　　日暮征帆何处泊？天涯一望断人肠。

这是一首送别诗。该诗从写景入手，通过渺茫春江与孤舟一叶的强烈对照，发出深情一问，对朋友的关切和依恋在这一问中表达得淋漓尽致。作者遥望渐行渐远的行舟，送行者放眼天涯，极目无见，不禁情如春江，汹涌澎湃。"断人肠"将别情推向高潮，在高潮中结束全诗，离愁别恨，悠然不尽，以表达作者对朋友的留恋，同时体现作者与友人之间的真挚情谊。

例：王维《送元二使安西》

渭城朝雨浥轻尘，客舍青青柳色新。

劝君更尽一杯酒，西出阳关无故人。

这首诗描绘了一种非常普遍的离别情景，它没有特殊的背景，却充满了深深的依恋和牵挂。朋友即将远行，前往遍地黄沙的边疆。此时一别，不知何日才能再见，千言万语无从说起，只能将依依惜别之情、所有的关怀与祝福融进一杯离别的酒中。有时，转句往往是一首诗的主旨所在，"劝君更尽一杯酒"正是如此；而"西出阳关无故人"以情作结，与其构成妙合之笔，共同成为广为流传、久唱不衰、表达离别的古诗佳句。

3. 以题作结

在尾联或合句中，紧扣诗的主题而结尾，称为以题作结。以题作结分为直接扣题、间接扣题两种作结方式。直接扣题作结是指在诗的结尾处直接按照诗题或题意作结。间接扣题作结是指诗的结尾没有离开诗题，但用间接的表达方式紧扣诗题作结，收住全诗。

例：杜甫《狂夫》

万里桥西一草堂，百花潭水即沧浪。

风含翠篠娟娟净，雨裛红蕖冉冉香。

厚禄故人书断绝，恒饥稚子色凄凉。

欲填沟壑惟疏放，自笑狂夫老更狂。

此诗首联写居住环境，作者在饱经战乱之后有一安身立命之地，心情舒展旷达。颔联写浣花溪的美丽景色，与颈联写作者靠人接济，一旦故人音信断绝，全家人就要挨饿的凄凉境况形成了鲜明对比。在这种快要饿死的情况下，作者还在兴致勃勃地赞美自然风光，更显其狂态。此诗尾联扣题作结表现了作者饱经患难，却从没有被生活的磨难所压倒，始终用一种倔强的人生态度来对待生活打击的精神，生动诠释了"狂夫"两字的深刻含义。全诗以作者"狂夫"的形象将赏心悦目之景和可悲可叹之事统一起来，构思精巧，颇具艺术感染力。

例：杜甫《客至》

舍南舍北皆春水，但见群鸥日日来。
花径不曾缘客扫，蓬门今始为君开。
盘飧市远无兼味，樽酒家贫只旧醅。
肯与邻翁相对饮，隔篱呼取尽余杯。

此诗前两句描写居处的景色，清丽疏淡，与山水鸥鸟为伍，显出作者与世相隔的心境。颔联写有客来访的欣喜，颈联写作者诚恳待客，客至之情到此似已写足，如果再从正面描写欢悦的场面，显然无味、多余。然而，作者在尾联中巧妙地以"肯与邻翁相对饮，隔篱呼取尽余杯"作结，把席间的气氛推向更热烈的高潮：如果愿意与邻家老翁举杯对饮，那我就隔着篱笆将他唤来作陪。这一细节描写细腻逼真，让读者感受到当时两位挚友越喝酒意越浓，越喝兴致越高，气氛相当热烈。就写法而言，结尾两句真可谓峰回路转、别开境界，流露出作者诚朴恬淡的心境，自然浑成，把居处景、家常话、故人情等富有情趣的生活场景刻画得细腻、逼真，呈现浓郁的生活气息和人情味。作者在诗的结尾处用间接方式紧扣题意，以题作结。

例：孟浩然《留别王维》

寂寂竟何待，朝朝空自归。
欲寻芳草去，惜与故人违。
当路谁相假？知音世所稀。
只应守寂寞，还掩故园扉。

这首诗是作者四十岁时应试进士不第，返回襄阳隐居时所作。首联"竟何待"在尾联中做了回答，不再追求功名而是寂寞归隐，关上柴门与世隔离。言浅意深，颇有余味。这个"归隐"就是作者想表达的诗意。"寂寂"与"守寂寞"是首尾呼应的写法，如果不是从诗的意境上着眼，去掉中间两联，依然是一首完整的绝句，这是因为首尾两联在意思上前后相呼应。首尾照应并不是指首联与尾联的句意相同，而是指意义上的一致、相关或相承，这也是一种以题作结的写作方法。

4. 以理作结

以理作结是指在尾句中写出哲理，常常在诗的前半部分对景象或意象进行描写，并在尾句中写出作者认定的，又被社会和人们广为认可的观点或道理，寓意无穷。

例：朱熹《春日》

　　胜日寻芳泗水滨，无边光景一时新。
　　等闲识得东风面，万紫千红总是春。

这首诗表面上看似写景，描绘了春日美好的景致；实际上是一首哲理诗，表达了作者追求圣人之道的美好愿望。合句"万紫千红总是春"是说这万紫千红的景象全是由春光点染而成的，人们从这万紫千红中认识了春天，感受到了春天的美。全诗寓理于景象之中，以理作结，构思运笔堪称奇妙。

例：王安石《登飞来峰》

　　飞来山上千寻塔，闻说鸡鸣见日升。
　　不畏浮云遮望眼，自缘身在最高层。

这首诗反映了作者为实现自己的政治抱负而勇往直前、无所畏惧的进取精神。此诗前两句写景，后两句是全诗的精华，蕴含着深刻的哲理：人不能只为眼前的利益，应该放眼大局和长远。这与苏轼的"不识庐山真面目，只缘身在此山中"如出一辙，表现技巧极为相似。

5. 以问作结

以问作结是指用巧妙的疑问句作结，留下思考空间，让读者去体会、去想象，具有警醒深刻、含蓄深远的艺术效果。以问作结要问不离题，有时又表现为间接以问作结。

例：沈佺期《遥同杜员外审言过岭》

　　天长地阔岭头分，去国离家见白云。
　　洛浦风光何所似？崇山瘴疠不堪闻。
　　南浮涨海人何处？北望衡阳雁几群。
　　两地江山万余里，何时重谒圣明君？

当时，沈佺期被流放驩州，杜审言被流放峰州，两人同时经过大庾岭。该诗前三联的景中充满惆怅之情，但作者的心意却集中体现在尾联下句"何时重谒圣明君"，表达了作者希望免除流放，再返朝廷效力，盼望早日结束离别之苦。尾联紧扣诗题，以问作结，以不答答之，其寓意于不答之中。

另外，以问作结还有另一种有问有答的作结方式，这样会增加层次起伏，留下联想的伏线，使诗更有力量，避免平直浅露，耐人寻味。

例：杜牧《清明》

清明时节雨纷纷，路上行人欲断魂。

借问酒家何处有，牧童遥指杏花村。

这首诗采用有问有答的作结方式。语言通俗易懂，音律节奏十分和谐圆满，景象非常清新生动，境界优美，写到"牧童遥指杏花村"就戛然而止，给读者留下更为广阔的想象余地。

例：王翰《凉州词》

葡萄美酒夜光杯，欲饮琵琶马上催。

醉卧沙场君莫笑，古来征战几人回。

此诗以问作结，表达战争自古以来就是生还者极少的残酷事实。作者以豪迈旷达之笔表现了一种视死如归的悲壮情绪，使人透过这种貌似豪放旷达的胸怀更加了解战士们心灵深处的忧伤以及对战争不满。

6. 以典作结

以典作结是指诗文中引用过去有关人、地、事、物之史实，或有来历出处的词语佳句，加深诗词的意境，使诗含蓄典雅，更有意境、内涵和深度，给人以联想的空间。

例：陈子昂《送魏大从军》

匈奴犹未灭，魏绛复从戎。

怅别三河道，言追六郡雄。

雁山横代北，狐塞接云中。

勿使燕然上，惟留汉将功。

此诗尾联运用的典故是东汉时的车骑将军窦宪，他曾经大破匈奴北单于，又乘胜追击，登上燕然山（今蒙古国境内的杭爱山），刻石记功而还。如今，作者说不要让燕然山上只留下汉将的功绩，还要有大唐将士的赫赫战功。

例：王维《送杨少府贬郴州》

明到衡山与洞庭，若为秋月听猿声。
愁看北渚三湘远，恶说南风五两轻。
青草瘴时过夏口，白头浪里出湓城。
长沙不久留才子，贾谊何须吊屈平。

此诗首联描写朋友途中经过的名山大川，想象出秋天的月亮和凄厉的猿声伴随朋友赶路。前四句描述了旅人的愁苦情感。作者在颈联里继续描绘朋友旅行中的艰辛和危险，将诗意推进了一层。西汉初贾谊为朝廷重臣，曾被排挤，初为长沙王太傅，路经湘水时写下名作《吊屈原赋》，以发泄心中的不平。作者在尾联里反用这个典故，紧扣诗题，抚慰杨少府不会久留郴州，不必哀伤。

7. 概括作结

概括作结是指尾联对首联、颔联、颈联三联所述之事加以总结。

例：李商隐《马嵬二首·其二》

海外徒闻更九州，他生未卜此生休。
空闻虎旅传宵柝，无复鸡人报晓筹。
此日六军同驻马，当时七夕笑牵牛。
如何四纪为天子，不及卢家有莫愁？

马嵬是一个地名，杨贵妃被缢死的地方。作者借用唐明皇和杨贵妃的爱情悲剧，描写了自己远离故土、对往昔时光的怀念与无奈的情感。首句"海外徒闻更九州"引用白居易《长恨歌》"忽闻海外有仙山"，指杨贵妃死后居住在海外仙山上，虽然听到了唐王朝恢复九州的消息，但来生未可预知，今生就此罢休。空听到禁卫军夜间击打刀斗，不再有宫中鸡人报晓敲击更筹。六军已经约定，全都驻马不前，遥想当年七夕，我们还嗤笑织女牛郎。最后，在尾联中感慨在位四十余年的天子，在爱情上反倒不如民间女子莫愁幸福。整首诗，作者通过对历史事件、自然环境以及个人的情感体验的描写，展现了其深沉的情感世界和卓越的艺术造诣。

例：杜牧《江南春》

千里莺啼绿映红，水村山郭酒旗风。

南朝四百八十寺，多少楼台烟雨中。

此诗千百年来素负盛誉。全诗不仅以轻快的文字描绘了明媚的江南春光，而且再现了江南烟雨蒙蒙的楼台景色，使江南风光更加神奇迷离，别有一番情趣。全诗四句有众多的景物，有声有色，动静结合，各具特色。合句"多少楼台烟雨中"中的"烟雨"描写无数的楼台全笼罩在风烟云雨中。作者不用"寺"而用"楼台"，不仅是为了避免用词重复，更是为了适应"烟雨"这样的环境。作者通过虚实结合，对眼前和历史无比感慨：历史总是不断发展变化的，朝代的更替是必然的。作者用审美的眼光，欣赏着江南春的自然美景，同时以深邃的思维，穿过时空，感悟历史文化，表达作者的淡泊洒脱和超越时空的审美。还有着禅宗顿悟的思想，抒发了作者思旧怀远、归隐写意的情感，表达出一缕缕含蓄深蕴的情思，给人以美的享受和思考。

8. 以梦作结

以梦作结是指因对一些人物、事物、景物等倾注深情，往往寄意于梦中，故以梦作结，常将人的遐思引领到一个全新的境界。

例：南朝乐府民歌《西洲曲》(节选)

海水梦悠悠，君愁我亦愁。

南风知我意，吹梦到西洲。

《西洲曲》是一首以梦作结的著名诗歌，出自南朝乐府民歌。作者以鲜明的江南水乡特色和纯熟的艺术技巧描写了一位妙龄少女对心爱之人的苦苦思念，诗中少女通过四季更迭、从现实到梦境的转变，委婉深情地诉说着离别之情和相思之意，最后以"海水梦悠悠，君愁我亦愁。南风知我意，吹梦到西洲"这一千古名句作结，留给人们无限的遐想。此诗里的南风，善解人意，将少女炽热的思恋情怀送入心上人的梦中，形象地表达了少女对心爱之人的思念，余情悠长。

9. 叙事作结

例：郑谷《淮上与友人别》

　　扬子江头杨柳春，杨花愁杀渡江人。

　　数声风笛离亭晚，君向潇湘我向秦。

此诗通过江头春色、杨花柳丝、离亭宴饯、风笛暮霭等一系列物象情景对离情进行反复渲染，结句以"你要南下潇湘，我却奔向西秦"倒叙作结戛然而止，临歧握别的黯然伤魂、各奔天涯的无限愁绪、南北异途的深长思念，乃至漫长旅程中的无边寂寞，都在这平淡的叙事中得到充分的表达，读来悠然情深，令人低回流连。

例：王维《杂诗·其二》

　　君自故乡来，应知故乡事。

　　来日绮窗前，寒梅著花未？

唐朝安史之乱后，作者在孟津隐居多年，留下了许多辉煌的诗作，这首诗便是其中的代表作。"故乡事"有很多，但作者独自问对方："来日绮窗前，寒梅著花未？"我来这里之前，窗前那株寒梅是否开花？这有些出乎常情，但又绝非故作姿态。当一个人想念家乡时，所念的往往是一些看起来很平常、细小的情事，此诗窗前的寒梅便是一例。

10. 修辞作结

在古诗词中，作者常常在诗的结尾处采用修辞方法，如比喻、对比、设问、用典、想象等作结，统称修辞作结。

（1）比喻作结

王昌龄《芙蓉楼送辛渐》的"洛阳亲友如相问，一片冰心在玉壶"用比喻作结，表明自己冰清玉洁的人格。还有李白的《赠汪伦》"桃花潭水深千尺，不及汪伦送我情"，也用比喻表达作者与友人的深厚情谊。

（2）对比作结

例：李白《越中览古》

　　越王勾践破吴归，战士还家尽锦衣。

宫女如花满春殿，只今惟有鹧鸪飞。

这是一首怀古诗，首句点明题意，说明所怀古迹的具体内容，承句描写战士还家，转句描写越王勾践还宫的情况，而结句突然一转，说过去曾经存在的一切辉煌，如今剩下的只是几只在飞的鹧鸪。作者在诗中通过对比昔时的繁盛和眼前的凄凉，表现人事变化和社会盛衰的无常。

11. 想象作结

想象作结是一种诗歌作结方式的统称，包括一些修辞作结方式。这种作结方式需要读者通过想象来理解，不仅可以丰富诗歌的意境，还可以增强诗歌的艺术表现力。读者能够感受到作者内心的情感和对自然景观的独特理解。作者的想象力可以使周围的自然景物不再单调，而是充满了生机和活力，从而让读者在阅读时能够产生共鸣，感受到诗歌的美和力量。

例：李白《望庐山瀑布》

日照香炉生紫烟，遥看瀑布挂前川。

飞流直下三千尺，疑是银河落九天。

这首诗通过想象将香炉峰上的紫烟与瀑布联系在一起，并用夸张的手法把瀑布的壮观景象描绘得淋漓尽致，反映了作者对大好河山的无限热爱。这首诗结尾成功地运用了比喻、夸张和想象，构思奇特，语言生动形象、流畅明快。此诗结尾既是修辞作结，又是想象作结。

12. 以意作结

以意作结也是诗歌作结方式的统称，包括以情作结、修辞作结、以问作结、以理作结、概括作结等多种作结方式。在古诗词结尾处，凡是以某种强烈的情感、哲理、思想和典故结束或总结，同时给读者留有想象空间，留有余味，具有"言尽而意不尽"者，统称以意作结。

例：梅尧臣《鲁山山行》

适与野情惬，千山高复低。

好峰随处改，幽径独行迷。

霜落熊升树，林空鹿饮溪。

人家在何许？云外一声鸡。

此诗首联"适与野情惬，千山高复低"是作者所见的山野风景，表达了作者对山野景物的喜爱。颔联"好峰随处改，幽径独行迷"写山行，走到一处看到一座美丽的山峰，再走向另一处看到又一座雄壮的山峰，"随处改"是指作者行走其间所见的山景变化。颈联"霜落熊升树，林空鹿饮溪"描绘了一幅动人的秋日山林之景，熊正在爬树，野鹿在饮溪水。尾联"人家在何许？云外一声鸡"，人家在哪里？正在沉思的时候，忽听到从山间白云上传来"喔喔"的鸡叫，原来就在那高山顶上的一声鸡鸣处。结尾处非常自然，还给人诗意不尽之感。此诗结尾既是以意作结，又是问答作结，余味无穷。

例：黄庭坚《清明》

佳节清明桃李笑，野田荒冢只生愁。
雷惊天地龙蛇蛰，雨足郊原草木柔。
人乞祭余骄妾妇，士甘焚死不公侯。
贤愚千载知谁是，满眼蓬蒿共一丘。

此诗是黄庭坚在清明时触景生情而作。作者巧妙地运用了对比手法，将生与死、欢与愁、动与静、高尚与卑劣等矛盾融合在一起，形成了强烈的反差。首联把桃李盛开的繁茂与坟墓的凄凉进行对比，颔联把动物蛰伏的沉寂与草木生长的活力进行对比，颈联将无耻的乞食者与忠贞的隐士进行对比，尾联紧扣诗题抒发作者对人生无常的感慨，无论是贤者还是愚人，最后都要归于黄土，"冢"即"丘"。首尾两联呼应，不只是语义上的呼应，更体现在字面上的呼应。作者将自然界中的勃勃生机与人世间不可逃脱的死亡命运进行对照，表现其消极虚无的思想，抒发了作者对人生无常的慨叹和对社会不平的愤慨和无奈。此诗结尾既是以题作结，又是以意作结。

总之，诗的结尾方法多种多样，从种种结尾的效果来说，有的明快，催人觉醒；有的含蓄，使人思索，各有所长。不论采用何种结尾方式，都是依据诗的内容、所表达的主题和写作表现手法来确定的。

第六节　古诗词写作线索

清人刘熙载在《艺概·文概》中写道："惟能线索在手，则错综变化，惟吾所施。"线索本是诗人用来谋篇布局的，但也可成为阅读者理解诗歌的钥匙。不管内容复杂多变，只要我们寻得线索，细加研究分辨，就能理出诗歌的深层脉络，弄清诗歌的主旨和作者的情感。诗歌线索既体现了作者创作的思路，又是读者鉴赏古诗的向导。在古诗词创作中，常见写作线索有以下七种方式。

1. 以人物为线索

以人为线索叙事，要注意不同时间、不同环境人物性格的统一，还要注意人物年龄、外貌、动作、所处的地方、民族特征、生活习惯等方面的统一，否则容易造成混乱。

例：杜甫《月夜》

今夜鄜州月，闺中只独看。

遥怜小儿女，未解忆长安。

香雾云鬟湿，清辉玉臂寒。

何时倚虚幌，双照泪痕干？

在安史之乱期间，杜甫只身投奔唐肃宗，途中被叛军掳往长安。当时，他的妻儿正在鄜州（今陕西富县），夫妻被迫分居两地，只能通过望月来表达对对方的思念和担忧。首联不写自己在长安望月，而是描写妻子在鄜州独自观看月亮。"只独"既指妻子，又指作者。作者着笔于妻子，将自己隐藏起来，这样对写更能表达自己对妻子的关切和忧虑。从"只独"中，我们还可以寻到作者的影子，运用自己的想象来构思布局。颔联中的"遥"是指与妻子儿女分隔遥远的距离，从中可以看出作者在很远的地方想念他们。因为遭受战乱已使诗人非常难过和痛苦，对家人的安危更加担心。在颈联中，诗人从妻子的角度进行描写，想象妻子的头发被秋雾沾湿，清冷的月光使妻子的玉臂生寒。这首诗书面上描写妻子望月思夫，实际上是作者描写自己思念妻儿的深切。作者在尾联中对未来寄予了热切的期待，待将来团聚之时，相互依靠在透光的窗帘或帷幔旁边观赏明月，让月光擦干两人久别团圆的眼泪。全诗以"我"（作者）为线索，凭作者的想象将妻子、儿女和自己串联起来，表达作者对妻儿深切的思念。

这类诗歌，常常以人物的动作行为、思想情感为标志线索，借助一些动词，如"登""望""访""闻""忆""悲""怨""叹""喜"等设置线索。

2. 以事件为线索

以事件为线索，主要事件叙事突出，次要事件交代清楚，主次搭配合理，叙述井然有序。

例：李益《度破讷沙二首·其二》

破讷沙头雁正飞，鸊鹈泉上战初归。

平明日出东南地，满碛寒光生铁衣。

这首诗描写了出征战士凯旋的情景。破讷沙，即今内蒙古自治区的库布齐沙漠；鸊鹈泉，唐时在丰州西受降城北。第二句写战士们班师行进到破讷沙，从"战初归"可以得到两个信息：一场大战已经结束，获胜而归。第一句不明写凯旋者夜行军至破讷沙，而写破讷沙头大雁正高飞，暗喻军容严整。三、四两句描写一轮红日从东南方升起，在广阔无垠的沙漠里，战士们的铠甲寒光闪闪，沙砾霜花也耀眼夺目。这样的美景迎接凯旋将士，凯旋又为这一胜景增辉。这是何等的气派！全诗以出征将士获胜而归为线索，将出征回归的情况、战争的胜利等细节串联起来，赞颂边塞将士的英雄气概。

这类诗歌常用历史事件、边塞战争、日常生活等叙事性较强的素材，并以特定的事件为线索，贯穿前后，融为一体。律诗稍复杂，绝句相对简略。

3. 以物件为线索

在叙事的过程中，让某一物件在事件的各个阶段重复出现，并通过各种手段加强它的形象。这种物件往往具有过渡或点明中心思想的作用。

例：崔珏《和友人鸳鸯之什·其一》
　　翠鬣红毛舞夕晖，水禽情似此禽稀。
　　暂分烟岛犹回首，只渡寒塘亦并飞。
　　映雾尽迷珠殿瓦，逐梭齐上玉人机。
　　采莲无限兰桡女，笑指中流美尔归。

这是一首歌咏鸳鸯的诗，因作者写法独特，故被称为崔鸳鸯。作者在首联里先从鸳鸯的羽色着笔，艳丽的羽毛在璀璨的夕阳下更显五彩缤纷。鸳鸯不仅外表美，内在也美。它们习惯于双飞并栖，雌雄不离。一般水禽少有这样的习性。正因为这样，人们特别喜爱它们，视为忠贞爱情的象征。在颔联里，作者详细描写鸳鸯：一是这对鸳鸯穿过烟云萦绕的小岛，一前一后，暂时分开，前者频频回首，后者紧紧跟随，难舍难分；二是渡过秋天枯水狭小的水塘，也不须臾离开，相依相偎，比翼齐飞。作者选用这两个细节具体形象地说明这对鸳鸯情意深重。颈联描写作者的想象，在五彩朝霞的照射下，这对鸳鸯看到覆盖在饰以珠玉的宫殿上相依相并的鸳鸯瓦，不禁动情迷恋不已，双双齐飞，一同追逐梭子，飞上了织机。因为鸳鸯是幸福美好的象征，所以人们常常在衣饰、什物上绣上鸳鸯，表达愿望和祝福。最后，作者在尾联里描写采莲姑娘划船暮归，一片笑声惊起成双成对的鸳鸯，此景此情唤起姑娘们对美好爱情的无限向往和憧憬。姑娘们的笑声体现了鸳鸯的钟情，别有韵味。此诗四联既有正面描写，又有侧面描写；既有实写，又有虚写，都是围绕鸳鸯这个线索展开描写，条理十分清楚。

在一些古诗词里，读者经常看到这类诗歌中的"物件"被赋予了象征意义。虽然它们含有寓意，但物件线索非常关键。

4. 以景物为线索

在山水田园诗里，有很多写景诗作常常以写景为由，实则抒发作者情感。细细品读这些写景名诗，可以从字里行间发现作者流露的情感，并从中了解到作者所表达的主旨。

例：李商隐《晚晴》
　　深居俯夹城，春去夏犹清。

天意怜幽草，人间重晚晴。

并添高阁迥，微注小窗明。

越鸟巢干后，归飞体更轻。

这是一首写景诗，并融入了作者的深切感受。此诗写于作者担任桂林总管郑亚幕僚时期。此诗描写作者幽居城门外的月城，春天虽已过去，但夏天清新可喜。上天有意爱怜幽草，人们更珍惜晚晴。登阁远眺，看得更远；夕照小窗，益加明亮。鸟巢被风干后，飞回的鸟儿更加轻盈。诗中有两条线索：一条明线"晚晴"，一条暗线"作者的感受"。它们互相缠绕，融为一体。首联中的"清"既点明题中之景晚晴，又写自己感受到雨后空气的清新。在颔联里，夏雨滋润后格外青葱鲜嫩的幽草既紧扣晚晴，又与首联深居相呼应，有自喻之意。颈联中的"迥"与"明"不仅写出了雨过天晴的爽朗，又表明了作者心境高远的情感。尾联既描写了越冬的小鸟归巢，又带有自况的意味。"巢干"切"晴"，"归飞"切"晚"，"体更轻"既描写了鸟的姿态，又写了作者的心情。如果幽草象征作者低微、艰难的身世，那么越冬的小鸟便是诗人精神振作的化身。

5. 以时间为线索

时间线索是指在叙述故事时通过描写不同事件的时间，让读者更好地理解故事的进程和情节的发展，避免读者产生混淆或疑惑。时间线索常以某个事件发生的具体时间、时间跨度、时间先后顺序等方式展现。作者常常使用时间线索来构建故事的后续情节，使故事的过程更为自然、连贯，让读者不知不觉地融入情节。

例：李白《乌栖曲》

姑苏台上乌栖时，吴王宫里醉西施。

吴歌楚舞欢未毕，青山欲衔半边日。

银箭金壶漏水多，起看秋月坠江波。

东方渐高奈乐何！

这是一首乐府诗。此诗以时间为线索，再现了昔日姑苏台吴王宫里的淫乐景象，含蓄地揭示了遗迹铭刻的历史教训。姑苏台春秋时是吴王游乐之地。"乌栖时"既点了乐府本题，又交代了时间，同时渲染了气氛。夕阳西下，寒鸦栖枝，幽暗凄凉的环境预示着吴国即将走向灭亡。"吴歌楚舞欢未毕，青山欲衔半边日"点明歌舞时间，日已暮，欢未毕；随时间的推移和比较，引出"乐难久"的暗示。"银箭"指秋夜渐次消逝，"起看"指天色将近黎明。这些描写都在暗示吴王寻欢作乐，夜以继日，这样的国家必然灭亡。最后，作者以单句结尾，收住全诗。"高"是"皜"的通假字，指黎明时的天色。"奈乐何"是对全诗的总结，是对欢乐难以持久的喟叹。全诗从开头的"乌栖时"到结尾的"东方渐高"，组成了一个时间链，暗示了吴王荒淫生活的昼夜相继，并以暮鸦、落日、残月等意象暗喻统治者的悲惨结局。

咏史怀古诗大多以时间为线索，常常按照时间推移，顺时叙写事件的经过，由今推古，逆向叙述，并借助时间变化来表达世事变迁和个人遭际。

6. 以空间为线索

空间线索在古诗词里常用来描述地理、物理或场所位置线索。空间线索可以使读者更好地理解场景和环境。它们可以是地点的具体描述，也可以是与位置有关的方位词。

山水诗、送别诗常常以空间为线索。作者常常在景的数量、距离、层次、形态等方面构思，而景的变化、次序取决于作者的情感需要。因此，若能把握空间线索，就能理解作者的情感或感受。有些诗歌时间、空间常常合在一起，形成时空线索。

例：王维《汉江临泛》

楚塞三湘接，荆门九派通。

江流天地外，山色有无中。

郡邑浮前浦，波澜动远空。

襄阳好风日，留醉与山翁。

这首诗叙述作者在襄阳城外汉江泛舟的经历。汉江流经楚塞、荆门，南接三湘，东连长江九条支流。首联巧妙地把它们（地域和水系）连在一起，将汉江放在广阔的空间区域里，极言汉江壮阔的景色。颔联写远景，江水涌流,好似流到天地之外,这是舟中的平视;两岸青山,时隐时现,似有似无,这是舟中的仰视。这里的空间安排非常讲究,江天相连,水天相接,山色时有时无;前句正面写江水绵长邈远,后句以山色衬托江景的浩瀚空阔。颈联写眼前之景,郡邑好像漂浮在水面上,远方的天空似乎随着江浪摇荡。作者不说所乘之舟因江浪而上下波动,而说郡邑在水面上浮动;不说波涛汹涌,而说天空为之摇荡。作者故意用动与静的错觉来描写江水的汹涌澎湃,既有效果,又有特点。尾联流露出对汉江的赞美和热爱,情感全部融合在上面景色之中。诗中前三联的景不是一般的自然组合,而是在情的参与下的意合。此诗明面表现为空间线索,暗中表现为情感线索。作者以淡雅的笔墨描绘了汉江周围壮丽的景色,表达了其追求美好的境界、希望寄情山水的个人愿望,又隐含歌颂地方官员功绩之意。

7. 以情感为线索

情感线索是指以诗人或古诗词里的主要人物的情感或思想变化为线索,主要特征如下:

一是以感情不断变化发展为主要特征。变化的原因,或因人事所致,或由景物引起,一般与情感构成因果关系,人、事、景、物是因,情感是果。感情变化发展要沿着一定的方向行进,而且这种感情变化发展一般体现在某个人的身上,这个人往往是诗中的"我"。因为只有这样,才便于作者进行心理描写,表达作者情感。

二是以感情专注单一为主要特征。线索的感情色彩是不变的,而且自始至终是一致的,可以由此及彼,也可以由浅入深,没有曲折性,线索十分清晰,可以使诗歌更具有感染力。

例:王维《送元二使安西》

渭城朝雨浥轻尘,客舍青青柳色新。

劝君更尽一杯酒,西出阳关无故人。

这是一首很有名的送别诗。此诗前两句,作者生动形象地写出了自己对将要前往荒凉之地的友人元二的深深依恋、担心和牵挂。既描绘了春天的景象,又暗示了离别的悲伤。因为"柳"和"留"谐音,是离别的象征,轻尘、客舍暗示了路途遥远,又点出了送别的时间、地点和环境。此诗后两句点明主题,作者以酒饯别,为友人送行,以劝酒的方式表达诗人对友人的深厚情意。友人此行要去的安西,在今天的新疆库车市,同时代的王之涣有"春风不度玉门关"的描写,何况安西更在玉门之外,其遥远可想而知。此时友人一别,不知何年再见,千言万语无从说起,只能将依依惜别之情以及所有的关怀、牵挂和祝福,全部融进离别的酒中。此诗没有特殊的背景,却充满了作者对友人的深深依恋和牵挂。作者紧紧抓住友人离别这条情感线索,句句含情,使其成为永恒。最后,全诗以情作结,收束全诗。

第五章　宋词格律常识

宋词格律常识[1]包括词、词牌、词牌来源、词牌分类及其选择、押韵方式和三十八种常见词牌格式等内容。

第一节　词 与 词 牌

词是一种配合音乐的诗歌，是唐宋时代的"乐府诗"，是适应文化生活的需要，结合当时在音乐和诗歌上的发展而流行的词。它的前身是民间小调。

词，既不是绝句也不是律诗，而是遵循一定格律规则的长短句组成的非齐言格律诗。宋词的格律规则由词牌决定，不同的词牌具有不同的格律规则，包括诗句字数、句数、平仄格律、押韵和对仗句的位置，都有严格的格律规定。词在北宋、南宋期间发展壮大而定格，宋朝是词发展的鼎盛时期，故称宋词。

词牌，就是词的格式的名称，又称词牌名或曲调。词的格式是指词的字数、平仄格式和押韵方式，与绝句律诗的平仄格式不同。绝句律诗只有四种平仄格式，宋词有八百多种平仄格式，这些词牌的格式又称词谱。人们为了便于记忆和运用，就给它们起了一些名字，这些名字就是词牌。有时候，几个格式合用一个词牌，是同一个格式的若干变体；有一些词牌还有多个名称，词牌比律诗更为复杂。宋代以后，词的格式不断发展，并逐渐脱离了曲调，词牌就变成了文字、音韵结构的一种定式，故有上千种不同的格式。清代陈廷敬、王奕清等奉康熙之命编撰《钦定词谱》，以清初著名词学家万树撰写的《词律》为基础，纠正错漏，并予以增订，总结为 826 种词牌、2306 种词

---

[1] 第五章宋词格律常识泛指唐宋词格律常识。

体，包括正体和变体。

　　古代很多诗词都有曲谱，在唐、宋代还有曲谱集，以供教坊乐工演唱，文人从中选择曲谱填词。这类曲谱虽然没有流传下来，但有文字记载。虽然它们的音谱失传了，但随着诗歌的发展与音乐分离，完全诗律化。这样，古诗歌的格律、韵律就很容易传承下来，形成一种句子长短不齐的格律诗，成为中国文学中一种文学体裁，不愧为中国文学艺术的瑰宝。因此，作者在作词前，先选一个词牌，然后依照词谱所规定的字数、平仄格式、押韵方式来写词，称为填词。按照词牌填词，写出的歌词才能符合音律，便于歌唱、传唱和流传。

　　词牌按照字数划分，大致可分为三类：小令、中调、长调。58字以内为小令，59~90字为中调，91字及以上为长调。另外，宋词又分为单调、双调、三叠、四叠四种。单调往往是一首小令，就像一首长短句诗。双调分为上下阕，两阕字数多数相等或基本相等，平仄也相同。三叠就是三阕，四叠就是四阕，三阕、四阕的宋词较少见。

　　现代人作词要先根据诗词欲表达的情感，选择相应的词牌或者查询词谱，或者参照前人的成作模仿创作，确定诗句字数、平仄格式和押韵方式等。如果乱用或错用词牌，就会贻笑大方。

第二节　词牌来源

　　词牌有固定的格式和声律，决定着词的节奏和韵律。词牌数量有八百二十多种，主要有八个方面的来源。

　　一是来自乐曲的名称。如《水调歌头》来源于《水调》曲，此曲为隋炀帝所制。到了唐代，《水调》曲成为传唱不衰的名曲。唐代《水调》曲有大曲、小曲之分。《水调歌头》截取大曲《水调》曲的首章，另倚新声而成。

　　二是摘取一首词中几个字作为词牌。例如，《忆江南》本名《望江南》，但因白居易有一首首句为"江南好"的词，最后一句是"能不忆江南"，所以词牌又叫《忆江南》。还有许多，如：

　　①《蝶恋花》：源自南北朝梁简文帝萧纲的"翻阶蛱蝶恋花情"。

　　②《玉楼春》：源自唐代白居易的"玉楼宴罢醉和春"。

③《渔家傲》：源自宋代晏殊"神仙一曲渔家傲"。

④《西江月》：源自唐代李白的"只今惟有西江月，曾照吴王宫里人"。

⑤《青玉案》：源自汉代张衡的"何以报之青玉案"。

⑥《满庭芳》：清代词人徐釚在《词苑丛谈》中认为，该词牌取自唐代柳宗元"偶地即安居，满庭芳草积"的诗句。

⑦《如梦令》：此词牌原为《忆仙姿》。据传，苏轼嫌《忆仙姿》词牌不雅，将其改为《如梦令》。

⑧《后庭花》：源自南北朝陈后主的"玉树流光照后庭"。

三是来自唐代教坊曲名。如《渔歌子》咏的是打鱼，《浪淘沙》咏的是浪淘沙，《更漏子》咏的是夜，这类词牌较多。

四是来自词中的情谊。《长相思》表达情人、离人的情感缠绵和悱恻、相思之苦，《谪仙怨》抒发悲愤、愁苦之情。

五是来自词中的字数。如全词每句三字的《三字令》、全词十六字的《十六字令》和全词百字的《百字令》等。

六是与历史人物有关。如：

①《浣溪沙》：来自古越流传的溪边浣纱少女西施的传奇故事。

②《木兰花》：来自乐府民歌中关于花木兰的故事。

③《沁园春》：东汉明帝有一女儿沁水公主，外戚窦宪依仗势力夺取她名下的园林，《沁园春》因此得名。

④《虞美人》：最初咏项羽所爱的虞姬，因此得名并作为词牌使用。

⑤《忆江南》：又名《谢秋娘》，因唐代李德裕悼念名妓谢秋娘而得名。后因白居易的诗，把《望江南》改名为《忆江南》。

⑥《念奴娇》：念奴，本是唐玄宗时期的一位著名歌女，因其才貌深得玄宗宠爱，后来就以《念奴娇》作为词牌。

七是来自典故。如：

①《鹊桥仙》：来自民间故事牛郎织女的传说。

②《雨霖铃》：唐玄宗避安史之乱入蜀，连日霖雨，栈道中偶尔能听到铃声。他正在惆怅之时想念杨玉环，便作《雨霖铃》以记，又叫伶人张野狐吹奏，后流传于世。

③《菩萨蛮》：唐玄宗时，女蛮国入贡，她们梳着高高的发髻，戴着金饰的帽子，挂着珠玉穿成的项圈像菩萨，称为"菩萨蛮队"。后来，《菩萨蛮》既是词牌，又是曲牌。

④《荔枝香》：唐玄宗驾临骊山，在杨贵妃生日时，命伶优谱曲，但没有恰当的名字，正好南方进献荔枝，故命名为《荔枝香》。

八是来自地名。如《六州歌头》，六州是唐代的伊州、梁州、甘州、石州、渭州、氐州的总称；《金谷曲》来自西晋时期的大臣、文学家、诗人石崇的园林名"金谷"。

第三节　词牌选择

词最初是伴曲而唱的，曲子都有一定的旋律和节奏，这些旋律、节奏的总和就是词调。宋代之后，词经过不断的发展变化，根据欲表达的情感选择词牌而填词。后来，词牌脱离曲调，便成为一种含有音韵的词格律代名词。不同词牌有不同的曲调、唱法、字数、句法、平仄。另外，有调无词、只供演奏的称为曲牌。

词牌，作为中国古典文学体裁的一种格律定式，以其丰富的内涵和细腻的情感表达成为作者展现内心世界的古诗体裁。不同的词牌往往蕴含着不同的情感色彩，每首词都是一个情感世界的缩影。因此，词牌的选择比较复杂，可以参考以下五点：

一是长篇词牌适合铺叙，短篇词牌适合抒情。

二是以近体五言、七言为主的词牌大多适合表达舒缓雍容的情感，如《浣溪沙》《采桑子》《蝶恋花》等。

三是换韵、多韵之词常常音节明快响亮、气势奔放，以慷慨悲歌为基本特点，如《减字木兰花》《虞美人》等。

四是句法长短参差的词牌，适合表达感伤、悲咽或拗怒的情感，如《兰陵王》《浪淘沙慢》等。

五是词牌与词的内容一致的较少。比如，《千秋岁》《寿楼春》凄凉幽怨，抑郁悲哀，寄托哀思，常用来表达悲伤的情感，不能望文生义用来表达祝寿或喜庆的情感。

因此，选择词牌一定要慎重，要按照表达情感的类型来选择词牌。按照情感类别划分，词牌可以分为六类：

1. 欢快喜悦

在词的世界里，欢快喜悦的情感常常通过轻快、明朗的词牌来表达，如《浣溪沙》《采桑子》等。这些词牌节奏明快，语言轻盈，可以恰如其分地传达作者内心的喜悦和轻松。《忆余杭》《忆江南》因描写杭州而来，描写风景最宜。

2. 悲伤忧愁

面对生活中的失落和痛苦，作者往往选择一些深沉、凄婉的词牌来表达作者的内心悲伤和忧愁，如《雨霖铃》《青玉案》《蝶恋花》等。这些词牌含蓄深沉、情感细腻，可以把悲伤和忧愁渲染得淋漓尽致。

《钗头凤》表达怨恨、愁苦、哀痛的凄楚心情；《祝英台近》宛转凄抑；《天仙子》怨声哀切，伤春伤感，孤独忧愁；《卜算子》惜别伤感，婉曲哀怨而略带几分激切；《南乡子》缠绵低抑；《忆旧游》《高阳台》忧婉凄抑；《生查子》比较和谐委婉，表达相思、怨抑之情。

3. 怀旧思念

怀旧思念是人最常有的情感，作者常常借助一些温婉、感性的词牌来表达，如《菩萨蛮》《蝶恋花》等，这些词牌的文字柔美，情感浓郁，可以恰当地传达作者对往事的深深眷恋。

4. 豁达豪放

面对生活、事业的挫折、失意和困境，一些作者经常选择豁达豪放的词牌，来表达自己坚韧不屈的思想情感，如《沁园春》《念奴娇》《水调歌头》《满江红》等。这些词牌的文字豪迈，情感激昂，将作者的豁达与豪放展现得淋漓尽致，不宜表达委婉、温柔的情感。

《永遇乐》表达激越的思想情感；《清平乐》表达一些轻松、快乐、淡泊或者宁静的心情；《破阵子》为军乐词，适合抒发激昂雄壮的情绪；《渔家傲》表达对现实不满的思想感情，包括对自由的渴望，对生活的热爱，对家人的思念；《风流子》壮阔豪迈，可以显示作者宽宏器宇和雍容气度；《六州歌头》音调苍凉、悲壮，常常描写古今兴亡之事，抒发慷慨悲壮之情；《贺新郎》声情沉郁、苍凉，常常用来抒发作者慷慨激昂、豪迈雄壮的情感，不宜作婚嫁喜庆之类的贺词。

5. 婉约细腻

婉约细腻的情感，常常用一些轻柔、含蓄的词牌来表达，如《鹧鸪天》《临江仙》等。这些词牌的文字温婉，情感细腻，可以将作者的内心世界描绘得栩栩如生。

《鹊桥仙》描写男女相思相会；《长相思》描写男女相思情爱；《一剪梅》属于细腻、轻扬的词调；《木兰花慢》和谐婉转，描写缠绵悱恻之情；《桃园忆故人》一般抒发情感，表现友情；《满庭芳》《凤凰台上忆吹箫》和谐婉约，轻柔婉转，表达缠绵的情绪；《小重山》《定风波》《临江仙》感情细腻，表现细腻、婉约之情调；《浪淘沙》节奏流利明快，可以表达多种不同的思想情感。

6. 失意郁愤

面对仕途的失意和生活的不公，满腔郁愤，作者常用一些哀怨、失落的词牌来表达其内心的痛苦和无奈，如《鹧鸪天》《苏幕遮》等。这些词牌的文字哀怨，情感深沉，将作者的苦恼、失落、哀怨和痛苦展现得淋漓尽致。

第四节 宋词押韵

1.《词林正韵》

词韵常指清朝戈载编撰的《词林正韵》。该韵书对《平水韵》进行了部分合并、拆分，拓宽了韵部，纠正了《平水韵》中的某些词韵问题。《词林正韵》按照古代前人作词用韵的情况，对106个韵部的《平水韵》进行拆分、合并，构成《词林正韵》十九个韵部。其中，平声、上声、去声三声为第一部至第十四部，入声为第十五部至第十九部。从本书的附录2《平水韵》和《词林正韵》韵部表中可知，《词林正韵》各个韵部都来自《平水韵》。如《平水韵》上平声"一东、二冬"，上声"一董、二肿"和去声"一送、二宋"全部编入《词林正韵》第一部。《平水韵》17个入声韵部全部编入《词林正韵》第十五部至第十九部，"一屋、二沃"为第十五部，"三觉、十药"为第十六部，"四质、十一陌、十二阳、十三职、十四缉"为第十七部，"五物、六月、七曷、八黠、九屑、十六叶"为第十八部，"十五合、十七洽"为第十九部，等等。《词林正韵》虽然纠正了《平水韵》中的某些词韵问题，但"诗词不同韵"问题依然存在。因此，填词须遵《词林正韵》，写诗须遵《平水韵》。

《词林正韵》问世之前，古人填词多用诗韵。相对来说，词的押韵比格律诗宽松、简单，类似古体诗的邻韵通押。著名学者王力认为，邻韵，即指韵音相近者。因其于韵书排列上相邻，故称邻韵。必须指出，邻韵是因为韵音相近而为邻韵，并非排列相邻为邻韵，排列相邻是因为韵音相近。从古至今，有些诗人填词喜欢一韵到底，但多数诗人常常使用邻韵填词。

例：韦庄《浣溪沙·清晓妆成寒食天》

清晓妆成寒食天，柳球斜袅间花钿，卷帘直出画堂前。

指点牡丹初绽朵，日高犹自凭朱栏，含颦不语恨春残。

此词韵字"天""钿""前"在《词林正韵》第七部"下平声一先"韵部，"朵""栏""残"在第七部"平声十四寒"韵部，属同一个韵部，通押平声韵。

例：秦观《千秋岁·水边沙外》

水边沙外，城郭春寒退。花影乱，莺声碎。飘零疏酒盏，离别宽衣带。人不见，碧云暮合空相对。

忆昔西池会，鹓鹭同飞盖。携手处，今谁在？日边清梦断，镜里朱颜改。春去也，飞红万点愁如海。

这首词上阕"外""退""碎""带""对"和下阕"会"押《词林正韵》第三部

仄声，而下阕"盖""在""改""海"全押第五部仄声，此词属于邻韵通押仄声韵。

《词林正韵》是根据前人的词和押韵习惯，总结归纳的一套词韵。今天，我们看到的唐宋词绝大部分符合这套词韵，不符合这套词韵的唐宋词比较少。

2. 宋词押韵

宋词押韵，又称韵格，依词牌不同而韵格不同。宋词韵格有平声韵、仄声韵、入声韵、平仄换韵格四种常见押韵方式。

（1）平声韵

平声韵是指整首词一韵到底，全押同一平声韵部。

例：白居易《忆江南》

江南好，风景旧曾谙。

〇⊙●　⊙●●〇△

日出江花红胜火，春来江水绿如蓝。

◎●⊙〇●●　⊙〇〇●●〇△

能不忆江南？

〇●●〇△

[注释]　△表示押平声韵。▲表示押仄声韵。〇表示平声。●表示仄声。⊙表示应平可仄。◎表示应仄可平。叠表示叠韵。后同。

白居易这首《忆江南》三个韵脚都是平声韵"谙""蓝""南"，全属于《词林正韵》第十四部。因此，此词押平声韵，且一韵到底。

（2）仄声韵

仄声韵是指整首词全押同一仄声韵部，且一韵到底。上声、去声和入声都属于仄声，但上声和去声可以通押，入声韵不可以与上声、去声通押。

例：辛弃疾《摸鱼儿·更能消几番风雨》

更能消、几番风雨？匆匆春又归去。

●〇〇　●〇〇▲　〇〇〇●〇▲

惜春长怕花开早，何况落红无数。

●〇〇●〇〇●　〇●●〇〇▲

春且住,见说道、天涯芳草无归路。
〇●▲ ●●● 〇〇〇●〇〇▲
怨春不语。算只有殷勤,画檐蛛网,尽日惹飞絮。
●〇●▲ ●●●〇 〇〇〇● ●●〇▲
长门事,准拟佳期又误。蛾眉曾有人妒。
〇〇● ●●〇〇●▲ 〇〇〇●〇▲
千金纵买相如赋,脉脉此情谁诉?
〇〇●●〇〇● ●●●〇▲
君莫舞,君不见、玉环飞燕皆尘土!
〇●▲ 〇●● ●〇〇〇〇▲
闲愁最苦。休去倚危栏,斜阳正在、烟柳断肠处。
〇〇●▲ 〇●●〇 〇〇●● 〇●〇〇▲

从辛弃疾《摸鱼儿·更能消几番风雨》这首词可知,上声和去声是通押的。此词中的"雨""语""舞""土""苦"属于上声,其他韵脚"去""数""住""路""絮""误""妒""诉""处"属于去声,同在《词林正韵》第四部。上声、去声都属于仄声,上声和去声通押,又在同一个韵部,所以此词押仄声韵。

（3）入声韵

入声韵是指整首词全押同一入声韵部,且一押到底。入声韵要独押,不能与上声、去声通押。入声韵的词牌较多,如《满江红》《念奴娇》《生查子》《雨霖铃》《兰陵王》等。对于同一词牌,有的人喜欢押入声韵,有的人喜欢押平声韵;应该押入声韵而押平声韵,那不是词牌的正体而是词牌的变体。

例：苏轼《念奴娇·中秋》

凭高眺远,见长空万里,云无留迹。
⊙〇〇● ●⊙〇● 〇⊙〇▲
桂魄飞来光射处,冷浸一天秋碧。
◎●〇〇〇●● ●●〇〇▲

113

玉宇琼楼，乘鸾来去，人在清凉国。

◎●○○　⊙○○●　⊙●○○▲

江山如画，望中烟树历历。

⊙○○●　●○○●◎▲

我醉拍手狂歌，举杯邀月，对影成三客。

◎●●○○　⊙○○●　⊙◎○○▲

起舞徘徊风露下，今夕不知何夕！

◎●⊙○○●●　⊙●◎○○▲

便欲乘风，翻然归去，何用骑鹏翼。

◎●○○　⊙○○●　⊙●○○▲

水晶宫里，一声吹断横笛。

◎○○●　⊙○○●○▲

苏轼这首《念奴娇·中秋》是正体，双调一百字，上下阕各十句，四仄韵。其韵脚是"迹""碧""国""历""客""夕""翼""笛"，都属于《词林正韵》第十七部入声，所以此词押入声韵。

（4）平仄换韵格

一个词牌里不同韵部的平仄换韵，称为平仄换韵格。

例：辛弃疾《菩萨蛮·书江西造口壁》

郁孤台下清江水，中间多少行人泪。

○○○●○○▲　●●○○●○▲

西北望长安，可怜无数山。

○●●○△　○○●●△

青山遮不住，毕竟东流去。

●○○●▲　●●○○▲

江晚正愁余，山深闻鹧鸪。

●●●○△　●○○●△

此词双调四十四字，上下阕各四句。此词前两句押仄声韵，"水"属于《词林正韵》第三部上声，"泪"属于第三部上声；三四句押第七部平声韵"安""山"；五六句押第五部仄声韵"住""去"；七八句再押第五部平声韵

114

"余""鸪"。

3. 叠韵与叠句

在唐宋词里，相邻两个句子汉字完全相同或者尾部相同且押韵，后面句子的韵字称为叠韵，后面重复的诗句称为叠句。这样的词牌有《忆仙姿》《无梦令》《如梦令》《长相思》《忆秦娥》《钗头凤》等。

例：李存勖《忆仙姿·曾宴桃源深洞》

曾宴桃源深洞，一曲清歌舞凤。

⊙●⊙⊙▲　⊙●⊙⊙▲

长记欲别时，和泪出门相送。

⊙●●⊙⊙　⊙●⊙⊙▲

如梦！如梦！残月落花烟重。

⊙▲　⊙叠　⊙●⊙⊙▲

此词单调三十三字，七句，五仄韵，一叠韵。词中最后一个"如梦"是叠句，其中的"梦"字是叠韵。

总体来说，词韵比绝句、律诗复杂，但不及绝句、律诗押韵那样严格。

第五节　常见词牌格律

本节主要依据清朝《钦定词谱》，谱中符号"平"表示平声，"仄"表示仄声，"⊕"表示可平可仄或可仄可平，"平"表示押平声韵，"仄"表示押仄声韵，"叠"表示叠韵。

1.《一剪梅》

又名《腊梅香》《玉簟秋》。
双调，六十字，上下阕各六句，三平韵。八个四字句要对仗。
词牌格律：
⊕仄平平⊕仄平。⊕仄平平，⊕仄平。⊕平⊕仄仄平平，⊕仄平平，⊕仄平平。

⊕仄平平⊕仄㊅。⊕仄平平，⊕仄平㊅。⊕平⊕仄仄平平，⊕仄平平，⊕仄平㊅。

例：李清照《一剪梅·红藕香残玉簟秋》

红藕香残玉簟秋。轻解罗裳，独上兰舟。云中谁寄锦书来？雁字回时，月满西楼。

花自飘零水自流。一种相思，两处闲愁。此情无计可消除，才下眉头，却上心头。

2.《卜算子》

又名《百尺楼》《楚天遥》《眉峰碧》等。

双调，四十四字，上下阕各有两仄韵，上去通押。也有一体单押入声韵。

词牌格律：

⊕仄仄平平，⊕仄平平㊅。⊕仄平平仄仄平，⊕仄平平㊅。

⊕仄仄平平，⊕仄平平㊅。⊕仄平平仄仄平，⊕仄平平㊅。

例：陆游《卜算子·咏梅》

驿外断桥边，寂寞开无主。已是黄昏独自愁，更著风和雨。

无意苦争春，一任群芳妒。零落成泥碾作尘，只有香如故。

3.《天仙子》

又名《石斯年》《秋江碧》等。

双调，六十八字，上下阕相同，各六句，五仄韵。

词牌格律：

⊕仄⊕平平仄㊅，⊕仄⊕平平仄㊅。⊕平⊕仄仄平平，平⊕㊅，平⊕㊅，⊕仄⊕平平仄㊅。

⊕仄⊕平平仄㊅，⊕仄⊕平平仄㊅。⊕平⊕仄仄平平，平⊕㊅，平⊕㊅，⊕仄⊕平平仄㊅。

例：张先《天仙子》

《水调》数声持酒听，午醉醒来愁未醒。送春春去几时回？临晚镜，伤流景，往事后期空记省。

沙上并禽池上暝，云破月来花弄影。重重帘幕密遮灯，风不定，人初静，明日落红应满径。

4.《水调歌头》

又名《元会曲》《凯歌》《台城游》《水调歌》等。

双调，九十五字，上阕九句，四平韵、两仄韵；下阕十句，四平韵、两仄韵。变体代表作品有苏轼《水调歌头·明月几时有》等。

词牌格律：

⊕仄⊕平仄，⊕仄仄平㊉。⊕平⊕仄平仄，⊕仄仄平㊉。⊕仄⊕平⊕㊣，⊕仄⊕平⊕㊣。⊕仄仄平㊉。⊕仄⊕平仄，⊕仄仄平㊉。

⊕平仄，平⊕仄，仄平㊉。⊕平⊕仄平仄，仄仄⊕平㊉。⊕仄⊕平⊕㊣，⊕仄⊕平⊕㊣。⊕仄仄平㊉。⊕仄⊕平仄，⊕仄仄平㊉。

例：苏轼《水调歌头·明月几时有》

明月几时有？把酒问青天。不知天上宫阙，今夕是何年。我欲乘风归去，又恐琼楼玉宇，高处不胜寒。起舞弄清影，何似在人间！

转朱阁，低绮户，照无眠。不应有恨，何事长向别时圆？人有悲欢离合，月有阴晴圆缺，此事古难全。但愿人长久，千里共婵娟。

5.《长相思》

又名《长相思令》《相思令》《吴山青》等。

双调，三十六字。上下阕各四句，三平韵，一叠韵。

词牌格律：

仄⊕㊉，仄⊕㊥，⊕仄平平⊕仄㊉。⊕平⊕仄㊉。

仄⊕㊉，仄⊕㊥，⊕仄平平⊕仄㊉。⊕平⊕仄㊉。

例：白居易《长相思·汴水流》

汴水流，泗水流，流到瓜洲古渡头。吴山点点愁。

思悠悠，恨悠悠，恨到归时方始休。月明人倚楼。

6.《玉楼春》

又名《惜春容》《玉楼春令》《西湖曲》《春晓曲》等。

双调，五十六字，上下阕各四句，三仄韵。

词牌格律：

⊕平⊕平平仄⊠，⊕仄⊕平平仄⊠。⊕平平仄仄平平，⊕仄⊕平平仄⊠。
⊕平⊕平平仄⊠，⊕仄⊕平平仄⊠。⊕平平仄仄平平，⊕仄⊕平平仄⊠。

例：欧阳修《玉楼春·尊前拟把归期说》

尊前拟把归期说，欲语春容先惨咽。人生自是有情痴，此恨不关风与月。

离歌且莫翻新阕，一曲能教肠寸结。直须看尽洛城花，始共春风容易别。

7.《忆王孙》

又名《豆叶黄》《画蛾眉》等。

单调，三十一字，五平韵，句句押韵。

词牌格律：

⊕平⊕仄仄平⊗。⊕仄平平⊕仄⊗。⊕仄平平⊕仄⊗。仄平⊗，⊕仄平平⊕仄⊗。

例：李重元《忆王孙·春词》

萋萋芳草忆王孙。柳外楼高空断魂。杜宇声声不忍闻。欲黄昏，雨打梨花深闭门。

8.《忆秦娥》

又名《秦楼月》《碧云深》《双荷叶》等。

双调，四十六字。上下阕各五句，三仄韵，一叠韵。

词牌格律：

平⊕⊠，⊕平⊕仄平平⊠。平平叠，⊕平⊕仄，仄平平⊠。
⊕平⊕仄平平⊠，⊕平⊕仄平平⊠。平平叠，⊕平⊕仄，仄平平⊠。

例：李白《忆秦娥·箫声咽》

箫声咽。秦娥梦断秦楼月。秦楼月。年年柳色，灞陵伤别。

乐游原上清秋节。咸阳古道音尘绝。音尘绝。西风残照，汉家陵阙。

9.《忆江南》

又名《谢秋娘》《望江南》《梦江南》《江南好》等。

单调，二十七字，五句，三平韵。中间两句七言常对仗。

词牌格律：

平⊕仄，⊕仄仄平⊕。⊕仄⊕平平仄仄，⊕平⊕仄仄平⊕。⊕仄仄平⊕。

例：白居易《忆江南》

江南好，风景旧曾谙。

日出江花红胜火，春来江水绿如蓝。能不忆江南？

10.《如梦令》

又名《忆仙姿》《宴桃园》《无梦令》。

单调，三十三字。七句，五仄韵，一叠韵，上去通押。

词牌格律：

⊕仄⊕平⊕仄，⊕仄⊕平⊕仄。⊕仄仄平平，⊕仄⊕平⊕仄。⊕仄，⊕叠，⊕仄⊕平⊕仄。

例：李清照《如梦令·常记溪亭日暮》

常记溪亭日暮，沉醉不知归路。兴尽晚回舟，误入藕花深处。争渡，争渡，惊起一滩鸥鹭。

11.《乌夜啼》

又名《圣无忧》《锦堂春》《乌啼月》等。

双调，四十七字，上下阕各四句，两平韵。

词牌格律：

仄仄平平仄，⊕平仄仄平⊕。⊕平⊕仄平平仄，⊕仄仄平⊕。

⊕仄⊕平⊕仄，⊕平⊕仄平⊕。⊕平⊕仄平平仄，⊕仄仄平⊕。

例：李煜《乌夜啼·昨夜风兼雨》

　　昨夜风兼雨，帘帏飒飒秋声。烛残漏断频欹枕，起坐不能平。

　　世事漫随流水，算来梦里浮生。醉乡路稳宜频到，此外不堪行。

12.《江城子》

又名《江神子》《村意远》《水晶帘》等。

单调有四种体式：三十五字，七句五平韵；三十六字，七句五平韵；三十七字，七句五平韵；三十八字，八句五平韵。

双调，七十字。上下阕各八句，五平韵。

双调词牌格律：

⊕平⊕仄仄平㊅，仄平㊅，仄平㊅，⊕仄⊕平，⊕仄仄平㊅。⊕仄⊕平平仄仄，平⊕仄，仄平㊅。

⊕平⊕仄仄平㊅，仄平㊅，仄平㊅，⊕仄⊕平，⊕仄仄平㊅。⊕仄⊕平平仄仄，平⊕仄，仄平㊅。

例：苏轼《江城子·密州出猎》

　　老夫聊发少年狂，左牵黄，右擎苍，锦帽貂裘，千骑卷平冈。为报倾城随太守，亲射虎，看孙郎。

　　酒酣胸胆尚开张，鬓微霜，又何妨。持节云中，何日遣冯唐？会挽雕弓如满月，西北望，射天狼。

13.《永遇乐》

又名《永遇乐慢》《消息》。

双调，一百零四字，上下阕各十一句，四仄韵。另有双调一百四字，上下阕各十一句，五仄韵；双调一百四字，上阕十二句、四仄韵，下阕十一句、四仄韵等变体。代表作品有苏轼《永遇乐·明月如霜》、辛弃疾《永遇乐·京口北固亭怀古》等。

正体词牌格律：

⊕仄平平，⊕平⊕仄，⊕⊕平㊉。⊕仄平平，⊕平⊕仄，⊕仄平平㊉。⊕平⊕仄，⊕平⊕仄，⊕仄平平⊕㊉。⊕平平，平平⊕仄，⊕⊕平㊉。

⊕平⊕仄,⊕⊕⊕仄,⊕仄⊕平⊕仄。⊕仄平平,⊕平⊕仄,⊕仄平平仄。⊕平⊕仄,⊕⊕⊕仄,⊕仄⊕平⊕仄。⊕平⊕,⊕⊕⊕仄,⊕平仄仄。

例：苏轼《永遇乐·明月如霜》

　　彭城夜宿燕子楼，梦盼盼，因作此词。

　明月如霜，好风如水，清景无限。曲港跳鱼，圆荷泻露，寂寞无人见。紞如三鼓，铿然一叶，黯黯梦云惊断。夜茫茫、重寻无处，觉来小园行遍。

　天涯倦客，山中归路，望断故园心眼。燕子楼空，佳人何在，空锁楼中燕。古今如梦，何曾梦觉，但有旧欢新怨。异时对、黄楼夜景，为余浩叹。

14.《苏幕遮》

又名《古调歌》《云雾敛》《鬓云松令》等。

双调，六十二字，上下阕各七句，四仄韵。

词牌格律：

仄平平，平仄仄，⊕仄平平，⊕仄平平仄。⊕仄⊕平平仄仄，⊕仄平平，⊕仄平平仄。

仄平平，平仄仄，⊕仄平平，⊕仄平平仄。⊕仄⊕平平仄仄，⊕仄平平，⊕仄平平仄。

例：范仲淹《苏幕遮》

　碧云天，黄叶地，秋色连波，波上寒烟翠。山映斜阳天接水，芳草无情，更在斜阳外。

　黯乡魂，追旅思，夜夜除非，好梦留人睡。明月楼高休独倚，酒入愁肠，化作相思泪。

15.《沁园春》

又名《东仙》《寿星明》《洞庭春色》等。

双调，一百一十四字，上阕十三句，四平韵；下阕十二句，五平韵。

词牌格律：

⊕仄平平，⊕仄平平，仄仄仄⊕。仄平平仄仄，⊕平⊕仄，⊕平⊕仄，⊕仄平⊕。⊕仄平平，⊕平⊕仄，⊕仄平平仄仄⊕。⊕平仄，仄⊕平⊕仄，⊕仄平⊕。

⊕平⊕仄平⊕，⊕⊕仄、⊕平⊕仄⊕。仄⊕平⊕仄，⊕平⊕仄，⊕平⊕仄，⊕仄平⊕。平仄平平，⊕平⊕仄，⊕仄平平仄仄⊕。平⊕仄，仄⊕平⊕仄，⊕仄平⊕。

例：苏轼《沁园春·孤馆灯青》

　　孤馆灯青，野店鸡号，旅枕梦残。渐月华收练，晨霜耿耿；云山摛锦，朝露溥溥。世路无穷，劳生有限，似此区区长鲜欢。微吟罢，凭征鞍无语，往事千端。

　　当时共客长安，似二陆初来俱少年。有笔头千字，胸中万卷；致君尧舜，此事何难。用舍由时，行藏在我，袖手何妨闲处看。身长健，但优游卒岁，且斗尊前。

16.《诉衷情》

又名《桃花水》。双调称《诉衷情令》，又名《渔父家风》《一丝风》。

单调，三十三字。十一句，五仄韵，六平韵。

双调，四十五字，上阕四句，三平韵；下阕六句，三平韵。

单调词牌格律：

平仄，平仄，平仄仄，仄平⊕。平仄仄，平仄，仄平⊕。⊕仄仄平⊕，平⊕。平平平仄⊕，仄平⊕。

例：温庭筠《诉衷情·莺语》

　　莺语，花舞，春昼午，雨霏微。金带枕，宫锦，凤凰帷。柳弱燕交飞，依依。辽阳音信稀，梦中归。

双调词牌格律：

⊕平⊕仄仄平⊕，⊕仄仄平⊕。⊕平仄仄平仄，⊕仄仄平⊕。平仄仄，仄平⊕，仄平⊕。⊕平平仄，⊕仄平平，仄仄平⊕。

例：晏殊《诉衷情·芙蓉金菊斗馨香》

芙蓉金菊斗馨香，天气欲重阳。远村秋色如画，红树间疏黄。

流水淡，碧天长，路茫茫。凭高目断，鸿雁来时，无限思量。

17.《定风波》

又名《定风流》《定风波令》《卷春空》等。

双调六十二字，上阕五句，三平韵、两仄韵；下阕六句，四仄韵，两平韵。

词牌格律：

⊕仄平平仄仄⊕，⊕平⊕仄仄平⊕。⊕仄⊕平平仄⊗，⊕⊗，⊕平⊕仄仄平⊗。

⊕仄⊕平平仄⊗，⊕⊗，⊕平⊕仄仄平⊗。⊕仄⊕平平仄⊗，⊕⊗，⊕平⊕仄仄平⊗。

例：苏轼《定风波·莫听穿林打叶声》

莫听穿林打叶声，何妨吟啸且徐行。竹杖芒鞋轻胜马，谁怕？一蓑烟雨任平生。

料峭春风吹酒醒，微冷，山头斜照却相迎。回首向来萧瑟处，归去，也无风雨也无晴。

18.《青玉案》

又名《一年春》《西湖路》《青莲池上客》等。

双调，六十七字。上下阕各六句，五仄韵。

词牌格律：

⊕平⊕仄平平⊗，仄⊕仄，平平⊗。⊕仄⊕平平仄⊗。⊕平平仄，⊕平平⊗，⊕仄平平⊗。

⊕平⊕仄平平⊗，⊕仄⊕平仄平⊗。⊕仄⊕平平仄⊗。⊕平平仄，⊕平平⊗，⊕仄平平⊗。

例：辛弃疾《青玉案·东风夜放花千树》

东风夜放花千树，更吹落，星如雨。宝马雕车香满路。凤箫声动，玉壶光转，一夜鱼龙舞。

蛾儿雪柳黄金缕，笑语盈盈暗香去。众里寻他千百度，——蓦然回首，那人却在，灯火阑珊处。

19.《雨霖铃》

又名《雨淋铃》《雨淋铃慢》。

双调，一百零三字，上阕十句，五仄韵；下阕九句，五仄韵。

词牌格律：

平平⊕仄，仄平平仄，仄仄平⊠。平平⊕⊕⊕仄，平仄仄，平平平⊠。仄仄平平⊕仄，仄平⊕平⊠。仄仄⊕，平仄平平，仄仄平平仄平⊠。

⊕平仄仄平平⊠，仄平平，仄仄平平⊠。⊕平⊕⊕仄，⊕仄仄，仄平平⊠。仄仄平平，平仄平平仄⊕平⊠。仄仄⊕仄平平，仄仄平平⊠。

例：柳永《雨霖铃·寒蝉凄切》

寒蝉凄切。对长亭晚，骤雨初歇。都门帐饮无绪，留恋处、兰舟催发。执手相看泪眼，竟无语凝噎。念去去、千里烟波，暮霭沉沉楚天阔。

多情自古伤离别，更那堪冷落清秋节！今宵酒醒何处？杨柳岸、晓风残月。此去经年，应是良辰好景虚设。便纵有千种风情，更与何人说？

20.《南歌子》

又名《春宵曲》《水晶帘》《碧窗梦》《南柯子》等。

单调，二十三字。五句，三平韵。

词牌格律：

仄仄平平仄，平平仄仄⊠。⊕仄仄平⊠，⊕平平仄仄，仄平⊠。

例：温庭筠《南歌子·手里金鹦鹉》

手里金鹦鹉，胸前绣凤凰。偷眼暗形相，不如从嫁与，作鸳鸯。

21.《南乡子》

单调，二十七字，五句，两平韵，三仄韵。

双调，五十六字，上下阕各五句，四平韵。

单调词牌格律：

仄仄平平，⊕平⊕仄仄平平。仄仄⊕平平仄仄，平仄，仄仄平平平仄仄。

例：欧阳炯《南乡子·岸远沙平》

岸远沙平，日斜归路晚霞明。孔雀自怜金翠尾，临水，认得行人惊不起。

双调词牌格律：

⊕仄仄平平，⊕仄平平仄仄平。⊕仄⊕平平仄仄，平。⊕仄平平仄仄平。

⊕仄仄平平，⊕仄平平仄仄平。⊕仄⊕平平仄仄，平。⊕仄平平仄仄平。

例：辛弃疾《南乡子·登京口北固亭有怀》

何处望神州？满眼风光北固楼。千古兴亡多少事？悠悠，不尽长江滚滚流！

年少万兜鍪，坐断东南战未休。天下英雄谁敌手？曹刘。生子当如孙仲谋！

22.《临江仙》

又名《谢新恩》《雁后归》《庭院深深》《鸳鸯梦》等。

双调，五十四字，上下阕各四句，三平韵。有多种变体，如：杨慎《临江仙·滚滚长江东逝水》，双调，六十字，上下阕各五句，三平韵。

变体词牌格律：

⊕仄⊕平平仄仄，⊕平⊕仄平平。⊕平⊕仄仄平平。⊕平平仄仄，⊕仄仄平平。

⊕仄⊕平平仄仄，⊕平⊕仄平平。⊕平⊕仄仄平平。⊕平平仄仄，⊕仄仄平平。

例：杨慎《临江仙·滚滚长江东逝水》

滚滚长江东逝水，浪花淘尽英雄。是非成败转头空。青山依旧在，几度夕阳红。

白发渔樵江渚上，惯看秋月春风。一壶浊酒喜相逢。古今多少事，都付笑谈中。

23.《钗头凤》

又名《撷芳词》《折红英》《摘红英》《惜分钗》等。

双调,六十字。上下阕各有十句,七仄韵,两叠韵。此词调前三句用上去仄声,换韵则用入声,上下阕相同。

正体词牌格律:

平平仄,平平仄,仄平平仄平平仄。平⊕仄,⊕平仄。⊕平平⊕,仄平平仄。仄,叠,叠。

平平仄,平平仄,仄平平仄平平仄。平平仄,平平仄。⊕⊕平仄,仄平平仄。仄,叠,叠。

例:陆游《钗头凤·红酥手》

红酥手,黄縢酒。满城春色宫墙柳。东风恶,欢情薄。一怀愁绪,几年离索。错,错,错。

春如旧,人空瘦,泪痕红浥鲛绡透。桃花落,闲池阁。山盟虽在,锦书难托。莫,莫,莫!

变体词牌格律:

仄平仄,平平仄,仄⊕平⊕平⊕仄。仄平平,仄平平。仄⊕平⊕,⊕仄平平。平,叠,叠。

平平仄,平平仄,仄平⊕仄平平仄。仄平仄,平平平。⊕平平仄,⊕仄平平。平,叠,叠。

例:唐琬《钗头凤·世情薄》

世情薄,人情恶,雨送黄昏花易落。晓风干,泪痕残。欲笺心事,独语斜阑。难,难,难!

人成各,今非昨,病魂常似秋千索。角声寒,夜阑珊。怕人寻问,咽泪装欢。瞒,瞒,瞒!

24.《采桑子》

又称《丑奴儿》《丑奴儿令》《罗敷媚歌》等。

双调,四十四字。上下阕相同,各四句,三平韵。

词牌格律：

⊕平⊕仄平平仄，⊕仄平(平)。⊕仄平(平)，⊕仄平平⊕仄(平)。

⊕平⊕仄平平仄，⊕仄平(平)。⊕仄平(平)，⊕仄平平⊕仄(平)。

例：辛弃疾《丑奴儿·书博山道中壁》

少年不识愁滋味，爱上层楼。爱上层楼，为赋新词强说愁。

而今识尽愁滋味，欲说还休。欲说还休，却道天凉好个秋。

25.《满江红》

又名《上江虹》《满江红慢》《烟波玉》《伤春曲》等。

双调，九十三字，上阕八句，四仄韵；下阕十句，五仄韵。柳永《满江红·暮雨初收》为正体。

正体词牌格律：

⊕仄平平，⊕⊕仄，⊕平⊕(仄)。⊕⊕仄，⊕平⊕仄，⊕平平(仄)。⊕仄⊕平平仄仄，⊕平⊕仄平平(仄)。仄⊕平，⊕仄仄平平，平平(仄)。

平⊕仄，平⊕(仄)。平⊕仄，平平(仄)。⊕平平平仄，仄平平(仄)。⊕仄⊕平平仄仄，⊕平⊕仄平平(仄)。仄⊕平，⊕仄仄平平，平平(仄)。

例：柳永《满江红·暮雨初收》

暮雨初收，长川静、征帆夜落。临岛屿、蓼烟疏淡，苇风萧索。几许渔人飞短艇，尽载灯火归村落。遣行客、当此念回程，伤漂泊。

桐江好，烟漠漠。波似染，山如削。绕严陵滩畔，鹭飞鱼跃。游宦区区成底事？平生况有云泉约。归去来，一曲仲宣吟，从军乐。

《满江红》有十四种体，分为平韵和仄韵两大类，仄韵有十三种。这十三种体中，柳永的词体是九十三字，杜衍的词体是九十四字，叶梦得的两种《满江红》词体都是九十一字。平声韵的《满江红》只有一体。

例：岳飞《满江红·怒发冲冠》

怒发冲冠，凭栏处、潇潇雨歇。抬望眼，仰天长啸，壮怀激烈。三十功名尘与土，八千里路云和月。莫等闲、白了少年头，空悲切。

靖康耻，犹未雪。臣子恨，何时灭！驾长车，踏破贺兰山缺。壮志饥餐胡虏肉，笑谈渴饮匈奴血。待从头收拾旧山河，朝天阙，此词属于柳永词体，但用《钦定词谱》来检查，有两个字不符合词谱，上阕中的"激"在古代属于入声字，下阕中的"靖"属于仄声字，这两个字应该用平声字，但岳飞都用了仄声字。

并非所有的唐宋词都符合词谱。古人填词最早是倚声填词，依照的是曲谱。曲谱失传后，有些作者根据前人的词作来确定平仄和押韵规则，从而制作词谱，这些词谱不能完全涵盖全部类型的唐宋词。因此，有些唐宋词不完全符合词谱要求。

26.《满庭芳》

又名《锁阳台》《满庭霜》《潇湘夜雨》《满庭花》等。以晏幾道《满庭芳·南苑吹花》为正体，双调，九十五字，上下阕各有十句，四平韵。

正体词牌格律：

⊕仄平平，⊕平⊕仄，⊕平⊕仄平⊕。⊕平⊕仄，⊕仄仄平⊕。⊕仄⊕平⊕仄，⊕⊕仄、⊕仄平⊕。⊕平仄，⊕平⊕仄，⊕仄仄平⊕。

⊕平平仄仄，⊕平⊕仄，⊕仄⊕平⊕。仄⊕仄，⊕⊕⊕平⊕。⊕仄⊕平⊕仄，平平仄、⊕仄平⊕。平平仄，⊕平⊕仄，⊕仄仄平⊕。

例：晏幾道《满庭芳·南苑吹花》

　　南苑吹花，西楼题叶，故园欢事重重。凭阑秋思，闲记旧相逢。几处歌云梦雨，可怜便、流水西东。别来久，浅情未有，锦字系征鸿。

　　年光还少味，开残槛菊，落尽溪桐。漫留得，尊前淡月西风。此恨谁堪共说，清愁付、绿酒杯中。佳期在，归时待把，香袖看啼红。

27.《清平乐》

又称《清平乐令》《醉东风》《忆萝月》等。

双调，四十六字，上阕四句，四仄韵；下阕四句，三平韵。

词牌格律：

⊕平⊕仄，⊕仄平平仄。⊕仄⊕平平⊕仄，⊕仄⊕平⊕仄。

⊕平⊕仄平平，⊕平⊕仄平平。⊕仄⊕平⊕仄，⊕仄⊕平⊕。

例：晏殊《清平乐·红笺小字》

　　红笺小字，说尽平生意。鸿雁在云鱼在水，惆怅此情难寄。

斜阳独倚西楼，遥山恰对帘钩。人面不知何处，绿波依旧东流。

28.《浪淘沙》

又名《浪淘沙令》《卖花声》《过龙门》等。

双调，五十四字，上下阕各五句，四平韵。

词牌格律：

⊕仄仄平⊕，⊕仄平⊕。⊕平⊕仄仄平⊕。⊕仄⊕平平仄仄，⊕仄平⊕。
⊕仄仄平⊕，⊕仄平⊕。⊕平⊕仄仄平⊕。⊕仄⊕平平仄仄，⊕仄平⊕。

例：欧阳修《浪淘沙·把酒祝东风》

把酒祝东风，且共从容，垂杨紫陌洛城东。总是当时携手处，游遍芳丛。

聚散苦匆匆，此恨无穷。今年花胜去年红。可惜明年花更好，知与谁同？

29.《渔家傲》

双调，六十二字。上下阕各五句，五仄韵，句句押韵，一韵到底。

词牌格律：

⊕仄⊕平平仄⊗，⊕平⊕仄平平⊗。⊕仄⊕平平仄⊗。平⊕⊗，⊕平⊕仄平平⊗。

⊕仄⊕平平仄⊗，⊕平⊕仄平平⊗。⊕仄⊕平平仄⊗。平⊕⊗，⊕平⊕仄平平⊗。

例：范仲淹《渔家傲》

塞下秋来风景异，衡阳雁去无留意。四面边声连角起。千嶂里，长烟落日孤城闭。

浊酒一杯家万里，燕然未勒归无计。羌管悠悠霜满地。人不寐，将军白发征夫泪！

30.《浣溪沙》

又名《浣溪纱》《小庭花》《满院春》等。

双调，四十二字，上阕三句、三平韵，下阕三句、两平韵，一韵到底。下阕前两句一般要求对仗。

词牌格律：

⊕仄⊕平⊕仄(平)，⊕平⊕仄仄平(平)。⊕平⊕仄仄平(平)。

⊕仄⊕平平仄仄，⊕平⊕仄仄平(平)。⊕平⊕仄仄平(平)。

例：晏殊《浣溪沙·一曲新词酒一杯》

一曲新词酒一杯，去年天气旧亭台。夕阳西下几时回？

无可奈何花落去，似曾相识燕归来。小园香径独徘徊。

31.《念奴娇》

又名《大江东去》《酹江月》《百字令》《湘月》等。

双调，一百字，上阕四十九字，下阕五十一字，各十句，四仄韵。苏轼《念奴娇·中秋》为正体。

另有双调，一百字，上阕九句，四仄声韵；下阕十句、四仄声韵等变体。代表作品有苏轼《念奴娇·赤壁怀古》。

变体词牌格律：

⊕平⊕仄，仄⊕平、⊕仄⊕⊕平(仄)。

⊕仄⊕平，平仄仄，⊕仄⊕平⊕(仄)。

⊕仄平平，⊕平⊕仄，⊕仄平平(仄)。

⊕平平仄，仄平平仄⊕(仄)。

⊕仄⊕仄平平，⊕平⊕仄⊕，⊕平平(仄)。

⊕仄⊕平，平仄仄、⊕仄⊕平平(仄)。

⊕仄平平，⊕平⊕仄⊕、仄平平(仄)。

⊕平平(仄)，⊕平平仄平(仄)。

例：苏轼《念奴娇·赤壁怀古》

大江东去，浪淘尽、千古风流人物。故垒西边，人道是、三国周郎赤壁。乱石穿空，惊涛拍岸，卷起千堆雪。江山如画，一时多少豪杰！

遥想公瑾当年，小乔初嫁了，雄姿英发。羽扇纶巾，谈笑间、樯橹灰飞烟灭。故国神游，多情应笑我、早生华发。人生如梦，一樽还酹江月。

32.《菩萨蛮》

又名《子夜歌》《重叠金》《花间意》《梅花句》《花溪碧》等。

双调,四十四字。上下阕各四句,先两仄韵、后两平韵;再换两仄韵、后两平韵,相互交替。代表词有温庭筠《菩萨蛮·小山重叠金明灭》等。

词牌格律:

⊕平⊕仄平平⊗,⊕平⊕仄平平⊗。⊕仄仄平⊕,平⊕仄⊕。
⊕平平仄⊗,⊕仄⊕平⊗。⊕仄仄平⊕,平⊕仄⊕。

例:辛弃疾《菩萨蛮·书江西造口壁》

郁孤台下清江水,中间多少行人泪。西北望长安,可怜无数山。
青山遮不住,毕竟东流去。江晚正愁余,山深闻鹧鸪。

33.《减字木兰花》

又名《木兰香》《减兰》《天下乐令》等。

双调,四十四字,上下阕各四句,两仄韵,两平韵。

词牌格律:

⊕平⊕⊗,⊕仄⊕平平仄⊗。⊕仄平⊕,⊕仄平平⊕平⊕。
⊕平⊕⊗,⊕仄⊕平平仄⊗。⊕仄平⊕,⊕仄平平⊕平⊕。

例:王安国《减字木兰花·画桥流水》

画桥流水,雨湿落红飞不起。月破黄昏,帘里余香马上闻。
徘徊不语,今夜梦魂何处去。不似垂杨,犹解飞花入洞房。

34.《醉花阴》

又名《醉春风》《醉花去》。

双调,五十二字,上下阕各五句,三仄韵。

词牌格律:

⊕仄⊕平平仄⊗,⊕仄平平⊗。⊕仄仄平平,⊕仄平平,⊕仄平平⊗。
⊕平⊕仄平平⊗,仄仄平平⊗。⊕仄仄平平,⊕仄平平,⊕仄平平⊗。

例：李清照《醉花阴·薄雾浓云愁永昼》

薄雾浓云愁永昼，瑞脑消金兽。佳节又重阳，玉枕纱厨，半夜凉初透。东篱把酒黄昏后，有暗香盈袖。莫道不销魂，帘卷西风，人比黄花瘦。

35.《鹊桥仙》

又名《鹊桥仙令》《忆夫人》《金风玉露相逢曲》《广寒秋》等。

双调，五十六字。上下阕各五句，两仄韵。上下阕前两句要求对仗。

词牌格律：

⊕平⊕仄，⊕平⊕仄，⊕仄⊕平⊕仄。⊕平⊕仄仄平平，仄⊕仄平平⊕仄。

⊕平⊕仄，⊕平⊕仄，⊕仄⊕平⊕仄。⊕平⊕仄仄平平，仄⊕仄平平⊕仄。

例：秦观《鹊桥仙·纤云弄巧》

纤云弄巧，飞星传恨，银汉迢迢暗渡。金风玉露一相逢，便胜却人间无数。

柔情似水，佳期如梦，忍顾鹊桥归路。两情若是久长时，又岂在朝朝暮暮。

36.《虞美人》

又名《虞美人令》《玉壶冰》《一江春水》等。

双调，五十六字，上下阕各四句，两仄韵，两平韵；先仄韵，后平韵。

词牌格律：

⊕平⊕仄平平仄，⊕仄平平仄。⊕平⊕仄仄平⊕，⊕仄⊕平仄仄仄平平。

⊕平⊕仄平平仄，⊕仄平平仄。⊕平⊕仄仄平⊕，⊕仄⊕平仄仄仄平平。

例：李煜《虞美人·春花秋月何时了》

春花秋月何时了，往事知多少？小楼昨夜又东风，故国不堪回首月明中。

雕栏玉砌应犹在，只是朱颜改。问君能有几多愁，恰似一江春水向东流。

37.《蝶恋花》

又名《黄金缕》《卷珠帘》《凤栖梧》等。

双调，六十字。上下阕各五句，四仄韵。

词牌格律：

⊕仄⊕平平仄⊛，⊕仄平平，⊕仄平平⊛。⊕仄⊕平平仄⊛，⊕平⊕仄平平⊛。

⊕仄⊕平平仄⊛，⊕仄平平，⊕仄平平⊛。⊕仄⊕平平仄⊛，⊕平⊕仄平平⊛。

例：欧阳修《蝶恋花·庭院深深深几许》

庭院深深深几许？杨柳堆烟，帘幕无重数。玉勒雕鞍游冶处，楼高不见章台路。

雨横风狂三月暮。门掩黄昏，无计留春住。泪眼问花花不语，乱红飞过秋千去。

38.《鹧鸪天》

又名《思佳客》《思越人》《醉梅花》等。

双调，五十五字，上阕四句，三平韵；下阕五句，三平韵。

词牌格律：

⊕仄平平⊕仄⊛，⊕平⊕仄仄平⊛。⊕平⊕仄平平仄，⊕仄平平⊕仄⊛。

平仄仄，仄平⊛，⊕平⊕仄仄平⊛。⊕平⊕仄平平仄，⊕仄平平⊕仄⊛。

例：晏幾道《鹧鸪天·十里楼台倚翠微》

十里楼台倚翠微，百花深处杜鹃啼。殷勤自与行人语，不似流莺取次飞。

惊梦觉，弄晴时，声声只道不如归。天涯岂是无归意，争奈归期未可期。

133

第六章　古诗词的表达方式及类型

古诗词是中国文学史上的一颗璀璨明珠，以其凝练、典雅、委婉、深沉的特点吸引着世世代代的读者。古诗词表达方式分为叙事、描写、抒情、议论四种。一首古诗词的表达方式不是单一使用，而是以一种表达方式为主，兼用其他表达方法，抒发作者的情志情理。

从写作表达方式来看，古诗词可以分为叙事诗、描写诗、抒情诗、理喻诗四种。从写作题材来看，古诗词又可以分为咏物诗、怀古诗、抒怀言志诗、山水田园诗、边塞诗、送别诗、行旅诗、闺怨诗、悼亡诗等。从写作结构来看，格律诗章法可以分为并列式、承接式、转折式、因果式、递进式、综合式六大类。

第一节　古诗词表达方式

1. 叙事表达方式

叙事是对人物的经历或事情发生、发展、变化的过程叙说。其特点是条理清楚，脉络分明，内容完整，事情清晰。

例： 陆游《秋思》

利欲驱人万火牛，江湖浪迹一沙鸥。

日长似岁闲方觉，事大如天醉亦休。

砧杵敲残深巷月，井梧摇落故园秋。

欲舒老眼无高处，安得元龙百尺楼？

此诗前两联叙事：利欲驱使人们东奔西走，我却浪迹江湖，犹如自由自在的沙鸥。过一天如同过了一年，这个滋味只有空闲无事的人才能体会到，像喝醉酒那样，即使发生天大的事，都毫不在乎。颈联叙写凄凉萧条的秋景，隐喻作者的心情。同时自然过渡到尾联，想登高望远而没有高楼可登的忧愁，通过典故"元龙百尺楼"，以元龙即三国时人陈登自况，表达作者报国无门的悲伤和苦闷。

2. 描写表达方式

描写是用生动形象的语言对人物、事件、环境展开具体描绘和刻画，其特点是逼真传神，生动形象。读者如见其人，如闻其声，如临其境，可以从中感受强烈的艺术感染力。

例：李白《静夜思》

床前明月光，疑是地上霜。

举头望明月，低头思故乡。

此诗短小精悍，抒发了作者在夜晚思念家乡的情感。作者用"床前明月光，疑是地上霜"形容夜晚的宁静和清冷，并用简洁的语言——"举头望明月，低头思故乡"表达思乡之情，使人感受到作者情感的深刻和真实。

例：杜甫《漫成一首》

江月去人只数尺，风灯照夜欲三更。

沙头宿鹭联拳静，船尾跳鱼拨剌鸣。

此诗首句从水中月影写起，承句描写船上夜景，转句描写夜宿沙洲曲身的白鹭，前三句都在着力刻画一个"静"字。诗的最后两句分写鱼、鸟，一动一静，相辅相成，抓住了"江上月夜"的景色特点，写得逼真、亲切、传神，很有诗意。全诗四句分别描写月、灯、鸟、鱼，一句一景，不相联属，确是一绝。然而，作者通过远近推移、动静相成的手法，舟内舟外、江上陆上、物与物、情与景之间相互关联，浑融一体，读之如身临其境。情寓于景中，抒发作者对和平生活的向往和对自然界小生命的热爱，这与作者忧国忧民的精神一脉相通。

3. 抒情表达方式

什么是人的情感？佛家认为是喜、怒、忧、惧、爱、憎、欲，医家认为是喜、怒、忧、思、悲、恐、惊。《礼记·礼运》载："何谓人情？喜、怒、哀、惧、爱、恶、欲，七者弗学而能。"《三字经》："曰喜怒，曰哀惧。爱恶欲，七情具。"这些观点都是对人的七种情感的论述，大同小异，相差无几。

这些情感从何而来？从人的"五觉"，即视觉、听觉、嗅觉、味觉、触觉而来。因此，古代的作者常常通过人的"五觉"生情，并借景、借事、借物有感而发，写诗抒发情感、观点或思想，言简意赅，意味深远，感动读者，使读者与作者共情共鸣。这就是古诗词抒情的由来，也是很多文化人喜欢古诗词的重要原因。

抒情是直接或间接地抒发作者的内心情感的一种表达方式。常常与叙事、描写、议论结合运用，分为直接抒情和间接抒情两种表达方式。

例：王昌龄《芙蓉楼送辛渐》

　　寒雨连江夜入吴，平明送客楚山孤。

　　洛阳亲友如相问，一片冰心在玉壶。

此诗首句写景，承句生情，转句以问句叙事，合句抒发作者的感情。即景生情，情蕴景中，是盛唐诗歌的共同特点。这首诗通过描写苍茫的江雨和孤影的楚山，不仅烘托出作者送别时的孤寂之情，而且展现了作者开阔的胸怀和坚毅的性格。屹立在江天之中的孤山与冰心置于玉壶的比象形成一种照应，令人自然联想到作者孤独高傲、冰清玉洁的形象，使精巧的构思和含蓄委婉的用意融化在一片清空明澈的意境之中，浑然天成，不着痕迹，含蓄蕴藉，余韵无穷。

例：王安石《泊船瓜洲》

　　京口瓜洲一水间，钟山只隔数重山。

　　春风又绿江南岸，明月何时照我还？

此诗抒发了作者眺望江南、思念家乡的情怀。从字面上看，流露出作者对故乡的怀念，大有急欲飞舟渡江回家和亲人团聚的愿望；同时流露出他很想重返政治舞台，推行新政的强烈欲望，意境深远。此诗前三句寓情于景，层层铺垫。作者站在瓜洲渡口，放眼南望，以依恋的心情描写他对钟山的回望。"春风又绿江南岸"描绘了江岸美丽的春色，寄托了作者的情思。结句以问作结，把作者的乡愁抒发到极致，又余味无穷。

4. 议论表达方式

议论是一种通过文字表达观点、见解或思想的表达方式。在古诗里，议论可以通过直抒胸臆、先景后议、先议后景等表现手法，揭示事物的本质及其内在联系，把作者的立场、观点、情感寓于说理之中，即寓情于理。议论可以增强诗歌的内涵和深度，其特点是突出诗歌主旨，使诗歌的主题更加鲜明、突出、深刻，形象更加生动。

例：元稹《菊花》

秋丛绕舍似陶家，遍绕篱边日渐斜。

不是花中偏爱菊，此花开尽更无花。

菊花，不像牡丹那样富丽，也没有兰花那样名贵，但作为傲霜之花，它一直受人偏爱。有人赞美它坚强的品格，有人欣赏它高洁的气质，而元稹这首咏菊诗别出新意地道出了他爱菊的原因："不是花中偏爱菊，此花开尽更无花。"以否定句式陡地一转，指出自己不是没有道理地钟情菊花，菊花是百花之中最后凋谢的花，一旦菊花凋零，便无花景可观赏。作者从菊花在一年四季中凋谢最晚这一自然现象，引出了深微的道理，回答了爱菊的原因，同时表达了作者偏爱菊花的情理，那就是菊花历尽风霜凋落，依然保持高洁的气质和坚贞的品格。

这首诗从咏菊这一平常题材，挖掘出不平常的诗意，给人以新的启发，显得自然新颖，不落俗套。在写作上，此诗先写景后议论，前两句写赏菊的实景，为渲染爱菊铺垫；第三句是过渡，笔锋一转，跌宕有致。此诗合句以题作结，却吟咏出生花妙句，进一步拓展了美的境界，增强了这首小诗的艺术感染力。

第二节 古诗词表达方式类型

1. 叙事诗

叙事诗是古诗歌体裁的一种。它通过写人、叙事来抒发情感，具有情景交融，以景抒情的特点，既有浓厚的诗意，又有简练的叙事，还有层次清晰的生活场面。叙事诗是讲述故事的诗，诗的长度可长可短，相关故事内容可简单可复杂。叙事诗通常戏剧性不强，采用押韵形式。叙事诗包括史诗、叙事歌、田园诗等，如白居易《长恨歌》和《琵琶行》，李白《静夜思》和《子夜吴歌》，南北朝《木兰诗》等。叙事诗不仅写故事写景，更多的是叙事抒情或者写景抒情。古人在创作诗歌时还常常融合比喻、比拟等修辞方法。

例：杜甫《茅屋为秋风所破歌》

八月秋高风怒号，卷我屋上三重茅。

茅飞渡江洒江郊，高者挂罥长林梢，下者飘转沉塘坳。

南村群童欺我老无力，忍能对面为盗贼。

公然抱茅入竹去，唇焦口燥呼不得，归来倚杖自叹息。

俄顷风定云墨色，秋天漠漠向昏黑。

布衾多年冷似铁，娇儿恶卧踏里裂。

床头屋漏无干处，雨脚如麻未断绝。

自经丧乱少睡眠，长夜沾湿何由彻！

安得广厦千万间，大庇天下寒士俱欢颜，风雨不动安如山！

呜呼！何时眼前突兀见此屋，吾庐独破受冻死亦足！

此诗是一首以叙述为主的歌行体古诗。叙述作者的茅屋被秋风所破，以致全家遭雨淋的痛苦经历。全篇分四段，第一段描写面对狂风破屋的焦虑，第二段描写面对群童抱茅的无奈，第三段描写遭受夜雨的痛苦，第四段描写作者博大的胸襟和崇高的理想，抒发作者对社会现实的不满和忧国忧民的情怀。

例：王绩《野望》

东皋薄暮望，徙倚欲何依。

树树皆秋色，山山唯落晖。

牧人驱犊返，猎马带禽归。

相顾无相识，长歌怀采薇。

此诗描写山野秋景，是现存最早且完整的五言律诗。首尾两联抒情言事，中间两联写景，经过"情—景—情"这一反复，诗的意境更加深邃，这是律诗的一种基本章法。首联，景中含情，景中有人。颔联，写秋天山林的静景，既从正面渲染作者孤寂苦闷的心绪，又为我们勾勒了一幅秋天的晚景图。颈联描写傍晚时分人的活动，从反面衬托作者郁闷孤单的心境，又给我们描绘了一幅乡野之人放牧归来的动态场景。尾联，作者按捺不住内心的情感，直抒胸臆，从美好热闹的场景中回到起始的心境之中，更加平添了一种茫然若失、孤独无依、苦闷惆怅的心绪，唱着《采薇》之歌，抒发了惆怅、孤寂、隐逸山野生活的情怀。

2. 描写诗

古诗是中华优秀传统文化的瑰宝，既是文学的经典，又是历史的见证。这是古诗描写的独特之处，作者以精妙的词句、细腻的描绘，将人物、景物、情感等各个方面表达得淋漓尽致。

例：杜甫《登高》

风急天高猿啸哀，渚清沙白鸟飞回。

无边落木萧萧下，不尽长江滚滚来。

万里悲秋常作客，百年多病独登台。

艰难苦恨繁霜鬓，潦倒新停浊酒杯。

这首诗描写了作者登高时的所见所闻，展现了其在自然景色中的感慨。他用"风急天高"形容高处的气势，用"猿啸哀"表达自己的孤独和悲哀。他描绘了"渚清沙白鸟飞回"的美景，又描写了"无边落木萧萧下，不尽长江滚滚来"之景，将人生的短暂和无常凸显出来。作者自称"万里悲秋常作客"，表明他长久以来一直处于漂泊和孤独之中，而"百年多病独登台"透露出他的身体状况不佳，常常孤身一人去往高处沉思。最后，他用"艰难苦恨繁霜鬓，潦倒新停浊酒杯"表达自己的心情，叙说自己的孤独、苦难和不幸。

例：柳宗元《江雪》

千山鸟飞绝，万径人踪灭。

孤舟蓑笠翁，独钓寒江雪。

这是一首脍炙人口的五言绝句，描写了一个老人独自垂钓时的场景和景色，是作者在自然景色中的所见所想。此诗朗朗上口，细细品读，便能领略到其中的深意。他用"千山鸟飞绝，万径人踪灭"形容江边的寂静，用"孤舟蓑笠翁，独钓寒江雪"表达老人的孤独和坚韧，不仅描绘了自然景色，更凸显了人物的内心感受。全诗充满着诗情画意，意境清幽，勾画出一位渔翁在寒江之上独自钓鱼的场景，令人感受到作者遭受打击后的孤寂与坚韧。这也是柳宗元对人生哲理思考的深刻体现。此诗无论是艺术价值，还是思想深度，都是一首值得传诵的经典之作。

这些诗歌通过对自然景物和人物的描绘表达了作者的情感，更让我们深入了解了古代文化的精髓，将历史、政治和文学融为一体，成为中华优秀传统文化的重要组成部分。

3. 抒情诗

抒情诗主要通过抒发作者的思想感情来反映社会生活，不要求完整描述故事情节和人物形象，不详细叙述生活事件的过程。抒情诗一般没有完整的故事情节，不具体描写人物和景物。对某些生活片段的叙述或描写并不展开，但都服从抒情的需要。抒情诗的特点是直抒胸臆或者借景、借物、借事抒情，包括叙事抒情、描写抒情、议论抒情、借景抒情等。一首好的抒情诗往往体现了时代的旋律。抒情诗不是全篇都抒情，而是有叙事、有描写、有议论的抒情。抒情诗和叙事、描写、议论分不开，叙事诗、描写诗常常包含抒情。没有抒情，就没有叙事抒情诗、没有描写抒情诗。最早的抒情诗有《诗经》中的诗和屈原的《离骚》等。

抒情诗可以简单地分为直接抒情和间接抒情两大类。按照诗歌题材划分，间接抒情又分为怀古诗、托物言志（咏物）诗、山水田园诗、边塞诗、送别诗、行旅诗、闺怨诗、悼亡诗等。

例：李白《闻王昌龄左迁龙标，遥有此寄》

  杨花落尽子规啼，闻道龙标过五溪。

  我寄愁心与明月，随风直到夜郎西。

这首短诗感情分量相当重。作者运用丰富的想象，用男女情爱抒写与志同道合朋友的情谊，给予抽象的愁心以物的属性，它竟会随风逐月到夜郎西。无知无情的明月竟变成了一个了解自己、富有同情心的知心人，他能够且愿意接受自己的要求，将自己对朋友的怀念和同情带到遥远的夜郎西，交给那位不幸的迁谪者。

这种把作者情感赋予客观事物,使之同样具有感情,使之人格化,是形象思维所形成的特点或优点。当作者需要表现强烈或深厚的情感时,采用这种手段常常可以获得更好的预期效果。

例:赵师秀《约客》

　　黄梅时节家家雨,青草池塘处处蛙。
　　有约不来过夜半,闲敲棋子落灯花。

作者与友人约会,久候不至,难免焦躁不安,这是多数人有过的经历。一般人写诗,很难写得这样蕴藉有味。然而,这首小诗写得十分真实,深蕴含蓄,余味无穷。这首诗的另一个特点是运用对比手法,前两句写户外的"家家雨""处处蛙",反衬了江南夏夜特有的寂静之美,蛙声此起彼伏,震耳欲聋,更加突出了夏夜的寂静,以动衬静。后两句写室内油灯如豆,作者孤独坐敲棋子,寂静无聊,恰与前文构成鲜明的对照,通过这种对照描写,更深刻地表现了作者的落寞失望。

例:孟郊《登科后》

　　昔日龌龊不足夸,今朝放荡思无涯。
　　春风得意马蹄疾,一日看尽长安花。

孟郊在四十六岁那年进士及第,他自以为从此可以别开生面、风云际会、龙腾虎跃了,按捺不住得意和心中的喜悦,便写成了这首别具一格的小诗。全诗节奏轻快,一气呵成,诗句明快畅达而又别有情韵。"春风得意马蹄疾,一日看尽长安花"常被人们用来表达欣喜得意。

例:元稹《闻乐天授江州司马》

　　残灯无焰影幢幢,此夕闻君谪九江。
　　垂死病中惊坐起,暗风吹雨入寒窗。

这首诗用简练生动的语言,通过"残灯无焰""影幢幢""暗风吹雨"等一系列的凄凉景象的描写和气氛的烘托,充分表现了作者对好友白居易被贬的哀伤不平之情。此诗首尾两句写景,形象地描绘了周围景物的暗淡凄凉,对友人感情的浓郁深厚。中间两句叙事言情,表达友人被贬谪,自己处于病中、孤独凄凉和痛苦的心境。白居易在江州读到此诗后,深受感动,并在《与元微之书》中写道"垂死病中惊坐起,暗风吹雨入寒窗。此句他人尚不可闻,况仆心哉！至今每吟，犹恻恻耳"。这首诗语言朴实，感情强烈，寄景寓情、以景写情、叙事抒情，既表现了作者对白居易的一片殷殷之情，又表达了对好友被贬后的极度震惊，抒发了作者心中的悲凉和愤愤不平。

例：白居易《钱塘湖春行》

孤山寺北贾亭西，水面初平云脚低。
几处早莺争暖树，谁家新燕啄春泥。
乱花渐欲迷人眼，浅草才能没马蹄。
最爱湖东行不足，绿杨阴里白沙堤。

白居易作此七律，描写西湖春景。钱塘湖的春日美景使他神清气爽，字里行间流露出喜悦轻松的情绪，描绘一幅西湖春意盎然的图画。此诗清新脱俗，寓情于景，颇具盛名。其春日之景，尽显诗之意境，使人如临其境，如见其景。作者漫步在孤山寺以北，贾公亭以西，举目远眺，湖水刚刚漫过岸边，与白云低垂相映成趣。几只黄莺争相占领向阳的暖树，新来的燕子们忙着筑巢衔泥。野花竞相盛开，绚烂得令人眼花缭乱，而春草刚刚没过马蹄，更显得那么娇嫩而富有生机。湖东的美景令人陶醉，流连忘返。尤其可爱的还有杨柳成排、绿荫掩映的白沙堤。

4. 理喻诗

理喻是指用通俗的道理来解说观点，使人明白。理喻诗是作者通过对客观事物的细心观察和理性分析得出正确的观点，以诗的形式向读者阐释其中的道理，使读者顺利接受某个观点或哲理。理喻诗的主要特点是通俗自然，善用比喻说理，耐人寻味，富于理趣。

理喻诗可以分为"以景言理"和"以情言理"两大类。

一是以景言理，形象、生动、有趣。

例：朱熹《观书有感》

半亩方塘一鉴开，天光云影共徘徊。
问渠那得清如许？为有源头活水来。

这是一首借景喻理的名诗。此诗前两句先写景，后两句议论。全诗用方形水塘作比喻，形象地表达了一种微妙难言的读书感受。池塘并不是一泓死水，而是常有活水注入，才能像明镜一样，清澈见底，映照着天光云影。"问渠那得清如许？为有源头活水来"借水之清澈，暗喻人若想心灵澄明，就要认真读书，时时补充新知识。因此，人们常常用这两句来比喻不断学习新知识，才能达到新境界。人们还常用这两句诗来赞美一个人的学问或艺术的成就，自有其深厚的渊源。读者也可以从这首诗中得到启发，只有思想永远活跃，以开明宽阔的胸襟接受不同的思想、鲜活的知识，广泛包容，方能才思不断。这两句诗已凝缩为成语"源头活水"，用以比喻事物发展的源泉和动力。此诗结尾既是以理作结，又是以意作结。

例：苏轼《题西林壁》

　　横看成岭侧成峰，远近高低各不同。
　　不识庐山真面目，只缘身在此山中。

这首诗描写作者游山的体会和感悟，既是一首写景诗，又是一首哲理诗，哲理蕴含在对庐山景色的描绘之中。此诗先写景、后议论，不单单是作者歌咏庐山的奇景伟观，更是作者以哲人的眼光从中得出真理性的认识，借景说明一个道理，含蓄蕴藉，使人百读不厌。

此诗前两句"横看成岭侧成峰，远近高低各不同"说的是游人从远处、近处、高处、低处等不同角度观察庐山面貌，可以得到不同的观感。有时，看到起伏连绵的山岭，有时又看到高耸入云的山峰。这两句概括而形象地写出了移步换形、千姿万态的庐山风景。

此诗后两句"不识庐山真面目，只缘身在此山中"以景言理，以理作结。人们之所以不能辨认庐山的真实面目，是因为身在庐山之中，视野被庐山的峰峦所遮挡，只能看到庐山的一峰一岭，必然带有片面性。这两句使诗的意境浑然托出，给读者提供了一个驰骋想象的空间。同时其启迪人们认识事物的哲理：由于人们所处的地位不同、立场不同，看问题的出发点不同，对客观事物的认识就难免有一定的片面性。要认识事物的真相和全貌，必须超越狭小的范围，摆脱主观成见。

如果说宋代以前的诗歌以言情言志为特点，那么到了宋代，以苏轼为代表的文人开创了以言理为特点的新诗风，是宋人在唐诗之后另辟的一条蹊径，用苏轼的话说便是"出新意于法度之中，寄妙理于豪放之外"。这类诗的特点是语浅意深，因物寓理，寄至味于淡泊。《题西林壁》就是这样的一首好诗。

苏轼的诗既是人生感悟，又是政治体验。苏轼迈入仕途后卷入了新旧党争，他在政治倾向上更贴近保守派，反对王安石主导的新法。但他不偏激，主张汲取新法的合理成分，讲究执行策略，被旧党所不容。因此，苏轼笔下的庐山可以看成扑朔迷离的政局，新旧两党立场不同，观点不同，结论不同。事实上，人们置身局中、置身历史长河中，都不免陷入当局者迷的困境，应更客观、更全面地思考问题，得出恰当的结论。

例：陆游《游山西村》

　　莫笑农家腊酒浑，丰年留客足鸡豚。
　　山重水复疑无路，柳暗花明又一村。
　　箫鼓追随春社近，衣冠简朴古风存。
　　从今若许闲乘月，拄杖无时夜叩门。

此诗既是写景诗，又是哲理诗。它告诉我们，在丰收的年景，莫要笑话农家腊月里的酒浑浊，农家待客的菜肴非常丰富。层峦叠嶂间，水路曲折，仿佛前路已尽，然而柳绿花红之处，竟又看见一个村庄。此刻春社已至，村民们的古朴之风仍存，衣着简朴，箫鼓之声此起彼伏。今后如果还能趁着这美好的月色出门，我一定拄杖而来，叩响你的门扉，与你共赏这宁静的乡村风光。

这首诗充满了浓郁的生活气息和真挚的情感，作者以敏锐的笔触，捕捉游村的见闻，把山村秀丽的自然风光与村民的淳朴风俗融在一起，构成一幅清新恬静的画面，让人仿佛置身于美丽的江南水乡，与作者一同感受那份宁静与美好。"山重水复疑无路，柳暗花明又一村"，既写景又蕴含哲理，表达了人生旅途中的曲折与坎坷，以及在困境中重见生机的欢喜。此句千百年来被人们广泛引用。

二是以情喻理，抒情与议论相结合。

例：王勃《送杜少府之任蜀州》

　　城阙辅三秦，风烟望五津。
　　与君离别意，同是宦游人。

海内存知己，天涯若比邻。

无为在歧路，儿女共沾巾。

这是一首以情喻理的名诗。"海内存知己，天涯若比邻"，这两句诗的境界从狭小转为宏大，情感从伤别离转为豪迈。远离分不开的知己，只要同在四海之内，即使在天涯海角也如同邻居一样，他们之间的友谊不受时间的限制和空间的阻隔，是永恒的、无所不在的，其所抒发的情感是乐观豁达的。这两句诗早已成为人们用来表达远隔千山万水朋友深厚情谊的不朽诗句。

例：苏轼《水调歌头·明月几时有》（节选）

人有悲欢离合，月有阴晴圆缺，此事古难全。

此数句从人到月，从古至今，对人生的变迁作了高度的概括，富有哲理。月亮有被乌云遮住的时候，也有亏损残缺的时候，这是自然界的规律，而不是月亮能决定的。自古以来世上就难有十全十美的好事，既然如此，人又何必为暂时的离别而感到忧伤呢？"此事古难全"道出了作者对人生的无奈，对"古难全"的释然和旷达，还对未来亲人重逢寄予了希望。

第三节　古诗词题材类型

1. 咏物诗

咏物诗是叙事抒怀诗。通过对具体事件的叙写抒发作者的胸臆，表达怀远思乡、离愁别绪、感时伤感等情感。常见的情感有：一是物是人非的惆怅；二是沧海桑田、昔盛今衰的感慨；三是借古讽今、委婉批评统治者；四是追慕先贤的才华与功绩，抒写报国无门的悲怆；五是借古人故事，表达遭遇不平的感慨和悲愁。

有些咏物诗是托物言志。咏物诗中的所咏之物往往是作者的自况，与作者的自我形象融合在一起，在描摹事物中寄托了作者的情感。在内容上以物件为描写对象，抓住某些特征着意描摹。在思想上托物言志，由物到人，由实到虚，写出精神品格。在咏物诗里，作者常用石灰、蝉、竹、松、梅、菊、荷、树、水等意象，托物言志；并通过比喻、象征、拟人、对比等修辞方法，融情于物，寄情于物，或者叙事抒怀、借古抒怀。

例：于谦《石灰吟》

千锤万凿出深山，烈火焚烧若等闲。

粉骨碎身浑不怕，要留清白在人间。

这是一首托物言志的七言绝句。作者以石灰自喻，表达作者为国尽忠、不怕牺牲、光明磊落、坚守清白的高洁情操。

例：郑燮《竹石》

咬定青山不放松，立根原在破岩中。

千磨万击还坚劲，任尔东西南北风。

此诗托物言志，是一首七言绝句题画诗。诗的前两句赞颂了劲竹立根于破岩之中所展现出的内在精神，凸显其顽强的生命力和刚毅的品格。诗的后两句则进一步描写了劲竹在恶劣环境中经历的磨炼与考验，不管风吹雨打，任凭霜寒雪冻，苍翠的青竹依然傲然挺立、永不屈服。此诗借物喻人，通过吟咏立根于破岩中的劲竹，含蓄地表达了作者决不随波逐流的高尚情操。全诗语言通俗而有新意，虚实结合，情景相生，饶有理趣。

2. 怀古诗

怀古诗是诗人对某一历史事件或历史人物的咏叹，或者借古讽今、借古论今、怀古伤今，或者怀念古代人物及其事迹，委婉含蓄地表达个人思想感情，又融入作者独到的见识，借古咏怀，以史喻今。怀古诗往往将史实与现实结合在一起，感慨个人遭遇不公，或抨击社会现实。

在怀古诗里，作者常凭吊古迹表达意象，如京口北固亭、赤壁、乌衣巷等。作者一般采用用典抒情或用典议论等手法，抒发自己的情感。

例：刘禹锡《乌衣巷》

朱雀桥边野草花，乌衣巷口夕阳斜。

旧时王谢堂前燕，飞入寻常百姓家。

此诗是一首借物怀古的七言绝句。乌衣巷原是六朝贵族居住的地方，最为繁华。如今，有名的朱雀桥边竟长满野草，乌衣巷口也不见车马出入，只有夕阳斜照在昔日的深墙上。此诗前两句写景，朱雀桥和乌衣巷依然如故，但如今野草丛生，夕阳已斜，呈现一片荒凉的景象。后两句，作者突发奇想，抓住燕子作为候鸟有栖息旧巢的特点，以前富贵人家的燕子如今飞入百姓家中，形成今昔对比，唤起读者的想象力，暗示乌衣巷的荣枯兴衰，也暗指朝代的兴衰。此诗以小见大，使读者读起来余味无穷，同时抒发了作者对朝代盛衰兴败的深沉感慨。

例：韦庄《台城》

江雨霏霏江草齐，六朝如梦鸟空啼。

无情最是台城柳，依旧烟笼十里堤。

这是一首凭吊六朝古迹的咏史怀古诗。此诗通过描绘美轮美奂的江南春景反衬古城消失的现实，营造出一种物是人非的落寞气氛。首句写金陵雨景，渲染氛围；次句写六朝往事如梦，繁华的台城早已破败不堪；三、四句表现风景依旧而人世沧桑。作者触景生情，借景慨叹，怀古伤今，在草木无情的感慨中流露出浓重的感伤情绪。全诗兼用情景陪衬和情景反衬手法，语言含蓄，感慨深沉，空灵蕴藉，神完气足，具有很强的艺术感染力。

3. 抒怀言志诗

抒怀言志诗是以诗词歌赋的形式，抒发作者心中的情感、理想、抱负和意志。

例：曹操《龟虽寿》

神龟虽寿，犹有竟时；

腾蛇乘雾，终为土灰。

老骥伏枥，志在千里；

烈士暮年，壮心不已。

盈缩之期，不但在天；

养怡之福，可得永年。

幸甚至哉，歌以咏志。

此诗是一篇富有人生哲理的抒怀言志之作。写于曹操北伐乌桓胜利的归途。那时，曹操已经五十三岁，在古代，这已是将近暮年的年纪。虽然取得了北伐乌桓的胜利，踏上凯旋之途，但作者想到统一天下的宏愿尚未实现，想到自己已届暮年，感叹人生短促，时不我待。但是，作者并不悲观，而是以诗咏志，不断激励自己，乐观奋发，永葆青春，不断进取，建功立业，抒发实现伟大理想抱负的志向和决心。

在中国文学发展史上，曹操是一位有卓越贡献的人物，特别是对建安文学有开创之功，其文学历史地位过去常被其政治业绩所掩盖，不为人重视。汉武帝"罢黜百家，独尊儒术"，把汉代人的思想禁锢了三四百年，使汉代文人只会写歌颂帝王功德的大赋、注释儒家经书，而真正有感情、有个性的文学得不到发展。直到东汉末年天下分崩，作为一代枭雄又雅爱诗章的曹操，带头离经叛道，给当时文坛带来了自由活跃的新鲜空气。因此，《龟虽寿》更可贵的价值在于它开辟了一个诗歌的新时代。

4. 山水田园诗

山水田园诗主要描写自然风光、农村景物以及安逸恬淡的隐居生活，这不仅是大自然的杰作，也是作者情感的寄托。这类诗意境隽永优美，风格恬静淡雅，语言清丽洗练。东晋的陶渊明是田园诗的开创者，南朝的谢灵运是山水诗的鼻祖。唐代形成了山水田园诗派，代表人物有王维、孟浩然等，常见的情感有：一是描绘山川美景，抒发对大好河山的热爱；二是表达对黑暗官场或社会现实的不满；三是表达对自由宁静的田园或牧歌式生活的向往；四是表明作者超脱世俗、淡泊明志、闲情逸致、恬静生活的心境；五是表达自己不流于世俗的清高，保持自我正直的品格和清醒的头脑。

在咏物诗里，作者常用山、石、泉、溪等山水景象，阡陌、村舍、炊烟、鸡狗等田园风光，西湖、黄鹤楼等人文景象，并采用即景生情、虚实结合、动静结合等表现手法，借景抒发作者的情感。

例：孟浩然《春晓》

春眠不觉晓，处处闻啼鸟。

夜来风雨声，花落知多少？

此诗是孟浩然隐居鹿门山时所作，是一首脍炙人口的五言绝句，也是中国古诗词中写景的佳作。作者以春天的清晨为切入点，笔触清新细腻，将一幕幕绚丽多彩的早晨美景展现出来，诠释了作者热爱春天、珍惜时光的美好情感。这首诗传颂千年，短小精悍，语言质朴，以景寄情，意味深长，使读者领略了大自然的真谛和生命的韵味。

例：杜甫《望岳》

　　岱宗夫如何？齐鲁青未了。
　　造化钟神秀，阴阳割昏晓。
　　荡胸生层云，决眦入归鸟。
　　会当凌绝顶，一览众山小。

此诗是杜甫青年时期在漫游途中所作。泰山雄浑磅礴，其景致令人惊叹。作者热情地赞美了泰山巍峨高耸的气势以及如诗如画的景色，它所散发出的豪迈气息令人心潮澎湃，他对祖国山河的热爱流淌在每个字句之间。首联写泰山山脉绵延辽阔。颔联描写泰山雄姿磅礴。颈联描写居高望远，只见群峰云生，仿佛有归巢的鸟飞入山林。尾联"会当凌绝顶，一览众山小"，作者想象将来登山所见景象，同时抒发自己的理想抱负，这两句千年来一直被人们所传诵。

全诗以诗题中的"望"字统摄全篇，虽句句描写望泰山的景色，但通篇并无一个"望"字，却能给人身临其境之感，可见作者的谋篇布局和艺术构思的精妙奇绝。此外，还体现出作者不畏艰难、勇攀高峰的精神，以及俯视一切、卓然独立、兼济天下的豪情壮志。这首诗寄托虽然深远，但通篇只见登名山之兴会，丝毫不见刻意比兴之痕迹。

例：张若虚《春江花月夜》

　　春江潮水连海平，海上明月共潮生。
　　滟滟随波千万里，何处春江无月明。
　　江流宛转绕芳甸，月照花林皆似霰。
　　空里流霜不觉飞，汀上白沙看不见。
　　江天一色无纤尘，皎皎空中孤月轮。
　　江畔何人初见月？江月何年初照人？
　　人生代代无穷已，江月年年只相似。
　　不知江月待何人，但见长江送流水。
　　白云一片去悠悠，青枫浦上不胜愁。
　　谁家今夜扁舟子？何处相思明月楼？

可怜楼上月徘徊，应照离人妆镜台。
玉户帘中卷不去，捣衣砧上拂还来。
此时相望不相闻，愿逐月华流照君。
鸿雁长飞光不度，鱼龙潜跃水成文。
昨夜闲潭梦落花，可怜春半不还家。
江水流春去欲尽，江潭落月复西斜。
斜月沉沉藏海雾，碣石潇湘无限路。
不知乘月几人归，落月摇情满江树。

此诗以春江花月夜为背景，细致、形象而有层次地描绘相思离别之苦，幽美邈远，韵调幽美，惝恍迷离，仅看题目就令人心驰神往。它是一幅由春江、花影、月色、夜晚交织而成的美妙画卷。作者以月为主体，以江为场景，描绘了一幅恬静、明净的夜景，抒写了游子思归动人的离情别绪以及富有哲理意味的人生感慨，创造了一个深沉、宁静的境界。全诗通篇融诗情、画意、哲理为一体，语言清新，韵律宛转，给人以澄澈空明、清丽自然的感觉，被誉为唐诗开山之作，享有"孤篇盖全唐"之美誉。

5. 边塞诗

边塞诗是指描写边塞地区的军民生活与自然风光的诗。从先秦就有了以边塞、战争为题材的诗。这一类诗初步发展于汉魏晋南北朝时代，隋代开始兴盛，到了唐朝进入黄金时代，形成一个新的诗歌流派。成就最高的作者有高适、岑参、王昌龄、王之涣等，常见情感有：一是抒写边塞将士奋勇杀敌、舍命报国、英勇无畏的豪迈气概；二是讴歌将士不畏辛劳、舍己为国为家、保卫边陲的战斗精神；三是赞美雄奇瑰丽、奇异独特的边塞风光；四是描写征人思乡之苦，讽刺或劝谏拓土开疆、穷兵黩武的统治者；五是表达对百姓饱受战争之乱和疾苦生活的同情，以及对无休止战争的厌恶。

在边塞诗里，作者常用边塞、羌笛、大漠、征夫、秋风等表示边塞景象；并通过用典、烘托、渲染等修辞方法，抒发诗人情感。

例：王维《使至塞上》

单车欲问边，属国过居延。

征蓬出汉塞,归雁入胡天。

大漠孤烟直,长河落日圆。

萧关逢候骑,都护在燕然。

公元737年,王维奉命出塞,察访军情,实则是王维被排挤出朝廷。这首诗作于奉命赴边疆慰问将士的途中,描写作者轻车简从到西北边塞居延慰问边关将士的所见所闻。我们像随风而去的蓬草一样来到边塞,又见到北归的大雁在高空翱翔。在浩瀚的沙漠中,一缕孤烟直上云霄,黄河边上一轮落日圆。当作者到达萧关时,遇到了前线侦察骑兵,他们告诉作者他们的主帅仍在前线战斗未归。

此诗不仅记述了作者赴边疆的旅程,目睹途中塞外壮丽景色,而且展现了边疆生活的艰辛,更流露出作者因被排挤而感到的孤独与悲凉。然而,作者的悲凉之情在塞外雄浑景色的熏陶下得到了升华,展现出作者的豁达情怀。其中"大漠孤烟直,长河落日圆"描写塞外奇特壮丽的风光,画面开阔,意境雄浑,被后人称为"千古壮观"名句。

6. 送别诗

送别诗是指表达作者与友人离别的情感诗。送别诗有的直接抒写离别,有的借景、借物,一吐胸中积愤或表明心志,有的重在劝勉、鼓励、安慰,有的兼而有之。因为古代交通不便,通信极不发达,亲友一别往往数载,难以相见,所以古人特别看重离别。每当离别的时候,人们往往设酒饯别,折柳相送,有时还要吟诗话别,成为古代文人一个永恒的主题。送别诗的主要代表人物有李白、王维、王昌龄等。常见情感有:一是哀婉凄伤的离别之愁,这是送别诗中最传统的基调和最常见的情感风格;二是忧伤愤懑的不平之意,以友人离别赠言表明心志;三是表达失意之情、愤懑之气,多见于贬谪、归隐送别诗中;四是慷慨激昂的勉励友人,古人常在友人外出求仕、杀敌报国、新官赴任的送别诗里,向友人表达高亢激昂、蓬勃奋发的寄语;五是劝勉慰藉友人,主要借送别向友人表达关心、抚慰、牵挂、勉励等情感。

在送别诗里,作者常用长亭、灞陵、楼阁、客舍、舟船等表示离别之地,用风雨、杨柳、酒等表示离别景象,并通过直抒胸臆和铺叙、烘托、渲染等修辞方法，抒发作者的情感。

  例：高适《别董大二首·其一》

    千里黄云白日曛，北风吹雁雪纷纷。

    莫愁前路无知己，天下谁人不识君？

  唐代赠别诗总少不了凄清缠绵、低回流连的作品，但也有许多慷慨悲歌、沁人肺腑的诗作，用它们的真诚情谊、坚强信念，为灞桥柳色、渭城风雨涂上了另一种豪放离别的色彩。此诗属于后一类送别诗。作者在与友人分别之际，全然不写千丝万缕的离愁别绪，而是满怀激情地鼓励友人踏上征途，迎接未来。如果不是作者内心的郁积喷薄而出，就不能把临别赠语写得如此体贴入微、如此坚定不移、如此朴素无华，更难写出冰清玉洁、醇厚动人的诗情。最后以问作结，表达作者对友人董大的才华、人品的极高赞誉。

7. 行旅诗

  行旅诗，又称羁旅诗、记行诗。作者因各种原因远离家乡，用诗歌的形式反映客居异乡的艰难、漂泊无定的艰辛，引发对亲人的思念，对故乡的思归，对自我人生如寄处境的感慨。常见情感有：一是表达对故乡和远方亲人的思念；二是抒写旅途生涯的艰辛痛苦和漂泊零落的苦楚；三是反映对安定生活的无限憧憬和向往。

  在行旅诗里，作者常用明月、阑干、杜鹃、浮云、鸿雁、游子等表示意象。在写作上，常常用触景伤情、感时生情、融情于景、借物传情、因梦寄情、直抒胸臆等方式，或者采用白描等修辞抒发自己的情感。

  例：范仲淹《苏幕遮》

    碧云天，黄叶地，秋色连波，波上寒烟翠。山映斜阳天接水，芳草无情，更在斜阳外。

    黯乡魂，追旅思，夜夜除非，好梦留人睡。明月楼高休独倚，酒入愁肠，化作相思泪。

  此词抒写作者羁旅思乡之愁。此词借景抒情，情景交融，以绚丽多彩的笔墨描绘了碧云、黄叶、寒波、翠烟、芳草、斜阳、水天相接的江野及其辽阔苍茫之景，勾勒出一幅清旷辽远的秋景图，又抒写了作者夜不能寐、高楼独倚、借酒消愁、怀念家园的深情。上阕写景，气象宏大浑厚，意境深远，为下阕抒情铺陈了背景。下阕抒情，直抒胸臆，声情并茂，意致深婉。全词低回婉转，却不失沉雄清刚之气，以沉郁雄健之笔力，既抒写了无限的愁思，又展现了范仲淹词作的刚柔含情。

8. 闺怨诗

闺怨诗主要抒写古代民间弃妇、思妇和宫女的忧伤，或者少女怀春、思念情人，如王昌龄《闺怨》、杜牧《秋思》、李清照《声声慢》和唐寅《一剪梅》等。常见情感有：一是相濡以沫的深厚感情，包括表现夫妻生别离后的真挚思念和忠贞不渝的爱情等；二是空闺独守的思亲之怨，包括思妇、思亲的哀伤和红颜易逝、青春虚度的惆怅，以及对夫妻早日团圆的渴望；三是对孤苦幽寂命运的悲叹，表达宫女幽居宫中的凄凉、孤独和单调无聊的生活，对宫女悲惨命运的哀痛和同情，抒发宫女对自由、爱情和美好生活的向往，借用宫怨抒发作者郁结于心的某种怨恨；四是情梦难圆的遗憾和惆怅，包括抒发作者不可企及而又刻骨铭心的爱恋、不能圆满而又至死不渝的情感、无法言传而又心心相印的思念等。

在闺怨诗里，作者常用闺楼、宫阁、残月、梧桐、莲等表示意象直抒胸臆，或者通过联想、想象、虚实结合等表现手法抒发思妇、怨妇、宫女的情感。

例：李白《春怨》

白马金羁辽海东，罗帷绣被卧春风。

落月低轩窥烛尽，飞花入户笑床空。

此诗大意是写一个妇人思念在遥远的辽海之东从军的丈夫，夜深无法入眠。起句以雄浑的笔触勾勒了一幅边疆的图景。承句则笔锋一转，由边疆的荒凉转向家庭的温馨与舒适。转句巧妙暗示思妇的孤独与无眠。合句则以飞花入户的春日景象，反衬床榻的空荡，表现妇人对丈夫的思念和内心的忧愁、苦闷。全诗对仗工整，情思真挚，思念之苦跃然纸上。

例：唐寅《一剪梅·雨打梨花深闭门》

雨打梨花深闭门，孤负青春，虚负青春。赏心乐事共谁论？花下销魂，月下销魂。

愁聚眉峰尽日颦，千点啼痕，万点啼痕。晓看天色暮看云，行也思君，坐也思君。

这是一首闺怨词，以一个女子的口吻诉说离别相思的苦楚。上阕描写思妇对所思之人忠贞挚爱的心理感慨，下阕正面描写她对爱情的专一产生的自我封闭的心理。全词以优雅的笔触描述思妇被时空折磨、不见归人的痛苦，上下阕交织互补、回环往复，将一个难拭泪痕的痴心女子形象地显现于笔端。当人心情好的时候，读此诗容易勾起对爱情的伤感；当想念某人的时候，读此诗又似乎暗指读者自己。

9. 悼亡诗和悼亡词

悼亡诗常常表达作者对亡故亲人或朋友的追悼和哀思。作者睹故物而思亡人，追忆从前的生活情景，表达孤独的情怀或物是人非的凄楚。

在悼亡诗里，作者常以深夜、梦、坟、哭、泪、尘、鬓、窗、明月、孤独、悲愁等景象或情感表示意象，通过直抒胸臆、今昔对比、虚实结合、寄情于景、对面落笔、联想、想象等表现手法和比喻、白描等修辞方法，表达作者思念亡故亲人的情感。

例：苏轼《江城子·十年生死两茫茫》

乙卯正月二十日夜记梦

十年生死两茫茫。不思量，自难忘。千里孤坟，无处话凄凉。纵使相逢应不识，尘满面，鬓如霜。

夜来幽梦忽还乡，小轩窗，正梳妆。相顾无言，惟有泪千行。料得年年肠断处：明月夜，短松冈。

《诗经》里就有悼亡诗。从悼亡诗出现一直到苏轼所处的北宋，悼亡诗写得最有名的当属西晋的潘岳和中唐的元稹，晚唐的李商隐也作有悼亡诗，他们的作品悲切感人。悼亡词是苏轼的首创。上例苏轼的这首悼亡词与前人相比，它的表现艺术独具特色。此词明确写了做梦的日子，虽说是记梦，其实只有下阕中的五句是描写梦境，其他都是抒发胸臆。这首词运用分合顿挫、虚实结合，以及叙述、白描等多种手法，表达作者怀念亡妻的情感。在对亡妻的哀思中，作者又融入自己的身世感慨，把夫妻的伉俪情深委婉地表达出来，使人读后无不为之动情而哀婉感叹。

第四节　格律诗章法类型

1. 并列式章法

例：杜甫《绝句四首·其三》

　　两个黄鹂鸣翠柳，一行白鹭上青天。
　　窗含西岭千秋雪，门泊东吴万里船。

此诗句句写景。起句和承句写天景，由近渐远，由低到高。转句和合句写远景、雪景、船景和近景。这种章法属于并列式。

此诗首句中的黄鹂、翠柳显出活泼的气氛，白鹭、青天给人以平静、安适的感觉，"鸣"字表现了鸟儿的怡然自得。承句中"上"字表现出白鹭的悠然飘逸。黄、翠、白、青，色泽交错，展示了春天的明媚景色，也传达出诗人自由自在、悠然自得的心情。诗句有声有色，意境优美，对仗工整。转句中一个"含"字，表明诗人是凭窗远眺，此景仿佛是嵌在窗框中的一幅图画。转句和尾句表现出诗人心情的舒畅和喜悦。西岭即成都西南的岷山，山上积雪常年不化，故云"千秋雪"，东吴指三国时的吴国，这里指长江下游的江南地区。"千秋雪"言时间之久，"万里船"表示空间之广。作者身在草堂，思接千载，视通万里，胸襟何等开阔！同时暗示了作者对当朝皇帝的期望，寄托着作者孤独而无聊的失落，表达了作者豁达、复杂的心绪。这两句也是全诗的点睛之笔，意境开阔，情志高远。在空间和时间两个方面拓宽了诗的广度，使得全诗立意卓尔不群，既有"杜诗"一贯的深沉厚重，又舒畅开阔，实为千古名句。

例：白居易《遗爱寺》

　　弄石临溪坐，寻花绕寺行。
　　时时闻鸟语，处处是泉声。

这首绝句一句一个画面，有人又有景。这种写法常见于整首绝句和律诗的局部。诗人将石、溪、花、寺、鸟、泉等多种自然景物并列地组合在一起，描绘了一幅清新秀丽、生机勃勃的图画，勾勒出遗爱寺令人神往的风景，又通过弄、寻、行等细致的动作描写刻画，表达了作者对大自然的无限热爱。诗歌两联皆为对仗，由于作者善于运用动词，并在第二联中及时变换句式结构，使诗歌既具有整饬之美，同时充溢着一种流动的、活泼的诗意，生动地表现了遗爱寺周围生机盎然、清幽雅致的环境和气氛，抒发了作者对大自然美景的喜爱。此诗属于并列式章法。

2. 承接式章法

例：李白《静夜思》

　　床前明月光，疑是地上霜。
　　举头望明月，低头思故乡。

此诗动作连贯，由景物生动作，先举头后远望。从"疑"到"举头"，从"举头"到"低头"，形象地揭示了作者内心活动，勾勒出一幅生动形象的月夜思乡图。第三、第四句采用动作承接方式，动作连贯，句句顺承。短短四句，语言简洁、朴素，内容丰富，容易理解，但诗味不尽。

例：刘禹锡《竹枝词九首·其二》

　　山桃红花满上头，蜀江春水拍山流。
　　花红易衰似郎意，水流无限似侬愁。

"竹枝词"是一种特殊的诗体，是古代四川东部的一种民歌，其体裁和七言绝句相似，是七言诗。在写作上，多用白描手法，少用典故，语言清新活泼，生动流畅，民歌气息浓厚。故此诗起句由景生情，承句用比拟呼应，转句采用隔句承接方式承接起句，合句也采用隔句方式承接承句，故此诗又称隔句承接。

这首诗采用民歌常用的比兴手法，先写眼前"水恋山"的景象，然后用它作比喻，描写一位深情女子的爱情受到挫折时的愁怨。这个挫折乃是薄情郎的负心，比喻新颖别致，即视感很强，情景浑化无迹，意境高妙优美。因此，此诗前两句写眼前景色，满山桃花红艳艳，江水拍山而流，描写了"水恋山"的情景。这样的情景虽然很美，但恰恰勾起这个深情女子的无限痛苦。此诗后两句借景抒情而转折，并用了两个比喻，"花红易衰"正像郎君的爱情，虽然甜蜜，但不久便衰落；而"水流无限"正像自己的无尽愁苦。这两句形象地描绘了失恋女子的痛苦，比喻十分贴切、动人，使读者不禁为女子在爱情上的不幸遭遇而深表同情。此诗融合了景物描写与情感抒发，通过对春天易逝的山桃花和奔腾不息的江水描写，表达了作者对生命易逝、爱情脆弱的感慨，以及内心深沉忧愁的情怀。在古诗词里，水流常常象征着忧愁。

3. 转折式章法

例：李白《早发白帝城》

朝辞白帝彩云间，千里江陵一日还。

两岸猿声啼不住，轻舟已过万重山。

这首诗描写长江在白帝城至江陵中水流湍急、舟行若飞的情况。第一句写白帝城之高。第二句写江陵路遥，舟行迅速。第三句用高山、猿声烘托行舟飞进，进而描写作者的心情——在这如脱弦之箭、顺流直下的船上，感到十分畅快和兴奋。第四句写行舟轻如无物，点明水势飞泻。全诗把作者遇赦后愉快的心情和江山的壮丽多姿、顺水行舟的流畅轻快融为一体，又夸张奇想地把情景写得流丽飘逸，惊世骇俗，不需雕琢，随心所欲，自然天成。转句在此诗中尤为关键和突出。

例：白居易《同李十一醉忆元九》

花时同醉破春愁，醉折花枝作酒筹。

忽忆故人天际去，计程今日到梁州。

这是一首即景生情、因事起意之作，情深意真，属于转折式章法。从诗中可见作者同元稹的交情之深。全诗不雕琢，以极其朴素、浅显的语言表达了作者对友人深厚真挚的情意。起句中的"花时同醉"与承句中的"醉折花枝"紧密承接，"花"字与"醉"字又重复颠倒运用，更有相映成趣之妙。再就起句与转句的关系看，"春愁"原是"忆故人"的伏笔；用"忽忆"两字陡然一转，才见波澜起伏之美，从而跌宕出全篇的风神，又为合句以情作结埋下伏笔。

4. 因果式章法

例：王之涣《登鹳雀楼》

白日依山尽，黄河入海流。

欲穷千里目，更上一层楼。

此诗首句与承句并列顺承，描写作者登楼所见的太阳落山、黄河向东奔流之景，同时为转句、合句铺垫。转句和合句既是因果关系，又是流水对。因为人在高处比在低处看得更远，"欲穷千里目"则表达了作者登高望远的愿望。人若想看得更远，看到目所能及的地方，唯一的办法就是站得更高，从而引出"更上一层楼"，抒发作者胸怀壮志、志向远大、追求卓越的情感。因此，这首诗属于因果式章法。另外，此诗在结尾处又用"楼"字点题，说明这是一首登楼诗。

例：李涉《题鹤林寺僧舍》

终日昏昏醉梦间，忽闻春尽强登山。

因过竹院逢僧话，偷得浮生半日闲。

此诗写于镇江鹤林寺的墙壁上。作者听了老僧的教导后，悟得了人生的真谛。只有淡化人生功利、平和情绪心态，面对惨淡现实，处变不惊，才能忘记过去，笑对人生，憧憬未来。因此，此诗属于因果式章法。

首句"终日昏昏醉梦间"描写作者对自己遭遇流放的内在情绪和外在情态。作者以"抑"起笔，抒写其消极浑噩的内心情态。以"终日昏昏"修饰"醉梦"的状态，表现了作者在流放时极度消沉和一蹶不振的悲观情绪，为下文的"扬"做了一个很好的蓄势和铺垫。

承句"忽闻春尽强登山"描写作者百无聊赖、浑浑噩噩之时，忽然发现明媚的春光快要离他远去，于是强打精神走出户外，登上南山，欣赏春色，排遣积郁已久的愁苦与不快。这里的"春尽"不应该仅理解为春天将要过去，还应该联想到人生青春岁月之有限，作者不甘心就此消沉下去，枉费青春年华。因此，在"忽闻春尽"之后又振作精神"强登山"。

转句"因过竹院逢僧话"中的"因"作介词，有"由于"之意。"竹院"就是寺院，僧人参禅悟道修行之地。作者到这里干什么？有意来也好，无意路过也罢，进去与寺内高僧谈禅悟道，闲聊很久。"逢僧话"之"逢"字告诉读者是无意碰到的，"话"即指与老和尚谈禅悟道、聊天，吐露心中的苦闷，共同探讨人生之喜怒哀乐。

合句"偷得浮生半日闲"是点睛之笔。因为作者过竹院、逢僧话、得禅意，面对无趣、盲目的人生，不应消极应对，所以作者得出人生若有"半日闲"是最难得的感悟。

5. 递进式章法

例：刘方平《月夜》

　　更深月色半人家，北斗阑干南斗斜。
　　今夜偏知春气暖，虫声新透绿窗纱。

在这首诗中，作者以静寂的寒夜为背景，通过描写夜晚天空星象的变化来暗示春天的来临，不着一丝春的色彩，却暗中关合春意。从夜晚的寒冷中显示出春天的暖意，从静寂中显示出生命的萌动，从几声虫鸣引起人们对春回大地的美好联想。此诗第三句"进一层"转到描写春天之气候，以此触动春愁。"春气暖"自"今夜"始，表明作者对节气变化十分敏感，反映作者对自然界细微变化的体察，在合句中自然引出"虫声新透绿窗纱"的春意。所以，此诗属于递进式章法。

例：金昌绪《春怨》

　　打起黄莺儿，莫教枝上啼。
　　啼时惊妾梦，不得到辽西。

这首诗一开始就抛出悬疑问题，下一句是上一句的解答，而解答中又带出下一个悬疑问题，层层递进、引人入胜。这样的诗词表现手法，又称为"扫处还生"。此诗通篇词意连属，句句相承，环环相扣，四句诗形成了一个不可分割的整体，属于递进式章法。它通篇只说一事，四句只有一意，不一语道破，但一目了然。

此诗还采用了层层倒叙的手法。本是为怕惊梦而不让黄莺啼叫，把黄莺打起，作者却倒过来写，最后揭开谜底，说出答案，依然含意未尽，留下了一连串问号。一个闺中少女为什么做辽西的梦？她是不是有亲人在辽西？此人为什么背井离乡、远去辽西？这首诗的题目是《春怨》，诗中的主人到底怨什么？难道只是埋怨黄莺啼叫惊破了她的晓梦吗？这些不必一一说破，不妨留给读者去想象、去思考。这是一首抒写思念家人的小诗，却有着深刻的时代内涵，反映当时劳动人民因为战争而骨肉分离、不归的痛苦。不仅在诗内见曲折，而且在诗外显深度。

例：陶渊明《饮酒·其五》
结庐在人境，而无车马喧。
问君何能尔，心远地自偏。
采菊东篱下，悠然见南山。
山气日夕佳，飞鸟相与还。
此中有真意，欲辨已忘言。

这是一首描绘作者辞官归隐田园生活的诗，表达了作者对自然界的热爱和超脱尘世的愿望。此诗以"心远"统领全篇，并分三层揭示"心远"的内涵，层层推进。前四句描写作者内心对远离尘世的向往和渴望。中间四句描写作者静观周围景物而沉浸自然景致的物化忘我的心态。最后两句表达了作者对田园生活情怀的赞美，再到得意忘言，无法用言语完全表述，只能留下一份淡淡的情感和无限的遐想。这不仅是对大自然之美的欣赏，更是一种超然物外的人生态度，同时体现了陶渊明虚静忘世、物化忘我、回归自然的人生感悟。王国维在《人间词话》中说："无我之境，以物观物，故不知何者为我，何者为物。"这首诗就是陶渊明"以物观物"所创造的"无我之境"的代表作。

6. 综合式章法

例：白居易《奉和思黯自题南庄见示兼呈梦得》
谢家别墅最新奇，山展屏风花夹篱。
晓月渐沉桥脚底，晨光初照屋梁时。
台头有酒莺呼客，水面无尘风洗池。
除却吟诗两闲客，此中情状更谁知？

这首七律首联前句描写牛僧孺（字思黯）的南庄新奇，作者借用谢灵运的典故，以"新奇"二字兴起，赞美主人别墅与众不同；首联后句描写细腻，采用拟人手法，用一个"展"字，化静为动，仿佛周围的青山为了迎接客人，展示其秀美风姿。"花夹篱"三字传达主人颇有闲情逸致，经常修篱笆、栽竹子、养花弄草，更超脱凡尘、忘记烦恼，隐喻主人怀才不遇、过着隐居悠闲的安逸生活。

　　颔联描绘庄园里的丽景。明月渐沉，晨光熹微，一切都显得那么和谐温馨。作者与主人举杯畅饮，高谈阔论，晓月、晨光则说明他们通宵达旦地尽情享受，非常感谢主人的热情好客及招待。

　　颈联转而抒写山庄近景，更具韵致。柜台上的酒坛里盛有美酒，调皮的黄莺在枝头鸣叫，似乎正在陪伴客人畅饮。诗人登上临池的楼阁，举目远望，水面澈碧无尘，好像经过了清风的洗涤。一个"洗"字让景色活起来，写出了风吹水面、池水澄澈的风景，展现了山庄之秀美，更让清风有了人的情趣，像主人一样热情好客；而"莺呼客"反映了山庄环境的幽静。

　　尾联抒发作者的感慨。在酒席上，大家倾听着两位诗人吟咏自己的作品，拍手称赞。可是，没有人能够感受他们心中的愁怨和烦恼。此联抒发作者的复杂情感，既表达了对主人和自己的不幸遭遇的感怀，又表达了对朝廷未来的担忧，还透露作者超脱尘世的高远情怀，同时紧扣诗题表达对好友刘禹锡（字梦得）的思念。

　　此诗前三联写景，层层递进，字字珠玑，中间两联细腻地描绘南庄幽静、雅丽的环境，又采用拟人修辞抒写主人殷勤好客，尾联委婉转折。全诗既有层层递进，又有抒情转折，属于综合式章法。

第七章　古诗词常见修辞方法

　　汉语修辞方法是指通过修饰、调整语句，运用特定的表达形式，使语言表达准确、鲜明且生动有力，具有提高语言表达的作用。在中国古诗词里，作者常常使用修辞方法，把人、事、景和环境描述得更加具体、形象、生动，让读者产生联想或想象，增强诗歌的亲和力、感染力，激发读者兴趣，引发读者深思。除了对仗，中国古诗词常见修辞方法还有二十余种，分别是比喻、比拟、借代、夸张、对偶、排比、设问、反问、双关、互文、顶真、列锦、点化、抑扬、用典、倒装、细描、白描、对比、衬托、烘托、渲染、象征等。

第一节　比　　喻

　　比喻是一种常见的修辞方法，通过将一种事物比作另一种事物，以此说明某个事物或者表达某种情感。比喻是以物比物，让人看得见、摸得着，要求"形似"。比喻具有突出事物特征，把抽象的事物形象化的作用。比喻的基本结构包括本体、喻体、比喻词三部分。从形式上看，比喻分为明喻、隐喻、借喻、博喻、曲喻。

1. 明喻

明显用彼物比此物。比喻词有如、似、若、同、类、犹、比等。
例：出其东门，有女如云。（《诗经·郑风·出其东门》）
　　海内存知己，天涯若比邻。（王勃《送杜少府之任蜀州》）
　　相送情无限，沾襟比散丝。（韦应物《赋得暮雨送李曹》）
　　又如，白居易《琵琶行》描写琴声高低变化："大弦嘈嘈如急雨，小弦切切如私语。嘈嘈切切错杂弹，大珠小珠落玉盘。"诗人用急雨、私语、大珠小珠比喻琴声的高低变化。除此之外，还有一种含有夸张成分的明喻，更形象生动，依然属于比喻范畴。如杜牧《山行》的"霜叶红于二月花"，李清照《醉花阴》的"人比黄花瘦"等。

有的明喻还省略比喻词。如刘禹锡《望洞庭》的"遥望洞庭山水色，白银盘里一青螺"把月光照射下的平静清澈的洞庭湖面比作白银盘，把洞庭湖中的君山比作青螺。

2. 隐喻

隐喻中，此物彼物之间常用肯定语气，用"是""为""成""之"类的词连接，比喻关系暗含其中，又称暗喻。如《汉乐府·孔雀东南飞》中的"君当作磐石，妾当作蒲苇"，用磐石和蒲苇作比喻，描写刘兰芝与焦仲卿之间至死不渝的爱情，坚贞动人，令人动容。还有文天祥《扬子江》的"几日随风北海游，回从扬子大江头。臣心一片磁针石，不指南方不肯休"。"臣心"就像磁针石，用磁针石比喻忠于宋朝的一片丹心，表明自己一定要战胜重重困难，回到南方，再兴义师，重整河山的决心。

例：朱庆馀《闺意献张水部》

　　洞房昨夜停红烛，待晓堂前拜舅姑。
　　妆罢低声问夫婿：画眉深浅入时无？

这首诗题目又作《近试上张水部》，该诗通篇运用比喻。朱庆馀考前怕文章不符合考官要求，给张水部（张籍）写了这首诗。在诗里，作者把自己比作新妇，把考官比作公婆，向张籍试探。

张籍收到朱庆馀这首诗后，回了一首《酬朱庆馀》。

　　越女新妆出镜心，自知明艳更沉吟。
　　齐纨未足时人贵，一曲菱歌敌万金。

此诗大意是，朱庆馀好像一位采莲姑娘，长得漂亮，歌喉又好，别看那些姑娘穿得很华美，但不值得人们看重，她们怎么能抵得上这位采莲姑娘美妙的歌喉，一支轻歌就值万金。为了打消朱庆馀"入时无"的考前顾虑，张籍也用比喻巧妙回答，而且答得更妙，珠联璧合，成为诗坛千古佳话。

3. 借喻

借喻是以喻体代替本体，本体和喻词都不出现，直接把本体（甲）说成喻体（乙）。因为借喻只有喻体出现，所以能产生更加深厚、含蓄的表达效果，同时也使语言更加简洁。

例：黄巢《菊花》

待到秋来九月八，我花开后百花杀。

冲天香阵透长安，满城尽带黄金甲。

这首诗没有出现菊花（本体），却用黄金甲（喻体）比喻菊花，这就是借喻。

例：惊涛拍岸，卷起千堆雪。（苏轼《念奴娇·赤壁怀古》）

此例诗句用雪比喻白色的浪花，属于暗喻。

例：露重飞难进，风多响易沉。（骆宾王《咏蝉》）

此例诗句用"露重""风多"比喻社会环境的压力，"飞难进"比喻政治不得意，"响易沉"比喻言论受压制。只有喻体，没有出现主体。同时，作者以蝉自喻，抒发自己壮志难酬的情感。

4. 博喻

一般用一个事物比喻一个事物，而用多种事物比喻一个事物称为博喻。

例：一川烟草，满城风絮，梅子黄时雨。（贺铸《青玉案·凌波不过横塘路》）

作者用"烟草""风絮""黄时雨"三个事物来比喻自己的闲愁，描绘出江南暮春烟雨之景。景色迷蒙，色调昏暗，表现作者无限的愁绪。用博喻修辞方法将无形变有形，将抽象变形象，变无可捉摸为有形有质，显示了作者超人的艺术才华和高超的艺术表现力。

5. 曲喻

比一般的比喻多转了一个弯，这种比喻很新巧。

例：银浦流云学水声。（李贺《天上谣》）

作者用水的流动比云的飘动，这是一般的比喻，再转一个弯，想到流水流动的声音，又用水声来比流云，既有视觉感又有听觉感。

例：羲和敲日玻璃声。（李贺《秦王饮酒》）

羲和：传说中为太阳驾车的神。敲日：说他敲打着太阳，命令太阳快走。因为太阳太明亮了，所以作者想象中的敲日之声如同敲玻璃的声音。

第二节　比　　拟

把物当作人来描写，且表现为人的动作和情感，叫拟人。如李白《月下独酌》"举杯邀明月"，把明月拟人化，赋予明月人的动作和情感。

把一些事物比作另一些事物的描写叫拟物。如李白《将进酒》"君不见黄河之水天上来，奔流到海不复回"，形象地表达了黄河之水的奔流不息和气势磅礴。所以，比拟可以促使读者产生联想，把人、物、事描绘得更形象、更生动。

例：杜牧《赠别二首·其二》

多情却似总无情，唯觉樽前笑不成。

蜡烛有心还惜别，替人垂泪到天明。

此诗采用拟人修辞，把蜡烛当人来写，蜡烛有心、惜别、替人、垂泪。

例：龚自珍《己亥杂诗·其五》

浩荡离愁白日斜，吟鞭东指即天涯。

落红不是无情物，化作春泥更护花。

作者在后两句笔锋一转，由抒发离别之情转入抒发报国之志，并反用陆游的"零落成泥碾作尘，只有香如故"。落红，本指脱离花枝的花，但它不是没有感情的东西。作者把落花拟人化，即使化作春泥，也甘愿培育美丽的春花成长。另外，落花是为了护花，表现作者虽然脱离官场，依然关心国家命运，不忘报国之志，以此表达他至死都牵挂国家的一腔热情，充分表达作者的情怀。

第三节 借　　代

借代是指借用相关的事物来代替所要表达的事物。借代可用部分代替全体，用具体代替抽象，用特征代替人。在古诗词里，借代的使用可以使诗歌更加简练、含蓄、形象。

例：知否？知否？应是绿肥红瘦。（李清照《如梦令·昨夜雨疏风骤》）
此句用绿和红两种颜色分别代替叶和花，描写叶的茂盛和花的凋零。

例：红酥手，黄縢酒，满城春色宫墙柳。（陆游《钗头凤·红酥手》）
此句用红酥手代指女子的手，美丽又柔软。

第四节 夸　　张

夸张是一种通过夸大或缩小事物的形象特征来表达某种情感或效果的修辞方法，具有突出事物形象的作用。

例：白发三千丈，缘愁似箇长。（李白《秋浦歌十七首·其十五》）
愁生白发，作者用夸张的手法写白发竟有三千丈那么长，可见愁思的深重。

例：飞流直下三千尺。（李白《望庐山瀑布》）
作者用"三千尺"来形容瀑布的高度，强调了瀑布的壮观。

第五节 对　　偶

对偶是用结构相同、字数相同的一对句子或短语来表达两个相对或相近的意思。从形式上看，语言简练，整齐对称；从内容上看，意义集中含蓄。对偶的使用可以让诗歌更加工整、优美。对偶上下联可以有相同的汉字，对仗则不可以。

例：无边落木萧萧下，不尽长江滚滚来。（杜甫《登高》）
此联"无边落木"对"不尽长江"，使诗的意境显得广阔深远；"萧萧"的落叶声对"滚滚"的水势，更使人觉得气象万千。更重要的是，从这里可感受到作者壮志难酬的苦痛。此联既是对偶，又是对仗。

例：先天下之忧而忧，后天下之乐而乐。（范仲淹《岳阳楼记》）

此联"先"对"后""忧"对"乐"。上下联"天下""之""而"字相同，故此联为对偶。

第六节 排 比

排比是把结构相同、相似、意思密切相关、语气一致的短语或句子成串地排列的一种修辞方法。用排比写人，可以将人物刻画细致；用排比写景，可将景物描写得细致入微、层次清楚、细腻生动；用排比说理，可以将道理说得充分透彻；用排比抒情，节奏和谐，感情更加洋溢，朗朗上口，有一股强大的力量，增强文章的表达效果。

例：枯藤老树昏鸦，小桥流水人家，古道西风瘦马。（马致远《天净沙·秋思》）

此诗句用九个名词进行意象组合，构成典型的写景环境，渲染孤寂、凄清的气氛，烘托游子的哀愁。这个例句既包含了排比修辞，又包含了白描、列锦、渲染三种修辞。

例：奈一番愁，一番病，一番衰。（辛弃疾《行香子·归去来兮》）

此句是一个排比句。奈何经历了一番哀愁，又经历了一番的病痛折磨，最后是一番年老体衰，把作者无可奈何的绝望表达到了极致。

第七节 设 问

设问是一种通过提问来引起读者思考或强调某种观点的修辞方法。先提出问题，接着自己把看法说出。开篇设问，带动全篇；中间设问，承上启下；结尾设问，深化主题，令人回味。在古诗词里，设问的使用可以让诗歌更加引人入胜。

例：问君能有几多愁，恰似一江春水向东流。（李煜《虞美人·春花秋月何时了》）

此句在词尾通过提问的方式，引起读者思考，表达作者无限的愁苦。

例：不知细叶谁裁出，二月春风似剪刀。（贺知章《咏柳》）

此诗在尾句采用一问一答的方式,先设问赞美柳叶:不知道这细细的柳叶是谁裁剪出来的?然后回答是那二月的春风,就像一把神奇的剪刀,既表达了作者对大自然和生命力的赞美,又表达了作者早春时的喜悦心情。

例:问人间谁是英雄?有酾酒临江,横槊曹公。(阿鲁威《蟾宫曲·问人间谁是英雄》)

此词以设问开篇,点明题旨,然后分层叙述三国人物曹操、孙权、诸葛亮的业绩。

第八节 反 问

反问是一种通过否定的方式来强调某种观点或情感的修辞方法。用疑问的形式表达确定的意思,用来加强语气,表达强烈感情。在古诗词里,反问的使用可以让情感的表达更加有力。

例:本是同根生,相煎何太急。(曹植《七步诗》)

此句显然是曹植质问曹丕:我与你本是同胞兄弟,你为什么要如此苦苦相逼于我?千百年来一直是人们劝导避免兄弟阋墙、自相残杀的诗句。

例:江东子弟今虽在,肯与君王卷土来?(王安石《叠题乌江亭》)

作者以辛辣的口吻明确地表示,即使项羽重返江东,江东子弟也不会再替他卖命。作者审时度势,指出项羽败局已定,难以挽回。此诗句用反问道出了历史的残酷和人心向背的变幻莫测,体现了作者独到的政治眼光,强调了历史的必然性。

第九节 双 关

某字、某词凭借其本身具有的词义多义性或语意的条件,在特定的语言环境中获得双重意义就是双关。这种修辞方法可以使语言含蓄、风趣。

例:刘禹锡《竹枝词二首·其一》

杨柳青青江水平,闻郎江上唱歌声。
东边日出西边雨,道是无晴还有晴。

此诗中的"晴"与"情"谐音，故此诗中的"晴"双关天气与情感，属于谐音双关。

例：春蚕到死丝方尽，蜡炬成灰泪始干。（李商隐《无题》）

"蚕丝"指代"相思"，"蜡泪"指代"眼泪"，所以"蚕丝"和"蜡泪"是双关语。

例：空对着，山中高士晶莹雪；终不忘，世外仙姝寂寞林。（曹雪芹《红楼梦》）

"雪"与"薛"谐音，指薛宝钗，"林"指林黛玉，所以"晶莹雪"和"寂寞林"是双关语。

第十节 互　　文

在古文中，把属于一个句子（或短语）的意思，分写到两个句子（短语）里，理解时把上下句的意思互相补足，就是互文，又称互辞。具体地说，上下两句或一句话中的两个部分看似各说一件事，实则互相呼应，互相阐发，互相补充，说的是同一件事。

互文一般分为单句互文、对句互文、隔句互文、排句互文四种。

一是单句互文。同一句子中前后两个词语在意义上相互交错、渗透、补充，称为单句互文。

例：烟笼寒水月笼沙。（杜牧《泊秦淮》）

我们应该这样理解：烟雾笼罩着寒水也笼罩着沙滩，月光笼罩着沙滩也笼罩着寒水。所以"烟笼寒水"和"月笼沙"是单句互文。

二是对句互文。对（下）句中含有出（上）句中已经出现的词，或者对句、出句的意义相互补充说明，称为对句互文。

例：不以物喜，不以己悲。（范仲淹《岳阳楼记》）

这句话是指"不以物喜，不以物悲，不以己喜，不以己悲"，所以"喜"和"悲"是对句互文。

例：明月别枝惊鹊，清风半夜鸣蝉。（辛弃疾《西江月·夜行黄沙道中》）

此例中"惊"与"鸣"和"鹊"与"蝉"对句互文。此联的正确理解是：

"明月升起,惊飞了树上的喜鹊,还惊醒了树上睡眠的蝉,轻拂的夜风中传来了喜鹊的叫声和蝉的鸣声。"这样理解,词的意境才显得丰富幽美。

三是隔句互文。互文句之间,有隔句的互文句式,称为隔句互文。

例:十旬休假,胜友如云;千里逢迎,高朋满座。(王勃《滕王阁序》)

"胜友如云"和"高朋满座"是隔句互文。胜友、高朋和如云、满座相互交错,互为补充说明,因此应该这样理解:胜友如云,胜友满座;高朋满座,高朋如云。

四是排句互文。互文句子在两句以上,互相渗透、互相补充来表达一个完整的意思,称为排句互文。

例:东市买骏马,西市买鞍鞯,南市买辔头,北市买长鞭。(乐府民歌《木兰诗》)

此句既是四句排比,又是排句互文修辞。

第十一节 顶 真

顶真,亦称顶针、联珠、蝉联。用前句最末的词语作为后句开头的词语,上递下接,环环相扣。顶真能使句子联系紧密,既能反映事物间的辩证关系,又能表达回环复沓的思想感情,增强节奏感。

例:岑参《凉州馆中与诸判官夜集》(节选)

弯弯月出挂城头,城头月出照凉州。
凉州七里十万家,胡人半解弹琵琶。
琵琶一曲肠堪断,风萧萧兮夜漫漫。

此诗采用顶真修辞方法,使各层句之间的衔接,如溪水九曲,流动而又宛转,既显示出民歌风格,又把诗的内容传达得委曲尽情。

顶真主要有以下五种形式:

(1)一字顶真。前一句结尾字是后一句开头第一个字。

例:北京潭柘寺的弥勒佛楹联

大肚能容,容天下难容之事;
开口便笑,笑世间可笑之人。

（2）两字顶真。顶真由两字组成。

例：归来见天子，天子坐明堂。（乐府民歌《木兰诗》）

（3）多字顶真。由三个以上的字构成的多字顶真。

例：万俟咏《忆秦娥·别情》

千里草，萋萋尽处遥山小。遥山小，行人远似，此山多少。

天若有情天亦老，此情说便说不了。说不了，一声唤起，又惊春晓。

（4）句子顶真。指用相同诗句将前后两首诗段连接起来，即前诗尾句是后诗首句，称为连环体诗，又称首尾连环诗。

例：王安石《忆金陵三首》

（一）

覆舟山下龙光寺，玄武湖畔五龙堂。

想见旧时游历处，烟云渺渺水茫茫。

（二）

烟云渺渺水茫茫，缭绕芜城一带长。

蒿目黄尘忧世事，追思陈迹故难忘。

（三）

追思陈迹故难忘，翠木苍藤水一方。

闻说精庐今更好，好随残汴理归艎。

（5）交错顶真。这种顶真是有多个不同字数的顶真，根据诗词句的需要，或多或少，交错进行。

例：李白《白云歌送刘十六归山》

楚山秦山皆白云，白云处处长随君。

长随君，君入楚山里，云亦随君渡湘水。

湘水上，女萝衣，白云堪卧君早归。

此诗含有一字连环"山"，两字连环"白云""湘水"，三字连环"长随君"。

第十二节 列　　锦

列锦是指使用多组名词或名词性短语进行排列组合，通过巧妙的排列方式,描绘出生动可感的图像,用以烘托气氛、创造意境并表达情感,激发读者丰富的想象或联想,言尽而意无穷。

例:枯藤老树昏鸦,小桥流水人家,古道西风瘦马。(马致远《天净沙·秋思》)

此句用了九个物象或景象进行组合,形成了一幅具有深刻意境的晚景图,将天涯游子的羁旅惆怅和情感烘托得极为浓烈。这里"枯藤""老树""昏鸦""小桥""流水""人家""古道""西风""瘦马"九个物象、景象进行排列组合,这就是列锦修辞。这九个意象排列组合包含多个修辞手法,既有白描,又有排比,还有渲染。

第十三节　点　　化

点化的原意是指菩萨或高僧用言语启发人,点醒世人,使其悟道,泛指启发开导。在古诗词里,点化是指对前人的诗句进行改造、化用或创造性改写,使旧文生出新意的一种修辞方法。

点化与仿句相似,但有区别。点化后比前人说得更具体、更丰富,创造出新的境界;而仿句是效仿前人写法,并加以变化,推陈出新,但不能完全抄袭。

如唐代诗人崔颢《黄鹤楼》:

昔人已乘黄鹤去,此地空余黄鹤楼。
黄鹤一去不复返,白云千载空悠悠。
晴川历历汉阳树,芳草萋萋鹦鹉洲。
日暮乡关何处是?烟波江上使人愁。

李白是仿古诗高手,他的《鹦鹉洲》就是仿照崔颢的诗而作:

鹦鹉来过吴江水,江上洲传鹦鹉名。
鹦鹉西飞陇山去,芳洲之树何青青!
烟开兰叶香风暖,岸夹桃花锦浪生。
迁客此时徒极目,长洲孤月向谁明?

李白《登金陵凤凰台》也是高仿《黄鹤楼》之作:

凤凰台上凤凰游，凤去台空江自流。
吴宫花草埋幽径，晋代衣冠成古丘。
三山半落青天外，一水中分白鹭洲。
总为浮云能蔽日，长安不见使人愁。

世传太白云"眼前有景道不得，崔颢题诗在上头"，遂作诗《登金陵凤凰台》以较胜负。

点化与引用都是在已有语句的基础上进行加工改造。点化不是直接引用前人诗句，而是对前人诗句进行一番改造，运用增加、删减、重组等方式，使前人诗句有新意。引用可以是前人诗句、别人说过的话，也可以是熟语、典故等。引用范围较广，而点化范围较窄，一般限于前人的诗词曲赋；引用与点化虽有交叉，但不能合并。

点化与抄袭都含有对前人已有语句的袭用。点化对前人语句的袭用是为了推陈出新，通过对原有语句的借用和改造，生成新的意境或意义，有点铁成金的效果，它是一种积极的修辞方法。抄袭是对他人知识产权的非法占有，即使对前人语句略有改造，也只是稍微变动几个字词，没有产生新的意义。

宋代王安石倡导诗歌创作要脱胎换骨并身体力行，写了不少令人激赏的佳句，但脱胎换骨往前一步，就有可能滑向抄袭。钱锺书曾在《谈艺录》里批评王安石："每遇他人佳句，必巧取豪夺，脱胎换骨。百计临摹，以为己有：或袭其句，或改其字，或反其意。集中作贼，唐宋大家无如公之明目张胆者。"

点化有两种方式：直接增减和间接化用。

直接增减，即直接对原来的诗句进行增加或删减，不改变原诗文字的语序。

例： 漠漠水田飞白鹭，阴阴夏木啭黄鹂。（王维《积雨辋川庄作》）

此句化用李嘉祐的诗句"水田飞白鹭，夏木啭黄鹂"，在句首直接加上两个叠音词"漠漠"和"阴阴"，原诗的语序并未发生变化。但增加叠音词之后，诗句不仅在声韵上显得舒展、轻柔，而且意境更加优美开阔，增添了无限神韵。五言变七言，诗句更加流畅婉转。

间接化用，即对原诗进行创造性改写，自由增删原文的字词，或者灵活调换原文字词的语序，化用原诗的意境，写出新的诗句。

例：明月几时有，把酒问青天。（苏轼《水调歌头·明月几时有》）

此句来自李白《把酒问月》的"青天有月来几时？我今停杯一问之"。改写后意境与原诗基本一致，但语序与原诗相比有很大的差别。

例：海内存知己，天涯若比邻。（王勃《送杜少府之任蜀州》）

此句化用曹植《赠白马王彪·并序》的"丈夫志四海，万里犹比邻"。

例：春色满园关不住，一枝红杏出墙来。（叶绍翁《游园不值》）

此句化用陆游《马上作》的"杨柳不遮春色断，一枝红杏出墙头"。

第十四节　抑　　扬

无论写诗还是著述，平铺直叙、一览无余的作品，一般不会引人入胜。相反，抑扬顿挫，往往金声而玉振，曲径通幽，每每引人寻踪而探胜，否则便索然无味。这就是我们常说的"文似看山不喜平"。可见其文意诗情有山重水复的丘壑之美。

抑扬是一种修辞方法，有时又是一种表现手法，分为欲抑先扬和欲扬先抑两种。抑扬表现手法既可以避免诗情的直白呆板，变直抒其情为波澜起伏，又可以蓄势，欲抑先扬或欲扬先抑，有意从反面着笔，然后陡然一转，显示作者的真意所在，产生一种激发情感的力量。

1. 欲抑先扬

欲抑先扬是欲贬损，则先赞颂，即欲表今日之衰败，则先写昔日之昌盛；欲言苦闷之愁绪，则先写舒畅之快乐等。这种手法使诗文一放一收，跌宕起伏，逸趣横生，可以收到曲折尽情之妙。又称先扬后抑。

例：辛弃疾《破阵子·为陈同甫赋壮词以寄》

　　醉里挑灯看剑，梦回吹角连营。八百里分麾下炙，五十弦翻塞外声，沙场秋点兵。

　　马作的卢飞快，弓如霹雳弦惊。了却君王天下事，赢得生前身后名。可怜白发生！

这首词写人生的荣辱成败观,抒发作者壮志难酬、恢复大业未成的哀伤。全篇上下段共十句,前九句都是写杀敌报国、恢复山河、建立功名的惊人伟业,这是"扬";末句"可怜白发生"点题,这是"抑"。透过末句,表明前九句所写都只是虚幻的梦想,一梦醒来,可惜已是白发老人,饱含词人壮志未酬的无奈和英雄迟暮的哀愁。因此,末句压倒了前面九句,具有十分感人的力量。

2. 欲扬先抑

欲扬先抑的特点及其作用可以借用清代学者唐彪在《读书作文谱》中的话来概括:"凡文欲发扬,先以数语束抑,令其气收敛,笔情屈曲,故谓之抑。抑后随以数语振发,乃谓之扬,使文章有气有势,光焰逼人。"又称先抑后扬。

例:文天祥《过零丁洋》
　　辛苦遭逢起一经,干戈寥落四周星。
　　山河破碎风飘絮,身世浮沉雨打萍。
　　惶恐滩头说惶恐,零丁洋里叹零丁。
　　人生自古谁无死,留取丹心照汗青!

此诗前六句表达了作者对国破家亡的痛苦,与身世飘萍的自哀相交织的苍凉和低回的心绪。尾联"人生自古谁无死,留取丹心照汗青"的跌转表达了作者对自身命运的一种毫不犹豫的选择——只要保全节操,将忠魂永存,宁可为国献身,名垂青史,决不屈辱求生。这两句诗语气斩钉截铁,气势高亢,表现了作者高尚的民族气节和舍生取义的人生观,为前面的感慨、遗恨平添了一种悲壮激昂的力量和底气,又表现出作者独特的崇高美德。

第十五节　用　　典[①]

用典又称引用,是指在诗文中引用典故包括历史事件、历史人物、历史

[①] 本节"2. 用典形式"和"3. 用典方法"摘自百度:何为用典,诗歌中的典故,你了解多少? 诗文典,2019-09-29。

陈迹、古籍中的故事或词句，可以简练、丰富而含蓄地表达或引证有关的情感、观点或思想。

例：闲来垂钓碧溪上，忽复乘舟梦日边。（李白《行路难三首·其一》）

这两句引用了两个典故。前一句"闲来垂钓碧溪上"，暗指姜太公遇见周文王之前，曾一度在磻溪（今陕西宝鸡东南）垂钓，期待得遇明君。后一句"忽复乘舟梦日边"，又暗指伊尹在受商汤聘请前夕，梦见自己乘船经过日月之旁，后被商汤聘请，助商灭夏。姜太公和伊尹都曾辅佐帝王建立不朽功业。李白借此表明对自己政治前途仍存极大的希望。

例：坐观垂钓者，徒有羡鱼情。（孟浩然《望洞庭湖赠张丞相》）

此句引自《淮南子·说林训》文中的"临渊羡鱼，不如退而结网"。"垂钓者"暗指当朝执政的人物，"羡鱼"指羡慕钓鱼。作者巧妙地点化翻新"临渊羡鱼，不如退而结网"，写得委婉含蓄，不落俗套，流露出作者要求援引的心情。

例：持节云中，何日遣冯唐？（苏轼《江城子·密州出猎》）

此句引用汉文帝与冯唐的故事。据《汉书·冯唐传》记载，云中太守魏尚治军有方，使匈奴远避，不近云中之塞。一旦入侵，必所杀甚众。后因报功时"虏差六级"多报了六颗首级，被汉文帝"下之吏，削其爵"。冯唐竭力为魏尚辩白，认为汉文帝"赏太轻，罚太重"，颇失人心。汉文帝幡然醒悟，当日便令冯唐持节赦免魏尚，官复原职，授冯唐为车骑都尉。此处用典希望朝廷委以重任，同时体现了作者志在报效国家的政治理想和英雄气概。

例：辛弃疾《永遇乐·京口北固亭怀古》

千古江山，英雄无觅，孙仲谋处。舞榭歌台，风流总被，雨打风吹去。斜阳草树，寻常巷陌，人道寄奴曾住。想当年，金戈铁马，气吞万里如虎。

元嘉草草，封狼居胥，赢得仓皇北顾。四十三年，望中犹记，烽火扬州路。可堪回首，佛狸祠下，一片神鸦社鼓。凭谁问：廉颇老矣，尚能饭否？

此词共用了五个历史人物典故，即孙权、刘裕、刘义隆、拓跋焘、廉颇，且都是京口的历史掌故，作者借这些历史事实含蓄而自然地表达自己的思想情感。其中，"凭谁问：廉颇老矣，尚能饭否"则是作者以廉颇自比。一是表达作者的决心。尽管自己老了,但对朝廷依然忠心耿耿,随时心甘情愿奔赴疆场,抗金杀敌,报效国家。二是显示作者能力。老当益壮,勇武不减当年,随时听从召唤。三是抒写作者的忧虑。担忧自己有可能重蹈覆辙,朝廷弃而不用,或用而不信,无法施展才能,壮志不能实现。

总之,这首词用典虽多,然而毫无堆砌之感,得益于这些典故用得天衣无缝,恰到好处,它们在语言艺术上的能量不是直接叙述和描写所能达到的。这首词全用典故,并不是辛弃疾的缺点,反而体现了他在语言艺术上的特殊成就。全词豪壮悲凉,义重情深,散发着爱国主义的思想光芒。用典贴切、自然,紧扣题旨,增强了作品的说服力和意境美。

1. 诗词用典

诗词用典是指在写诗填词时引用古籍中的故事或诗句。南朝梁时期的文学理论家、批评家刘勰在《文心雕龙》里诠释"用典"为"据事以类义,援古以证今"。也就是说,利用典故的"彼时彼景彼情"类比,论证作者的"此时此境此情",即以古比今、以古证今、借古抒怀,还有借古讽今。因此,用典修辞、用典抒情和议论用典常用于借古抒情,属于间接抒情表现手法。作者使用典故借古讽今,说不能说之事,或者通过用典创新意境,言简意赅地表达作者丰富的思想情感。

2. 用典形式

用典形式有事典和言典两种。

事典又称用事,即借用历史典故来表达作者的思想感情,包括对现实生活中的某些问题的立场态度和意愿等,属于借古抒怀。简单来说,事典就是引用历史故事,把典故浓缩为诗句,抒发诗人情感。

例:王维《山居秋暝》

空山新雨后,天气晚来秋。

明月松间照,清泉石上流。

竹喧归浣女,莲动下渔舟。

随意春芳歇,王孙自可留。

此诗最后两句"随意春芳歇，王孙自可留"化用了两汉淮南小山《招隐士》中的最后一句"王孙兮归来，山中兮不可以久留"，表明作者对闲适的田园生活的喜爱和对仕宦生涯的厌倦。

言典，又称引用前人诗句，即引用或化用前人的言辞或诗句，分为两种：一是直接引用前人现成诗句；二是在原句基础上改动一字或多字，或是只借用其中的某些词语。其目的是加深诗词的意境，使人联想，意在言外。

例：李清照《夏日绝句》

　　生当作人杰，死亦为鬼雄。

　　至今思项羽，不肯过江东。

此诗前两句采用言典。"人杰"出自《史记·高祖本纪》，指张良、萧何和韩信等贤臣良将；"鬼雄"出自屈原《九歌·国殇》的"身既死兮神以灵，魂魄毅兮为鬼雄"。诗的后两句又采用事典，引用了西楚霸王项羽兵败乌江，无颜面对江东父老而自刎的历史故事；同时表达了作者的人生价值取向，人活着要做人中的豪杰，为国家建功立业，死也要为国捐躯，成为鬼中的英雄。

3. 用典方法

用典方法有明用、暗用、正用、反用四种。

（1）明用，即直接在诗歌当中点出人或事来。

例：山不厌高，海不厌深。周公吐哺，天下归心。（曹操《短歌行》）

此句用了周公"一饭三吐哺，犹恐失天下之士"的典故，表达了曹操渴望招贤纳士，天下人才为自己所用的强烈愿望。

（2）暗用，也叫化用。假定读者通晓古籍，不用指明出处或者指明是谁的事迹。

例：刘禹锡《乌衣巷》

　　朱雀桥边野草花，乌衣巷口夕阳斜。

　　旧时王谢堂前燕，飞入寻常百姓家。

乌衣巷在今天的南京市东南。东晋时，开国元勋王导和名士谢安都住在这里，乌衣巷也就成了高门士族的聚居区。作者在这首诗中化用乌衣巷的典故，表达了对盛衰成败的无限感慨。

（3）正用，是指在诗文中出现的源于古代故事和有来历出处的词语的原义基本不变。

例：但使龙城飞将在，不教胡马度阴山。（王昌龄《出塞二首·其一》）

此诗句中的"龙城飞将"是指汉代勇猛善战、闻名遐迩的"飞将军"李广。作者引用李广的故事，意在表达自己爱国的情感。只要有英勇善战的统帅，敌人绝不敢入侵一步。

例：楚虽三户能亡秦，岂有堂堂中国空无人！（陆游《金错刀行》）

诗人直接引用《史记·项羽本纪》中的"楚虽三户，亡秦必楚"这句话。其意是，楚国即使只剩下三户人家，最后灭亡秦国的一定是楚国。陆游引用这个典故，激励人民奋起抗战，光复失地的大业终将获得最后的胜利。

例：安能摧眉折腰事权贵，使我不得开心颜！（李白《梦游天姥吟留别》）

此诗句典故出自《晋书·陶潜传》。著名田园诗人陶渊明任彭泽县令时，郡派遣都邮到彭泽县检查工作。陶潜身边的小吏建议他着正装，潜叹曰："吾不能为五斗米折腰，拳拳事乡里小人邪？"后来，陶渊明当县令八十余天，便挂冠而去，归隐山林。"折腰"意为躬身作揖，比喻屈身事人。李白在这首诗中引用"折腰"典故表达自己怀才不遇、不愿屈身权贵的做人品格。

（4）反用，即反其义而用之。反用典故是指在诗文中使用典故时，不按照其原始含义或常规用法，而是采用相反或相对的含义来表达作者的思想或情感。

例：茅檐相对坐终日，一鸟不鸣山更幽。（王安石《钟山即事》）

此诗典故出自唐代诗人王籍《入若耶溪》"蝉噪林逾静，鸟鸣山更幽"。王安石在这里显然反其义而用之。

例：凭谁问：廉颇老矣，尚能饭否？（辛弃疾《永遇乐·京口北固亭怀古》）

此句典故出自《史记·廉颇蔺相如列传》。此句原意是廉颇虽然年老了，但老当益壮，雄心犹在，希望能够继续为国效力，同时表达了自己壮志未酬的忧虑。辛弃疾在词中以廉颇自况，反用这一典故。

例：嫦娥应悔偷灵药，碧海青天夜夜心。（李商隐《嫦娥》）

此诗典故源自古代神话故事《嫦娥奔月》。据《淮南子》记载，嫦娥原是后羿的妻子，因为偷吃了西王母送给后羿长生不死的灵药，飞奔到月宫，成了仙子。李商隐在诗里反其意而用之，嫦娥应该后悔偷吃长生不老药，如今只能空对碧海青天夜夜孤寂。与其说是对嫦娥处境心情的深情理解，不如说是作者孤独寂寞的心灵独白。

第十六节 倒　　装

1. 倒装定义

倒装又叫颠倒，即古人在写作时为了文章表达的需要，特意将某个字词、句子语序颠倒的一种修辞方法。在古诗词里，倒装主要分为三种形式：倒词、倒句、倒叙。

倒词主要指古诗词中的词语因作者表达需要而出现颠倒的现象。如"欲穷千里目，更上一层楼"中的"欲穷"和"目"是倒装，即"目欲穷千里"倒装成了"欲穷千里目"。这是为了与下句"更上一层楼"形成对仗，适应诗歌平仄要求而改变了语序。

倒句又称倒装句。倒句是指作者因表达的需要而改变诗歌句子的关系，一般是倒置诗歌当中相邻两句的顺序。如李白《忆秦娥》："箫声咽，秦娥梦断秦楼月。"其正确语序应为"秦娥梦断秦楼月，箫声咽"。这里出现了因果倒装，作者为了与下句"咸阳古道音尘绝，音尘绝"形成对仗，在韵律上与后句"秦楼月，年年柳色，灞陵伤别"形成顶真修辞而改变语序，一"倒"两得。

倒叙主要指作者因诗词结构的需要而改变诗句的前后顺序。这种情况在叙事抒情类诗歌中常用，如刘禹锡《柳枝词》："清江一曲柳千条，二十年前旧板桥。曾与美人桥上别，恨无消息到今朝。"此诗由清江绿柳回忆二十年前的往事，开篇引人入胜。诗中，作者采用"今—昔—今"对比的方式，更加突出今日遗憾的情感，章法上回环婉曲，达到了曲尽其妙的表达效果。

2. 倒装方法[①]

一是为了符合格律规则，颠倒词语。格律诗有严格的格律要求，有时为

[①] 本目选编自《语文教学之友》2008 年第 3 期《例谈古诗词中的"倒装"》，作者是凡建锋。

了符合押韵而倒置诗句中的词语。

例：王维《山居秋暝》

空山新雨后，天气晚来秋。
明月松间照，清泉石上流。
竹喧归浣女，莲动下渔舟。
随意春芳歇，王孙自可留。

颈联叙述的画面是：竹林中说笑喧闹，是洗衣服的女子归来了；水面上荷花摇动，是打鱼的小船从远处划过来。诗中"归浣女"是"浣女归"的倒装，"下渔舟"是"渔舟下"的倒装。这样调换语序，一是避免颔联、颈联的动词都用在句末，将"归""下"换到句中，使全诗句式发生变化，不致呆板单调，创造出未见其人、先闻其声的艺术效果；二是为了让"舟"与前面诗句的"秋""流"和后面的"留"押韵，符合五言律诗格律的需要。

例：苏轼《蝶恋花·花褪残红青杏小》

花褪残红青杏小。燕子飞时，绿水人家绕。枝上柳绵吹又少，天涯何处无芳草！
墙里秋千墙外道。墙外行人，墙里佳人笑。笑渐不闻声渐悄，多情却被无情恼。

此词中"绿水人家绕"应为"绿水绕人家"，这里"绕"字后置主要是为了与"小""少""草""道""笑""恼"押韵。因此，为了符合格律要求而颠倒词句，增强诗歌的音乐美，让读者读起来朗朗上口，韵味无穷。

二是为了突出和强调所表达的情感，颠倒词语。

例：秋色渐将晚，霜信报黄花。（叶梦得《水调歌头·秋色渐将晚》）

此诗后句应为"黄花报霜信"。此处将"霜信"前置，表面上写景物的凄凉，实际上是为了强调自己对凄楚晚年生活的感叹。

例：青海长云暗雪山，孤城遥望玉门关。（王昌龄《从军行七首·其四》）

此诗后句应为"遥望孤城玉门关"。"遥望"为远远地望，突出强调守卫边疆城池的士兵遥望着内地，想念家乡的亲人。

三是为了追求新意，改变词序、句序和结构。

何谓"新意"？事物不新字词新，字词不新句子新，句子不新结构新，结构不新立意新。处处求新是每位作者作诗的共同心愿。若想达到推陈出新、标新立异、出奇制胜的目的，按照常规思维表达是达不到理想效果的。因此，作者常常采用倒装变换词序或句序。

例：七八个星天外，两三点雨山前。（辛弃疾《西江月·夜行黄沙道中》）

此句若改为正常语序"天外七八个星，山前两三点雨"，词句的意境美就会大打折扣。

例：水穷行到处，云起坐看时。（晁补之《临江仙·信州作》）

此两句诗明显与王维《终南别业》中的"行到水穷处，坐看云起时"不同。为了在结构上求新，作者选择倒叙行文方式，设置悬念，引人入胜，化平淡为神奇。所以，此句既是倒装修辞，又是点化修辞。

例：崔护《题都城南庄》

去年今日此门中，人面桃花相映红。

人面不知何处去，桃花依旧笑春风。

此诗用去年今日与今年今日在都城南庄的不同见闻，从而引起内心无比的惆怅和感伤。此诗采用倒叙方式将一个很平常的见闻写得饶有情趣。

四是为了让句式错落变化，产生参差之美而倒装词语。对于运用反复、对偶、排比等修辞手法的结构整齐的语句，若故意倒装诗句中的词语，可以避免语言呆板、单调，使之生动、活泼、多样。

例：故国神游，多情应笑我，早生华发。（苏轼《念奴娇·赤壁怀古》）

此句正常语序应为"神游故国，应笑我多情，华发早生"。作者把三个语句全部颠倒，是为了与前面描写周瑜形象的诗句"羽扇纶巾，谈笑间，樯橹灰飞烟灭"形成错位之美。

3. 倒装类型

一是主谓倒装。

例：晴川历历汉阳树，芳草萋萋鹦鹉洲。（崔颢《黄鹤楼》）

此句是主谓倒装。正常语序应为"晴川汉阳树历历，鹦鹉洲芳草萋萋"，其意是晴朗平原上的汉阳树清晰可数，鹦鹉洲上芳草茂盛。汉阳树、鹦鹉洲分别置于历历、萋萋之后，看起来像宾语，实际上是描述的对象。

例：香稻啄馀鹦鹉粒，碧梧栖老凤凰枝。（杜甫《秋兴八首》）

杜甫是使用倒装的高手。此句正常语序应为"鹦鹉啄馀香稻粒，凤凰栖老碧梧枝"。作者巧用心思将"鹦鹉"与"啄馀"进行主谓倒置，同时将宾语前置，把原属宾语位置上的"香稻粒""碧梧枝"拆成分属主语、宾语的词语，形成了词和词、词组和词组的交错衔接，从而强调了"香稻粒"的宝贵、"碧梧枝"的优美，引起读者的美好想象，拓展了诗句的意境，句法新奇，构思新颖，使整首诗更富有情致。

二是主宾倒装。

例：姊妹弟兄皆列土，可怜光彩生门户。（白居易《长恨歌》）

此句中"光彩"与"门户"倒装。可怜表示可爱，令人羡慕。诗句意思是：兄弟姐妹都因她分封土地，杨家门户生光彩令人羡慕。

例：林暗草惊风，将军夜引弓。（卢纶《塞下曲六首·其二》）

此句中主语"风"和宾语"草"进行了倒装。

三是宾语前置。

例：竹怜新雨后，山爱夕阳时。（钱起《谷口书斋寄杨补阙》）

此句正常语序应为"新雨后怜竹，夕阳时爱山"。如果采用正常的语序，就难以实现创新，缺少诗味。因此，这两句诗采用了双重倒装，成为全诗最出彩的句子。为突出竹林山色令人怜爱，作者将宾语"竹"和"山"前置，而后又以"新雨后""夕阳时"修饰，指出它们令人怜爱的原因是雨后新绿、夕阳渲染。如此遣词造句，不仅让这些景物融入了人的情感，而且让它们具有极强的色彩感，使读者深切感受到竹林高山的清秀壮丽。

四是定语前置或后置。

在古诗词中，定语位置相当灵活，往往可以离开它所修饰的中心词，前置或者后置都可以。

例：青海长云暗雪山，孤城遥望玉门关。（王昌龄《从军行》）

此诗句属于定语前置。下句的"孤城"是"玉门关"的同位性定语，现在却被挪到动词"遥望"之前，很容易让人在诗意理解上出现偏差。

例：我欲因之梦吴越，一夜飞度镜湖月。（李白《梦游天姥吟留别》）

此句属于定语后置。此句应为"一月夜飞度镜湖"，"月夜"本应为句首

183

的时间状语，诗人为了押韵，把定语"月"放于句末，作者"飞度"的是"镜湖"而非"月"。

五是状语后置。

例：僧敲月下门。（贾岛《题李凝幽居》）

此句应为"僧月下敲门"，中心词是"敲"。状语"月下"与动词"敲"倒装，属于状语后置。

例：想当年，金戈铁马，气吞万里如虎。（辛弃疾《永遇乐·京口北固亭怀古》）

"气吞万里如虎"应为"如虎气吞万里"。"吞"是中心词，状语"如虎"与中心词"吞"倒装，属于状语后置。此句还采用了比喻、夸张两种修辞方法。

第八章　古诗词叙事表现手法

古诗词写作表达方式包括叙事、描写、抒情、议论四种。叙事诗表现手法分为修辞叙事、叙事抒情、描写叙事三种类型。

第一节　修　辞　叙　事

古诗叙事主要有寓言、象征、隐喻、写实等四种修辞方法。这些修辞方法被巧妙地运用到诗中，使得故事情节丰富多彩，引人入胜，不仅丰富了诗歌的艺术表现形式，也使诗歌具有了深刻的思想内涵和人生哲理。

1. 寓言叙事

寓言叙事是指以虚构的故事或人物来表达某种深刻的道理或情感。如李白的《静夜思》，作者通过描绘明月在床前，表达出对家乡的深深思念。这种手法使得诗歌既有故事性，又富有哲理，让人在欣赏诗歌的同时还能领悟生活的真谛。

2. 象征叙事

象征叙事是指使用具体的形象或事物来暗示或表达某种抽象的概念或情感。如王之涣的《登鹳雀楼》，通过描绘作者登楼所见的日落、江水和楼台等景象，表达作者对人生短暂和时间流逝的感慨。这种手法使诗歌既有视觉效果，又富有内涵，让读者在欣赏诗歌的同时感受到作者的情感世界。

3. 隐喻叙事

隐喻叙事是指用比喻方式暗示或表达某种含义或情感。如杜牧的《秋夕》，通过描绘一个孤独的女人在冷宫中度过秋天，表达作者对人生无常和世事沧桑的感慨，以及对宫女的同情。这种手法使诗歌既有生动的画面感，又富有深度，让人在欣赏诗歌的同时，又能领略到作者高超的艺术造诣。

4. 写实叙事

写实叙事是指真实地描绘人物、事件或景象来表达某种情感或思想。如杜甫的《春望》，通过描绘春天荒凉的景象和作者的感伤，表达作者对国破家亡的沉痛感慨。这种手法使诗歌既有生活的气息，又富有历史的厚重感，让人在欣赏诗歌的同时，也能感受到作者对国家命运、百姓生存的深深忧虑。

第二节　叙事抒情

叙事抒情是一种叙事诗写作方法，作者常常因事因景而动情，将感情融入叙事、叙景之中，又称即事抒情。其主要特征如下所述。

一是叙事是基础，抒情为升华。叙事和抒情，两者在诗文中各自承担着不同的角色。叙事就是讲述故事，其主要内容包括事件的顺序、人物的行为和情节的发展；抒情则更侧重于情感的表达，是对内心世界的描绘和抒发。然而，两者并非孤立存在，而是相互依存、相互影响。叙事是抒情的基础，而抒情则是叙事的升华。没有叙事作为基础，抒情往往会显得空洞和做作，一个缺乏故事情节的抒情很难引起读者的共鸣。反之，如果只有叙事，而没有抒情，那么故事往往显得平淡无奇，缺乏深度和感染力。因此，好的叙事诗往往能在叙事的基础上，巧妙地融入抒情，使两者相得益彰。

例：王维《送别》

下马饮君酒，问君何所之？

君言不得意，归卧南山陲。

但去莫复问，白云无尽时。

此诗写友人归隐，语句看似平淡无奇，却显深情，含有悠然不尽的意味。

"下马饮君酒，问君何所之？"起句叙说："请你下马来喝一杯酒，敢问朋友你要去何方？"仅用五个字叙写作者骑马送友人一段路程后，下马设酒，饯别友人。下马之地是饯行之地，大概在进入终南山的山口。第二句设问，询问友人到哪里去。由此引出后面的答话，过渡到写归隐。这一质朴无华的问句表露了作者对友人的关切、爱护和深厚情谊。送别者的深厚情谊一开始就渗透在字里行间。

"君言不得意，归卧南山陲。"友人说，因为"不得意"，回乡隐居终南山。"不得意"显然是有深意的，至于友人不得意的原因，可能是友人在政治上、功业上的怀才不遇，作者没有点明，却给读者留下想象空间。"不得意"这三个字是理解这首诗的钥匙。

作者得知友人"不得意"的心情，在诗的最后二句劝慰道："但去莫复问，白云无尽时。"你只管去吧，我不再苦苦追问，其实你不必太失意，那尘世的功名利禄总是有尽头的，只有山中的白云才没有穷尽之时，足够你排忧解愁，享受山水田园生活。表现了作者复杂的思想感情，既有对友人的安慰，又有对隐居的羡慕，还有对人世间荣华富贵的否定，似乎带有一种无奈的情绪。与"不得意"联系来看，这两句诗更主要的是表达对朋友的同情，并蕴含着自己对现实的愤激，这正是此诗的意境所在、题旨所在。

二是叙事描绘事实，抒情传递情感。叙事往往关注事件的客观性，它所描绘的是事实和现实。然而，仅仅描述事实是不够的，事实需要情感的润色，才能真正触动人心。抒情在这里扮演着传递情感的角色。它通过细腻的笔触，让读者感受到故事中的喜怒哀乐，体验到人物的内心世界。

例如，杜甫《茅屋为秋风所破歌》是一首以叙述为主的歌行体古诗。作者叙述茅屋被秋风所破，以致全家遭雨淋的痛苦经历。前三段写实式叙事，诉述自家之苦，情绪含蓄压抑。最后一段是理想的升华，直抒忧民之情，情绪激越轩昂，期盼"安得广厦千万间，大庇天下寒士俱欢颜……吾庐独破受冻死亦足！"这样的情感传递，使得故事不仅仅是事件的堆砌，更是情感的涌动和心灵的触动。

三是叙事描绘情节，抒情构建意境。情节是故事的骨架，它构成了故事的脉络和框架。然而，只有骨架的故事是枯燥的。意境则是故事的灵魂，它赋予故事生命和意义。情感抒发、意境构建为故事注入生命力，使故事成为一幅幅生动的画面。

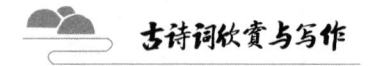

例：王维《鸟鸣涧》

　　人闲桂花落，夜静春山空。

　　月出惊山鸟，时鸣春涧中。

作者选取寂静山林的几种景象：落花、空山、月出、鸟鸣和春涧，它们都饱含着作者独特的感受，构成了诗的意象，使得故事不仅仅是情节的叙述，更是美的享受和心灵的洗涤。作者通过细腻的笔触，描绘山间春夜幽静美丽的景色，着重表现夜间春山的宁静幽美。作者采用了"以动衬静"的反衬手法，通过对花落、月出、鸟鸣的动景描写，更加突出春天山涧的幽静。这种叙事表达方式，让读者感受到景与情的美妙和宁静，仿佛身临其境，既看到了由明月、落花、鸟鸣所点缀的春山迷人宁静的景象环境，又让读者感受到作者所处的时代是一个和平安定的社会，不仅表达了作者对自然美景的深切感受，也传达出一种超脱尘世的宁静与淡泊。

四是叙事铺陈细节，抒情挖掘心灵。细节是故事的细胞，它让故事变得丰满和立体。然而，仅有铺陈细节是不够的。细节需要心灵的挖掘和解读，才能真正打动人心。抒情扮演着挖掘心灵的角色，通过细腻的情感表达，读者可以感受到细节背后的深意和内涵。

例如，乐府民歌《孔雀东南飞》多处运用铺陈手法。诗歌开头刘兰芝自陈："十三能织素，十四学裁衣，十五弹箜篌，十六诵诗书。十七为君妇，心中常苦悲。"这是一种纵向的简练铺陈，意在强调刘兰芝从小聪明能干、多才多艺、很有教养，暗示了焦母驱逐媳妇的无理。铺陈使故事更容易触动读者的心灵，传达情感，让读者感受到他们内心的喜怒哀乐。

综上所述，叙事与抒情在叙事诗里相辅相成。叙事是基础，为故事提供骨架和脉络；抒情则是升华，为故事注入情感、意境和灵魂。只有将两者巧妙地结合在一起，才能创作出真正打动人心的好作品。

第三节　描写叙事

描写与叙事是两种并列的古诗表达方式。作者常常综合使用描写、叙述等方法来塑造形象。描写是作者对人物、事件和环境所做的具体描绘和刻画。

白描是描写的一种，它和叙事中的具体叙述非常接近。叙述是一种具体的交代，笔法虽粗疏，却与白描的质朴、简洁相近。如果运用叙述手法表现事物的某一动态、风貌，简练又传神，获得形象鲜明的描写效果，就是白描。白描就是轻描淡写，简单勾勒，不加烘托，用最简练的笔墨，描画出鲜明生动的形象。白描常用十分准确、简练、朴素、简单的字或词描写人或物，即采用"形容词+名词"或者"名词+动词或形容词"的结构，如"枯藤""老树""昏鸦""小桥""流水""人家""西风""瘦马"，"天苍苍""野茫茫""风吹""草低"等。在古诗词里，这些词都属于白描。白描叙事是描写叙事诗中最常见的写作方法，其主要特征如下：

一是刻画人物，不写背景，只突出主体。

例： 白居易《卖炭翁》（节选）

卖炭翁，伐薪烧炭南山中。

满面尘灰烟火色，两鬓苍苍十指黑。

卖炭得钱何所营？身上衣裳口中食。

可怜身上衣正单，心忧炭贱愿天寒！

夜来城外一尺雪，晓驾炭车辗冰辙。

牛困人饥日已高，市南门外泥中歇。

在这首小型叙事诗中，作者以白描的手法，成功地塑造了卖炭老翁可怜悲惨的形象，令人同情。"满面尘灰烟火色，两鬓苍苍十指黑。"这十四个字的肖像描写不仅准确地表现了卖炭翁的职业和年龄特征，而且使人想到他的辛酸劳作和困苦生活。长期受烟火熏烤使皮肤变色，终日烧炭把十指沾黑，而"两鬓苍苍"又表现了卖炭翁的衰老。这样，拼死拼活的苦干只不过为了"身上衣裳口中食"，挣点钱勉强度日。"可怜身上衣正单""夜来城外一尺雪"，作者又以对照的写法来表现卖炭翁悲惨的痛苦生活。"心忧炭贱愿天寒"更深一层地刻画卖炭翁的心理活动，一般人衣单不能御寒，总想天气暖和；而卖炭翁"衣正单"却希望"天寒"，从而把木炭卖个好价钱。因为如果天气变暖，木炭就不容易卖掉，就无钱买衣穿、买粮充饥。所以，这两句诗深刻地表现了卖炭翁对"卖炭得钱"的迫切渴望，反映他过着十分艰难的生活。因此，用白描手法刻画人物，具有简洁揭示人物外貌、神态特征的作用，使读者如见其人。

二是叙写事件，不求细致，只求简明。

例：聂夷中《田家》

父耕原上田，子劚山下荒。

六月禾未秀，官家已修仓。

这首诗简练地描写了田家的悲惨生活。作者冷静地叙述田家的生活劳动，父亲在原田上耕种，儿子在山边开垦荒地，不惜顶着酷热的太阳，流血流汗地劳作，想尽办法扩大耕地面积，增加粮食产量，维持生计，只希望日子过得好一点儿。然而，在青黄不接的六月，田地里的庄稼还没有成熟，官家就迫不及待地修缮粮仓，张开血盆大口，只等禾苗成熟，把田家的粮食搜刮进地主的粮仓。全诗没有半句议论或抒情，却深刻地揭示了农民苦难的根源，那就是封建地主对农民的剥削。因此，白描手法用于叙事，可以使人感到线条明晰，语言简练，情真意切。

三是描写景物，不尚华丽，务求朴实。

例：马致远《天净沙·秋思》

枯藤老树昏鸦，小桥流水人家，古道西风瘦马。夕阳西下，断肠人在天涯。

这首诗采用白描修辞方法，分别描绘了枯藤、老树、昏鸦、小桥、流水、人家、古道、西风、瘦马九个意象，构成一幅苍凉寂寥的秋景图，表现出作者浓烈的思乡之情。尽管作者不写一个"哀"字，但是悠悠哀愁在这样萧瑟苍凉的秋天暮景中尽露无遗。这就是白描写景，让读者快速抓住景物的特征，体会作者所寄寓的情感。白描强调简单、质朴，不重辞藻修饰，追求朴实。

第九章　古诗词描写表现手法

古诗词描写表现手法可以分为修辞、联想、想象和"两面"表现手法四类。其中，修辞包括细描、白描、衬托、对比、烘托、渲染、象征等，"两面"表现手法包括动静结合、点面结合、诗画结合、虚实结合、抑扬结合、起兴结合、乐景写哀、哀景写乐、以小见大等。

第一节　古诗词描写方式

描写抒情是以生动形象的语言描绘了美丽人生和自然景色，同时抒发诗人内心情感，使诗词描写对象逼真传神、形象生动，使读者如见其人、如闻其声、如临其境，从中受到强烈的艺术感染；同时使读者与古代诗人抒发的情感、观点、思想产生共鸣。简言之，古诗词描写是作者对人物、事件和环境所作的具体描绘和刻画。古诗词描写方式分为正面描写和侧面描写两种。正面描写是从正面描写人物、事物、景物和环境，使其形貌直接地表现出来。正面描写包括铺陈、细描、白描等修辞方法和动静结合、虚实结合等"两面"表现手法。侧面描写不直接或正面描写对象本身，而是间接地描写对象的其他方面，烘托被描写的对象。侧面描写常常采用比喻、铺陈、细描、白描、对比、衬托、烘托等修辞和联想、想象、"两面"表现手法。

按照描写对象划分，描写分为人物描写、环境描写两大类。人物描写又分为肖像（包括外貌、细节）、动作、语言、心理四种描写方式，包括对人、事、景、物的局部细节或细微末节处的刻画描绘，称为细节描写。环境描写包括景物、场面两种描写方式。运用这些方式可以让读者感受到人物或场景的形象和氛围，如同直见其人、身临其境。

例：日出东南隅，照我秦氏楼。秦氏有好女，自名为罗敷。(《乐府诗集·陌上桑》)

此诗是正面描写罗敷，包括姓名、哪里人、谁家女子。

例：手如柔荑，肤如凝脂，领如蝤蛴，齿如瓠犀，螓首蛾眉，巧笑倩兮，美目盼兮。(《诗经·卫风·硕人》)

此诗正面描写硕人美丽的外貌。采用了比喻、铺陈等修辞，描写美人的手像白茅一样柔嫩，皮肤如凝脂一样白润，颈部像蝤蛴一样优美，牙齿若瓠子一样齐整，额角丰满，眉毛又细又长，嫣然一笑动人心，秋波一转迷人魂。

例：杨柳岸、晓风残月。(柳永《雨霖铃·寒蝉凄切》)

此句正面描写离别的环境。"杨柳""晓风""残月"蕴含象征和白描修辞，描写悲凉的秋景，正衬与恋人惜别的凄苦。

例：回眸一笑百媚生，六宫粉黛无颜色。(白居易《长恨歌》)

此句描写杨贵妃的美丽。上句正面描写杨贵妃的美貌、娇媚，下句用漂亮的六宫后妃正衬杨贵妃，又用细描、夸张等修辞侧面描写杨贵妃倾国之貌。

例：借问酒家何处有，牧童遥指杏花村。(杜牧《清明》)

此句描写了两个动作"借问""遥指"，询问行人何处能买酒消愁？牧童笑而不答，指了指杏花深处的村庄。此诗句语言通俗易懂，韵律十分和谐圆满，景象非常清新生动，境界优美，写到"遥指杏花村"戛然而止，给读者留下许多想象的空间。

例：剪不断，理还乱，是离愁，别是一般滋味在心头。(李煜《相见欢·无言独上西楼》)

此句描写作者复杂的内心离愁和难以言说的滋味，是作者心理活动的描写。

例：千里黄云白日曛，北风吹雁雪纷纷。(高适《别董大二首·其一》)

作者直接描写眼前之景，展示一幅沙尘漫天、大雪纷飞、北风送走雁群、荒原天寒地冻的黄昏暮景。通过描写这样的送别环境，烘托出作者与友人依依不舍的离愁别绪。

第二节 修辞描写

1. 细描

细描是指抓住生活中具体的典型情景,加以生动细致地描绘和刻画的写作方法,即对事物进行一笔一画的精雕细刻。与白描相对,细描又称工笔,对事物主要特征的刻画细致入微,描写文字绚丽、色彩斑斓,有如镂金错彩、绚丽华美。细描常与对比、比喻、拟人、夸张等修辞方法同时呈现。

例:元稹《行宫》

寥落古行宫,宫花寂寞红。

白头宫女在,闲坐说玄宗。

此诗既是细描写作,又采用了乐景写哀的表现手法。在富丽堂皇的宫殿里,盛开的红花和寥落的行宫互相映衬,增强了时移势迁的盛衰之感。春天的红花和宫女的白发相映衬,表现了红颜易老的人生感慨。红花美景与宫女凄寂的心境相映衬,突出了宫女被禁闭的哀怨情绪。此诗在塑造意境上使用了三种方法:

一是细节描写,生动细致。诗人选取"闲坐说玄宗"的细节组成全篇,描写宫女没有愤激,也没有感叹,只是麻木地说说而已,甚至谈起自己的过去,像谈论别人的故事一样,心如死水,无怨无恨。看似轻描淡写,实则厚积薄发,蕴含了作者不胜今昔的感慨!

二是细描描写,简练含情。全诗仅用二十个字,就把地点、时间、人物、动作全部表现出来,构成了一幅非常生动的画面,创造出无限的想象空间,表现了非常深刻的内容,使读者能够深入地理解作品的主题。

三是乐景写哀,突出主题。诗人为表现宫女的凄凉、哀怨的命运,着力描写宫里鲜红的宫花,与宫女凄寂的心境互相映衬,既突出了宫女被禁闭的哀怨情绪,也表达了作者对宫女悲惨命运的同情。

例:杜甫《春夜喜雨》

好雨知时节,当春乃发生。

随风潜入夜,润物细无声。

野径云俱黑，江船火独明。

晓看红湿处，花重锦官城。

《春夜喜雨》是一首咏物诗。作者以极喜悦的心情，细致地描绘了春雨"随风潜入夜，润物细无声"的特点和夜雨所见"野径云俱黑，江船火独明"的景象，同时热情地讴歌了来得及时、滋润万物的春雨。作者巧妙地运用拟人手法，对春雨"随风潜入夜，润物细无声"的描写，可以引申为对某种温柔、细腻的心理活动的描绘，体物精微，细腻生动，绘声绘形。全诗意境淡雅，意蕴清幽，诗境与画境浑然一体，是一首别具韵味、传神入化的咏雨诗。

2. 白描

白描是一种修辞方法。白描就是轻描淡写，简单勾勒，抓住描写对象，用准确有力的笔触，简洁明快的语言，干净利落地勾画事物的形状、光暗、特征等，以表现作者的感受。

例：温庭筠《商山早行》

晨起动征铎，客行悲故乡。

鸡声茅店月，人迹板桥霜。

槲叶落山路，枳花明驿墙。

因思杜陵梦，凫雁满回塘。

此诗描写了作者商山早行的所见所闻。清早起来，马车铃声响叮当，出门在外的人思念家乡，越想越悲伤。残月当空，路边茅草店里的雄鸡在鸣唱。踏着早晨的霜露，赶早人的脚印留在木板桥上。枯败的槲叶随风飘扬，落满了荒山的野路，淡白的枳花照亮了驿站的泥墙。"我"昨夜梦见了故乡杜陵的美景，一群群凫雁正在明净的池塘里嬉戏。这首诗紧扣"早行"，通过鲜明的艺术形象，用平常的语言，表达了作者羁旅中的无限愁思和人生的失意。诗中有听觉、有视觉、有悲情、有思念，画面不断跳动，主题饱满含蓄。诗中"鸡声茅店月，人迹板桥霜"用十个名词组合表示十种景物，不用形容词加以修饰或点缀，描绘出旅人住在茅店里，听到公鸡晨鸣就起床，尽管天空还有月亮，依然收拾行装，顶着寒霜，沿着木板桥上的露水脚印，继续赶路。作者将这些景色、环境描写得有声有色，既有听觉又有视觉，干净利索地勾勒出清晨早行的环境,可谓音韵铿锵,意象具足,作者的思乡之情表达得淋漓尽致。

例:刘长卿《逢雪宿芙蓉山主人》

　　日暮苍山远,天寒白屋贫。

　　柴门闻犬吠,风雪夜归人。

此诗是作者的亲身经历。诗中的苍山、白屋、柴门、犬吠、风雪、归人全为白描写作,而且层次分明,有远有近,有声有色,形成"风雪夜归人"的画境。这首诗用极其凝练的诗笔,描写作者投宿山村时的所见所感;同时采用诗画结合的表现手法,描绘出一幅以旅客暮夜投宿的风雪夜宿图,表达作者对劳动人民清贫生活的同情。

3. 对比

对比是指把不同人物、不同的生活现象、不同的思想感情,区别得更加鲜明,使美者更美、丑者更丑。对比与衬托不同,对比的两个事物的关系是并列的,不分主次;衬托可以明显地分出衬托事物和被衬托事物,且有主次、偏正之分。

例:聂夷中《田家》

　　父耕原上田,子劚山下荒。

　　六月禾未秀,官家已修仓。

此诗前两句采用白描写法,寥寥数语描绘父子辛勤劳作;后两句描写六月庄稼还没有长成与官家修筑粮仓的对比画面,揭露封建统治者对农民的残酷剥削和压榨,抒发了作者对劳苦农民的同情。

例:梅尧臣《陶者》

　　陶尽门前土,屋上无片瓦。

　　十指不沾泥,鳞鳞居大厦。

此诗描写穷苦的陶者挖尽门前的泥土来烧瓦片,但自家房屋却无一片瓦;而那些富贵人家,十指连泥巴都没有碰过,却住在铺满瓦片的高大屋子里。全诗通过陶者和富家两者的鲜明对比,深刻地揭露封建社会制度的极度不合理,表达了作者对穷苦人民的深切同情。

4. 衬托

俗语说"牡丹虽好，也要绿叶扶持"。用甲事物陪衬乙事物，就是衬托。乙事物由于甲事物的陪衬，显得更清楚、更鲜明、更突出、更易懂。衬托既是古诗词常见修辞方法，又是古诗词常见表现手法。

衬托是指为了突出主要事物，用类似的事物或反面的、有差别的事物，陪衬强调主要事物。衬托分为正衬和反衬两种。正衬是利用事物间的相似来突出主体；反衬是利用事物间的相对或对立来突出主体，包括以动衬静、以静衬动、以小衬大、以大衬小等表现手法。衬托具有突出主体、渲染主体的作用，使形象更加鲜明，给人以深刻的感受，不仅丰富诗歌的艺术表现，也使诗歌的情感更加深沉、意境更加深远。

（1）正衬

正衬是指用类似的事物衬托所描绘的事物，包括以景衬情等衬托手法，如用高的衬托更高的，用好的衬托更好的，等等。

例：桃花潭水深千尺，不及汪伦送我情。（李白《赠汪伦》）

诗句以桃花潭的"水深"衬托出李白跟汪伦的"友情更深"。这种手法又称以景衬情，即作者在描摹浓情蜜意或细微婉曲、隐秘难言的情感时，可以用景物来衬托感情。

例：孤帆远影碧空尽，唯见长江天际流。（李白《黄鹤楼送孟浩然之广陵》）

此诗句看似写景，实际上是诗人将一片情意托付给江水，巧妙地将依依惜别的深情寄托在对自然景物的动态描写之中，将情与景完全交融在一起，真正做到了含吐不露而余味无穷，是一种"以景衬情"的写作表现手法。通过描绘孤帆远影和长江天际流的景象，表达李白对孟浩然的一片情深，即使看不见友人远去的孤帆，依然久久不肯离去的难舍难分的情谊。

例：李白《梦游天姥吟留别》（节选）

天姥连天向天横，势拔五岳掩赤城。

天台四万八千丈，对此欲倒东南倾。

五岳、天台山和天姥山皆以高峻著称，具有近似的条件，而此处主体为天姥山。所以，五岳、天台山只是用来衬托天姥山耸立群山、直插云霄、巍峨壮丽，从侧面描写赞叹天姥山的雄伟。

（2）反衬

反衬是指利用与主要事物形象相反、相异的陪衬形象，从反面衬托主要事物形象。通过反衬对比，可以更加鲜明地表现主题。反衬手法包括乐景写哀、哀景写乐等。

例：映阶碧草自春色，隔叶黄鹂空好音。（杜甫《蜀相》）

此联采用了乐景写哀的表现手法，更显悲哀。前句描写祠堂周围环境的美景，台阶上的嫩草独自享受这美丽的春天。后句转折描写树叶后的黄鹂空有一副好嗓音却没人倾听欣赏，表现作者怀才不遇。

例：月出惊山鸟，时鸣春涧中。（王维《鸟鸣涧》）

此句描绘了一幅极其完美的春山月夜图。在这春山里，作者陶醉于明月下静寂的山间夜晚。月亮升起时，给这夜幕笼罩的空谷带来皎洁银辉，使幽谷前后景象顿时发生变化。这时，习惯于山谷静默的鸟儿居然鸣叫起来。这种以闹衬静的写法不仅没有破坏春山的安谧，反而衬托出春夜山涧的幽静。

例：贾岛《题李凝幽居》

闲居少邻并，草径入荒园。

鸟宿池边树，僧敲月下门。

过桥分野色，移石动云根。

暂去还来此，幽期不负言。

此诗颔联"鸟宿池边树，僧敲月下门"，作者用"敲"字描写了月光下的宁静环境，既是动作描写，又是反衬写作手法。这首诗描写作者走访友人时偶遇的一件寻常小事，却因作者出神入化的语言而变得别具韵致。以草径、荒园、宿鸟、池树、野色、云根等寻常景物，以及闲居、敲门、过桥、暂去等寻常行事，道出了人所未道之境界，表达了作者对隐逸生活的向往。

5. 烘托

烘托就是以乙事物托甲事物。在描写甲事物时，不直接从甲事物入手，而是通过描写与之相关的乙事物，来达到突出甲事物的目的。烘托是用一种事物暗示另一事物，追求烘云托月，以次要的事物突显主要事物的艺术效果。

如白居易《琵琶行》的诗句"东船西舫悄无言，唯见江心秋月白"，用听众的感受和周围的景物烘托"琵琶声"的美妙动听。作者通过对环境的描写，从侧面烘托清冷的月光洒在江面上，塑造了一个幽深的境界，给读者留下想象的空间。所以说，烘托是一种从侧面渲染、衬托主要写作对象的表现手法。这种写作技巧先从侧面描写，再引出主题，使要表现的事物更加鲜明突出。这种表现手法又称以侧面衬托正面，分为以人烘托人、以物烘托人、以物烘托物三种类型。

一是以人烘托人。

例：《乐府诗集·陌上桑》（节选）

行者见罗敷，下担捋髭须。少年见罗敷，脱帽著帩头。耕者忘其犁，锄者忘其锄。来归相怨怒，但坐观罗敷。

《乐府诗集·陌上桑》此诗段全为侧面描写，不是正面描写罗敷美丽，而是通过描写行者、少年、耕者、锄者见到罗敷时的惊叹、赞赏、痴迷等各种反应，从侧面烘托罗敷的惊人美貌，把读者的想象向深处延伸、扩散，从而间接构成极为活跃的视觉艺术效果。茅盾先生赞道："不写罗敷的美貌，而罗敷的绝世美貌却跃然纸上。这真是前无古人的艺术描写。"

二是以物烘托人。

例：新来瘦，非干病酒，不是悲秋。（李清照《凤凰台上忆吹箫》）

此诗表达作者最近逐渐消瘦，不是因为喝多了酒，也不是因为秋天的到来而感伤，而是与丈夫离别的相思苦而日渐消瘦。作者不直说，而用"新来瘦，非干病酒，不是悲秋"来烘托相思之苦，反倒引人深思。

例：三顾频烦天下计，两朝开济老臣心。（杜甫《蜀相》）

此联前句表面上描写刘备为统一天下而三顾茅庐，请诸葛亮出山辅佐他，建功立业，后句描写诸葛亮辅佐两代君主，忠心耿耿，实际上是烘托刘备求贤若渴和诸葛亮对刘备的忠诚品格。

三是以物烘托物。

例：蝉噪林逾静，鸟鸣山更幽。（王籍《入若耶溪》）

当作者步入若耶溪山林里，见到一片幽静，唯有不时传来的一两声"蝉噪""鸟鸣"。静寂本无声，而有声则打破静寂。但是，作者偏偏说因为那一两声"蝉噪""鸟鸣",山林愈发显得幽寂。作者有意识地运用"蝉噪""鸟鸣"的声音烘托一种静谧的境界。由此可见作者匠心独运之功,创造出一种幽静恬淡的艺术境界,令人神往不已。

6. 渲染

渲染是为营造某种气氛,创设某种意境,对环境、景物作多方面、多角度的反复强调、刻意描写,以突出形象和环境,借用了我国传统画技专业名词。渲染属于正面描写,其作用是突出形象,追求笔墨酣畅,痛快淋漓。

例:黄梅时节家家雨,青草池塘处处蛙。(赵师秀《约客》)

此诗句以"家家雨""处处蛙"渲染宁静的气氛,衬托深夜的寂静。

例:两个黄鹂鸣翠柳,一行白鹭上青天。(杜甫《绝句》)

此诗句突出黄鹂、翠柳、白鹭、青天等四种鲜明的颜色,渲染春天明媚秀丽的景色风光。

例:王昌龄《长信秋词五首·其一》

  金井梧桐秋叶黄,珠帘不卷夜来霜。
  熏笼玉枕无颜色,卧听南宫清漏长。

这是一首描绘深夜孤寂景象的诗。以梧桐的"秋叶黄"正面描写秋景,渲染深宫寒夜的气氛和环境。全诗通过对金井梧桐、珠帘霜花和熏笼玉枕等意象的细腻刻画,展现了作者在秋夜静谧中的感慨与孤独。

7. 象征

象征是指借用描写具体形象的外在特征,表现另一种抽象深邃的概念、思想、情感的艺术表现手法。象征的本体意义与象征意义之间本没有必然联系,但通过艺术设定对本体事物特征的突出描写,会使读者产生某种"由此及彼"的联想,从而领会作者所表达的思想、观点、情感等。

象征可以根据人们的习惯约定俗成,选择人们所熟悉的象征物作为本体,表达一种特定的思想意蕴。象征可以使抽象的概念具体化、形象化,也可以使复杂深刻的道理浅显化、单一化、简洁化。例如,燕子象征春天,柳树象征离别,鸳鸯象征爱情,喜鹊象征吉祥,东风象征春天,南风象征夏天,西风象征秋天，北风象征冬天，等等。

比喻是以物比物，让人看得见，摸得着，要求形似。象征不是比喻，而是以物表义，让读者去联想，去猜测，要求神似。例如，李白《折杨柳》的"笛中闻折柳，春色未曾看"，它的含义是：听到有人用笛子吹奏《折柳曲》，就想起家乡已是春色满园，而这里还未曾见到一点春色，流露出作者伤春别离的情感。

第三节 联想与想象

联想和想象是古诗词构思创作的重要方法，又是古诗词两种不同的重要表现手法，是古诗词各种表现手法的基础。联想比较实在，想象比较虚幻或虚拟，没有联想和想象，诗歌就没有魅力。古诗词的联想和想象虽然多种多样，但是常常伴随修辞而表现出来，相互交织、运用灵活。这些联想或想象不仅丰富了诗歌的意象和意境，还使诗歌具有更强的艺术感染力和表现力。学习者只有掌握古诗词的联想和想象技巧，才能真正读懂古诗词，与诗人共情共鸣，领略古诗之美。

1. 联想

联想是由眼前的人、事、物联想到与其相关的人、事、物的心理活动。联想不是修辞方法，而是一种比较实在的表现手法，它不对字词进行任何的修饰，具有触发物的心理活动的作用。联想种类丰富多样，给读者以广阔的思维空间，增强诗歌的表现力，使诗歌的情感和意境更加深远。联想有三种表现形式：一是相似联想，二是相对联想，三是相关联想。

（1）相似联想

相似联想是基于事物之间的相似性。例如，诗人可能将某种情感或景象与具有相似特征的其他事物相联系，从而创造出新的意象。如李煜《虞美人》的"问君能有几多愁，恰似一江春水向东流"，采用了比喻修辞，把"愁"这种抽象的情感与"一江春水"这一具体而壮观的景象相联系，使"愁"变得可感可触。

（2）相对联想

相对联想是通过对比两个或多个在性质、形状、意义等方面相反或相对的事物，来突出它们之间的差异或相似之处。如杜甫《自京赴奉先县咏怀五百字》的"朱门酒肉臭，路有冻死骨"，通过对比富人的奢侈与穷人的悲惨，强烈地表达了社会的不公和作者对穷人的同情。

（3）相关联想

相关联想是基于事物在空间或时间上的接近性的表现形式。作者通过描绘一个场景或事物，使读者自然而然地联想到与之相关的其他事物。虽然这种联想诗句可能不如其他类型明显，但很多古诗里隐含了这种联想方式，如通过描绘某种自然景象联想到该景象的寓意或情感等。

例：李白《黄鹤楼送孟浩然之广陵》

故人西辞黄鹤楼，烟花三月下扬州。

孤帆远影碧空尽，唯见长江天际流。

这首诗通过"孤帆"在碧空中消失的情景联想，表达了作者对朋友的深情厚谊和离别时的感伤。

例：陆游《沈园二首·其一》（节选）

城上斜阳画角哀，沈园非复旧池台。

伤心桥下春波绿，曾是惊鸿照影来。

《沈园二首》是南宋爱国诗人陆游触景生情之作。此时，作者重游沈园，距上次在沈园邂逅唐婉已过四十年，但缱绻之情丝毫未减，反而随岁月之增而加深。虽然人已作古，景物也不是原样，但作者并不就此作罢，仍竭力寻找可以引起回忆的景物。于是，他看到了"桥下春波绿"一如往日，感到似见故人。只是此景联想引起的不是喜悦而是伤心的回忆：桥下春波曾经照映出她那么美丽的身影。

2. 想象

想象是指人们在已有材料和观念基础上，在头脑中创造出没有经历过的、甚至是现实中根本不存在的，但又合乎情理的事物形象。想象不是修辞方法，而是一种虚拟的表现手法。想象不对字词加以任何的修饰，而是一种更广泛的心理思维活动过程，但常常伴随修辞方法而展现出来。想象有两大基本特征：一是虚实，二是修辞。

（1）虚实想象

虚实想象是将虚幻的或抽象的事物与具体的、可感的事物相联系，使得抽象的情感或概念变得具体可感。

例：李商隐《夜雨寄北》

君问归期未有期，巴山夜雨涨秋池。

何当共剪西窗烛，却话巴山夜雨时。

这首诗前两句以设问的方式，通过"一问一答"的想象，阐述作者孤寂的情怀和对妻子的深深思念。后两句又想象将来团圆欢乐的情景，共同追念今夜的一切，反衬今夜相思之苦，表达作者对妻子的深切思念。

（2）象征想象

象征联想是通过某一具体事物来象征某种抽象的概念、情感或品质。如"柳"在古诗中常用来象征离别和留恋，因为"柳"与"留"谐音。作者通过描绘柳树，读者自然而然地就会联想到离别之情。

（3）比喻想象

比喻想象是由某一事物或现象想象与它相似的其他事物或现象。如贺铸《青玉案·凌波不过横塘路》的"试问闲愁都几许？一川烟草，满城风絮，梅子黄时雨"，作者以烟草、风絮、梅子黄时雨这些具体的自然景象来比喻抽象的"闲愁"，使"闲愁"变得可见可闻。

例：刘禹锡《望洞庭》

湖光秋月两相和，潭面无风镜未磨。

遥望洞庭山水色，白银盘里一青螺。

从这首诗里可知，在秋月银辉下，洞庭山青翠，洞庭水清澈，湖光山色浑然一体。作者通过对"月夜遥望"的想象和比喻，把月光照射下平静清澈的洞庭湖面比作一只透雕镂刻的白银盘，把洞庭湖中的君山比作青螺。作者描绘了一幅秋月洞庭的山水美景图，表达了作者对洞庭风光的喜爱和赞美之情，同时表现了作者壮阔不凡的气度和高卓清奇的情致。

（4）夸张想象

夸张想象是基于作者的丰富想象力，创造出超越现实的意象和场景。如李白《望庐山瀑布》的"飞流直下三千尺，疑是银河落九天"，作者通过想象将瀑布的壮观景象与天上的银河相联系，瀑布的形象变得更加生动和震撼。

第四节 "两面"表现手法

1. 动静结合

描写景物时，既描写景物的动态，又描写景物的静态，以达到形象在意境中相互映衬和统一，叫作动静结合，分为以动衬静、以静衬动或者以静写动、以动写静。动静结合既属于反衬手法，又属于"两面"表现手法，即通过对动态描写，渲染反衬景物的静态；反之，通过对静态描写，渲染反衬景物的动态。

例：王维《山居秋暝》

空山新雨后，天气晚来秋。

明月松间照，清泉石上流。

竹喧归浣女，莲动下渔舟。

随意春芳歇，王孙自可留。

这是一首著名的山水诗，描绘秋雨初晴傍晚时分山村的旖旎风光和山村居民的淳朴风尚，表现了作者寄情山水田园的美好现状，以及对隐居生活怡然自得的心情满足，意境丰富，耐人寻味。此诗选择初秋雨后终南山最具有代表性的一系列景物，既有动态的浣女、清泉、青莲、渔舟，又有静态的明月、青松、翠竹、山石，动静结合，以动衬静，把景物和人物和谐、完美地配置在一幅画面上，描绘了幽清明净的自然美和理想社会的纯洁美、生活美。"明月松间照，清泉石上流"这两句诗被取名为"松月泉石图"，视觉、听觉、触觉一应俱全，暖色、冷色、中和色交相辉映。山泉清澈，淙淙流泻于山石之上，犹如一条洁净无瑕的白练，在月光下闪闪发光，这是多么清幽明净的自然美！

例：王籍《入若耶溪》

舣艚何泛泛，空水共悠悠。

阴霞生远岫，阳景逐回流。

蝉噪林逾静，鸟鸣山更幽。

此地动归念，长年悲倦游。

此诗描写作者在若耶溪泛舟的所见所闻。"蝉噪林逾静，鸟鸣山更幽"为反衬手法，又采用了动静结合的"两面"表现手法。"蝉噪""鸟鸣"与"林静""山幽"，一动一静具有对立条件。此处主体是"林静""山幽"，所以"蝉噪""鸟鸣"的动景反衬"林逾静""山更幽"。因此，通过若耶溪的美景，描绘诗人怡然自得，触景生情，厌倦仕途，产生归隐之意，同时流露出作者对故乡的思念和游子哀愁的心绪。

2. 点面结合

写景状物时，不要孤立静止地写主体物，还要写主体物周围的联系物，有点有面，烘云托月，使主体形象更丰满，更有特色。

例：柳宗元《江雪》

千山鸟飞绝，万径人踪灭。

孤舟蓑笠翁，独钓寒江雪。

所有的山上都看不到飞鸟的影子，所有的小路上都没有人的踪影。只见一条孤零零的小船上坐着一位头戴斗笠、身披蓑衣的老翁，在大雪覆盖的寒冷江上独自垂钓。首联"千山鸟飞绝，万径人踪灭"属于"面"的铺陈，这两句没有一个"雪"字，却写出了千里冰封、万里雪飘的壮观美景，给人以无涯的想象。"鸟飞绝""人踪灭"是大雪后的景色，启发人们去想象雪之大。尾联"孤舟蓑笠翁，独钓寒江雪"属于"点"的描绘。一般河水不结冰时才有披蓑戴笠的渔翁在寒江上垂钓。孤独的渔翁与大雪背景形成对照，雪的背景被反衬得更加辽阔深远。在满天雪景的映衬下，渔翁的形象显得更生动而有内涵。全诗点面结合，写尽了老翁的苦寒和孤寂，又突出了老翁坚韧不拔、卓然而立的品格，这正是此诗要表达的意境。

再举一例。《念奴娇·赤壁怀古》是苏轼的代表作，也采用了"点面结合"的表现手法。此词先说"大江东去，浪淘尽，千古风流人物"，从"面"上泛泛描写古往今来的杰出人物，再从"点"上引出名将周瑜；后面又说"江山如画，一时多少豪杰"，再从"面"上描写英雄豪杰。在下阕"羽扇纶巾，谈笑间，樯橹灰飞烟灭"里，作者聚焦描写英俊潇洒、指挥若定的周瑜在赤壁之战中火烧曹军战船的功绩，这又是"点"的描写。此词反复运用"点面结合"表现手法，层层聚焦，增加了作品的历史厚度，具有一种穿越时空的力量。全词气魄宏伟，视野阔大，既有对祖国壮丽河山的赞美，又有对历史英雄人物的歌颂、怀念、羡慕和嫉妒。词的结尾又流露出作者理想难成的消极情绪和无奈，只好用自我嘲笑的口气说"故国神游，多情应笑我，早生华发"，还发出了"人生如梦"的感慨。

3. 诗画结合

写景状物时，常运用工笔手法，描绘一幅美丽的画面，表现一种诗画结合的意境。

例：徐俯《春游湖》

双飞燕子几时回？夹岸桃花蘸水开。

春雨断桥人不度，小舟撑出柳阴来。

天空中，成双成对的燕子悠然自乐地飞翔，不知它们什么时候飞回来，两岸的桃花像贴着水面一样朵朵盛开。这几天下了一场春雨，湖水猛涨，把湖中的桥都淹没了，游人不能过去。怎么办呢？这时，摆渡的小船正从远方的柳树下向游人缓缓驶过来。此处合得非常妙。全诗通过描写春天游湖所见的双飞燕子、夹岸桃花、春雨断桥、柳荫小船等四种具体可视的美景，动静结合，远近结合，共同构成了一幅完整的、生动优美的春游画面图，有人有景有物，而且完美地融为一体，表现了作者对大自然的热爱，体现了中国古代写景诗歌"诗中有画"的特点。这首诗全诗无一"游"字，是如何表现"游"的呢？作者在漫长的湖堤上游春，走到"春雨断桥"的地方，小桥被淹，对于满怀高兴的春游人来说，是一个莫大的挫折。凑巧的是，柳荫深处，悠悠地撑出了一条小船，使得这次春游更富有情趣。断桥这个地方集中了矛盾，是春游途中的关键点；在前进中受阻，又在阻碍中前进，这个"游"字就在这样的环境中被表现出来，紧扣诗题。

例：王维《田园乐七首·其六》

桃红复含宿雨，柳绿更带朝烟。

花落家童未扫，莺啼山客犹眠。

《田园乐》是由七首六言绝句构成的组诗，描写作者退居辋川别墅与大自然亲近的乐趣。此诗是其中一首，又称辋川六言。这首诗是王维的后期作品，主要写隐居终南山辋川的闲情逸致生活，有景又有画。前两句色彩丰富，"桃红复含宿雨，柳绿更带朝烟"大意是红色的桃花还含着隔夜的雨水，碧绿的柳丝更带着春天淡淡的晨雾。首联构图阔大，颜色具体又鲜明，景物描画细致，使读者先见画、后会意。桃红、柳绿都是春天的象征景物，展现一派柳暗花明的图画，令人想起"桃之夭夭、灼灼其华"和杨柳依依、景物宜人，宛如一幅浓墨重彩的图画。诗的前两句大意是：宿雨和朝烟更让景物显得袅娜迷人，色泽也柔和可爱，令人心醉。后两句描写人事，花瓣凋落，家中小童不去打扫。黄莺啼叫，闲逸山客还自酣眠。未扫表示无人过问，满地落花的情景，更是别有一番清幽的意趣。山客指隐居山庄的人，这里指作者。犹眠表示还在睡眠，彰显出作者心中毫无牵挂、悠闲自在的心境，同时展现了作者独特的田园诗风格，以及对自然美景深切的感受与描绘能力，让人读后仿佛也能感受到田园生活的宁静和美好。

4. 虚实结合

虚实结合是将现实中的景、物、事与想象中的景、物、事相互映衬、相互渗透、相互转化，交织在一起共同表达同一思想或情感的艺术表现手法。现实中的景物要实写，实写是对物或事件进行直接的、正面的描写；想象中的景物要虚写，虚写是对景物的侧面描写。比如，绝句的前两句实写，后两句则虚写，称为虚实结合，反之亦然。

例：崔护《题都城南庄》

去年今日此门中，人面桃花相映红。

人面不知何处去，桃花依旧笑春风。

这首诗采用了倒叙的写作方法。前两句虚写追忆去年在此门见到的少女，人面如桃花，十分漂亮；后两句实写眼前桃花依旧，但去年不期而遇的那位姑娘不见踪影，因此作者非常遗憾和失望，同时又表达了作者对她的思念。

例：王昌龄《送魏二》

醉别江楼橘柚香,江风引雨入舟凉。

忆君遥在潇湘月,愁听清猿梦里长。

作者通过想象,将前两句的眼前实景与后两句的未来虚拟情景结合在一起,深深地表达了作者对朋友的思念。

5. 抑扬结合

把要贬抑、否定的方面和要表扬、肯定的方面同时说出来,只突出强调其中一个方面,从而达到抑此扬彼或抑彼扬此的目的。此表现手法有欲抑先扬和欲扬先抑之分,又称抑扬结合。

例：李商隐《贾生》

宣室求贤访逐臣,贾生才调更无伦。

可怜夜半虚前席,不问苍生问鬼神。

此诗采用欲抑先扬的手法。诗歌前三句以"求""访""虚前席"等极力渲染称颂孝文帝求贤若渴的美德,最后一句点明"求贤"的真正目的是"问鬼神",而不是寻求治国安民之道。此诗采用欲抑先扬手法,辛辣地讽刺不顾民生的昏聩统治者,又抒发了作者怀才不遇的感慨。

例：王昌龄《闺怨》

闺中少妇不曾愁,春日凝妆上翠楼。

忽见陌头杨柳色,悔教夫婿觅封侯。

《闺怨》是一首怨妇抒情诗。其要领在一"怨"字上,但它的起句不是写"怨",而是从"不曾愁"说起。以女主人的华丽穿着打扮上翠楼,映衬"不曾愁"的意态,语意非常连贯,承接非常紧凑;但转句、尾句与首句、承句形成相反之意,采用了欲抑先扬的"两面"表现手法。

例：叶绍翁《游园不值》

应怜屐齿印苍苔,小扣柴扉久不开。

春色满园关不住,一枝红杏出墙来。

这首小诗写作者春日游园时的所见所感,描写十分形象而又富有理趣。这首诗情景交融,千古传诵,不但表现了春天不能压抑的生机,而且流露出

207

作者对春天的无限喜爱。前两句描写作者乘兴游园，被拒之门外。后两句却写作者另有所得，看到满园春色。前后感情有一个较大的落差，前面遗憾，后面喜悦，采用了欲扬先抑的手法。此诗还告诉我们一个道理：一切充满生命的新鲜事物都是按照客观规律发展的，任何外力都无法阻挡。

6. 起兴结合

先言他物以引起所咏之辞，这也是一种"两面"描写方法。如汉乐府民歌《孔雀东南飞》，以"孔雀东南飞，五里一徘徊"的景象开头，再用具体的形象渲染气氛，激发读者想象。在构思上统领全文，引起故事下文。这就是起兴结合表现手法。

例：《艳歌行》

翩翩堂前燕，冬藏夏来见。
兄弟两三人，流宕在他县。
故衣谁当补？新衣谁当绽？
赖得贤主人，览取为吾绅。
夫婿从门来，斜柯西北眄。
"语卿且勿眄，水清石自见。"
石见何累累，远行不如归！

此诗全篇以"翩翩堂前燕，冬藏夏来见"开头，"比兴"而起，巧妙地引发诗兴，过渡到诗的本体，结尾又用"比收"，轻松自然，浑然天成。"夫婿从门来，斜柯西北眄"描写丈夫从外地回来，看到妻子为客人缝补衣服，不免心有所疑，但又不知原因，有点儿吃醋，又不好发脾气。所以，他既不与妻子高兴问候，又不与客人打招呼，而是侧身靠着门，用眼斜视客人。作者通过对这一瞬间的细节描写，把夫妻、丈夫与客人、客人与女主人三对矛盾和三个人物的内心世界都描绘得栩栩如生，各生想法，各具心态，各有难言之隐。最后，在诗的结尾写道："石见何累累，远行不如归。"这是描写客人的心理活动，水清石见，一切清白。尽管如此，远行在外，还是不如回家好，规劝游子早早回家，又一次点出游子的凄苦，收束全诗。

7. 乐景写哀

乐景写哀是指表面上写一种欢乐的场景，实质上是借此来表达一种悲哀、凄楚的情绪。反之，称为哀景写乐。乐景写哀和哀景写乐，都属于反衬手法，又属于"两面"表现手法。

例：杜牧《宣州送裴坦判官往舒州，时牧欲赴官归京》

日暖泥融雪半消，行人芳草马声骄。
九华山路云遮寺，清弋江村柳拂桥。
君意如鸿高的的，我心悬旆正摇摇。
同来不得同归去，故国逢春一寂寥！

此诗采用了乐景写哀表现手法。前六句写景写人，勾画出一幅春景送别图。颈联描写友人裴坦刚中进士，春风得意，踌躇满志，将像鸿雁那样展翅高飞；而诗人自己宦海浮沉，仕宦飘零。此时此刻，与友人离别，依依不舍，一种空虚无着、怅然若失的情感油然而生。前六句诗借助景色和友人的春风得意，反衬自己官场失意。作者在尾联里叙说，我们一起从京城到宣州任职，此时却不能一同回去。在这风光明媚的春日里，你前往舒城任职，我独自回到京城，我感到非常寂寞，抒发作者与友人离别不舍的惆怅心绪。

例：王昌龄《从军行七首·其五》

大漠风尘日色昏，红旗半卷出辕门。
前军夜战洮河北，已报生擒吐谷浑。

这首诗采用了哀景写乐表现手法。前三句描写塞北沙漠大风狂起，尘土飞扬，天色为之昏暗，前线军情十分紧急，接到战报后迅速出击。先头部队于昨天夜间在洮河北岸和敌人展开激战，描写恶劣、紧张的战场环境，而合句描写收到前方传来胜利大捷的消息，作者的喜悦全部寓于尾句。这首诗不仅重现了战争的紧张，更通过对环境和行动的描写，展现了唐军战士的勇猛和强大的战斗力。这是一首充满力量和节奏感的战争题材诗歌。

8. 主客移位

主客移位就是移情于人、移情于物的写作方法，是我国古典诗歌常用的表现手法之一，又称对写法或对面落笔。明明是主人公对对方有所举动，作者却不直接描述，而从对方下笔，把深挚的情思表达得婉曲含蓄，既显得生动形象，又富有意境。

例：王维《九月九日忆山东兄弟》

独在异乡为异客，每逢佳节倍思亲。

遥知兄弟登高处，遍插茱萸少一人。

古往今来，漂泊异地的游子、羁縻他乡的旅人读到这首诗都能产生强烈的共鸣，这种艺术力量来自它的质朴、深厚和高度的艺术概括，同时来自它超乎寻常的对写法。前两句是直写法，使"每逢佳节倍思亲"成了最能表现客人思乡的名言。后两句采用另一种移情于人的写作方法，笔锋陡转出新，反过来写自己"遥想"这一天"兄弟"想念自己的情景和"少一人"的心理活动，烘托出对兄弟的思念，情感曲折有致，更浓郁、更鲜明。如果直抒胸臆地描写"我"思念亲人，就不如采用"主客移位"变成"亲人想我"。这样，既没有离开诗的主题，又容易感染人心。

例：高适《除夜作》

旅馆寒灯独不眠，客心何事转凄然？

故乡今夜思千里，霜鬓明朝又一年。

除夕之夜，作者远在千里之外的旅馆，只有"寒灯"陪伴，难以入眠，这是正常的写法。但是，诗歌第三句撇开自己，从对面写"故乡今夜思千里"。"故乡"是指故乡的亲人，"千里"是指千里之外的作者自己。作者巧妙地用了对写法，移情于人，想象对方思念自己，把深挚的情思抒发得更为委婉含蓄，完美地表现了诗的主题情感。这种写作方法跳出了传统思乡诗的写作风格，别有一番情趣，引人遐思。

9. 以小见大

以小见大是指通过小题材、小事件和细节来揭示重大主题、反映深广内容的写作方法。以小见大的特点是抓住一事一物、一情一景，从大处着眼、小处落笔，深入发掘，展开联想，为读者创造一个比现实生活更为广阔、更为深远的艺术境界。通过小事可以看出大节或者通过个体看出整体，以小见大、以局部见全体、以无见有等。在古诗里，常常通过一些小的事物寓意朝代兴衰、历史变换等大事，以小事衬大事，物小蕴大，令人浮想联翩，意趣无穷，如同"以鸟鸣春，以虫鸣秋"，随拈一事而诸事皆在其中之妙法。

例：王维《终南山》

太乙近天都，连山接海隅。

白云回望合，青霭入看无。

分野中峰变，阴晴众壑殊。

欲投人处宿，隔水问樵夫。

此诗最能体现"以小景传大景之神"。"太乙近天都，连山接海隅。"太乙是终南山的主峰，"近天都"言其主峰很高，"接海隅"言其山脉广大。这是以概括的笔法勾勒出终南山大的轮廓与背景。颔联"白云回望合，青霭入看无"描绘山间白云从身旁飘过，回望时已变成一片云烟；远看淡淡的云气浮荡，近看却没有了；山间云气缭绕，人在云气中穿行。这些都是小景，描绘得具体亲切，使人如临其境。这白云、青霭缭绕飘荡的景象，只有在很高很大的山区才能见到，正显现出终南山的无比高大。在开阔雄浑的大景中描写小景，如此细腻，确是精妙之笔，达到出神入化的程度。颈联"分野中峰变，阴晴众壑殊"接着描写中峰巍峨耸立，景象万般，作者至此，仰望主峰，环视四周，阳光的照射使千山万壑多姿多色。尾联描写作者在大山里投宿，"隔水问樵夫"的声音在山谷里传播，回荡不绝于耳，衬托终南山之大，更显层次分明，加强意境的多层次立体感。清代文学家纪昀曾说王维的诗"王清而远"，这种清淡阔远的意境得益于"以小景传大景之神"。

第十章　古诗词抒情表现手法

在中国古诗词里，抒情诗占据大半"江山"，以借景抒情诗居多，表现手法千姿百态，各有千秋。通常，古诗词抒情表现手法可以简单地分为直接抒情和间接抒情两大类。直接抒情坦率真挚，间接抒情含蓄委婉，能够引发读者更多的联想或想象。

直接抒情又称直抒胸臆，即作者以简洁的语言文字，直接倾吐自己的感情、观点和思想。间接抒情是指通过叙述、描写、议论等方式，借景、借物、借事委婉地表达自己的情感，而不是直接表达情感，包括托物言志、用典抒情等。借景抒情是指通过对实景的描写抒发作者某种真挚的情感、观点和思想，包括以景载情、触景生情、情景交融、以景蕴情、以景结情等表现手法；托物言志就是借物抒情，借事抒情包括叙事抒情和用典抒情。

第一节　直接抒情

直接抒情是指作者在诗中把内心强烈的感情不加掩饰地直接叙述出来，让强烈的感情直接倾泻而出。直接抒发通常以第一人称"我"为抒情主体，直接表现作者的思想情感。

例：安能摧眉折腰事权贵，使我不得开心颜！（李白《梦游天姥吟留别》）

这是一个直接抒情的典型例子。这种方式的特点是情感直露，节奏快，气势奔放，感染力强。

例：刘邦《大风歌》

　　大风起兮云飞扬，
　　威加海内兮归故乡。
　　安得猛士兮守四方？

这首小诗抒发了刘邦的远大政治抱负,表达了他对国事忧虑的复杂心情。全篇只有三句,却包含了双重的思想感情。首句用大风、飞云开篇,非常巧妙地运用大风和飞扬狂卷的乌云,暗喻惊心动魄的战争场面。中间诗句"威加海内兮归故乡"只用一个"威"字直抒刘邦的威风凛凛、所向披靡,天下无人与之匹敌的霸气和豪迈气概。最后一句"安得猛士兮守四方"直抒胸臆,他并没有沉浸在胜利后的巨大喜悦之中,而是在尾句笔锋一转,写出作者内心面临的另一种巨大的压力,同时发出有谁能够为他守住这片江山的感慨。昔日的功臣一个个谋反,唯独留下他这个老朽还在为江山社稷的前途命运忧虑和操心。

例:陈子昂《登幽州台歌》

前不见古人,后不见来者。

念天地之悠悠,独怆然而涕下!

作者没有对幽州台作一字描写,都是登台感慨。前两句议论抒情,俯仰古今,感喟人生的短暂与无常。后两句直抒胸臆,在苍茫广阔的天地间,流露作者孤单、寂寞、悲哀、失意、苦闷的情绪,抒发作者满腔报国之心不得施展的呐喊。

第二节 以 景 载 情

例:北朝民歌《敕勒歌》

敕勒川,阴山下,

天似穹庐,笼盖四野。

天苍苍,野茫茫,风吹草低见牛羊。

这是一首北朝民歌,正面描写我国古代北方草原壮阔的美景。诗的前六句写平川、写大山、写天空、写四野,涵盖上下四方,意境极其阔大恢宏。末句"风吹草低见牛羊"是对草原景象的白描,显得简洁有风骨,写出了草原的壮美,点染了牧民的生活环境,抒发游牧民族骁勇善战、彪悍豪迈的情怀,其意境更是豁然开朗。草原是牧民的家乡、牛羊的世界,但由于牧草过于丰茂,牛群、羊群全部隐没在那绿色的海洋里。只有当一阵清风吹过,草浪动荡起伏，在牧草低伏下去的地方，才有牛羊显现。那黄的牛、白的羊，东一群、西一群，忽隐忽现，到处都是，整个草原充满了勃勃生机，连那穹庐似的天空也为之生色。人们常把末句称为点睛之笔，对于造成"吹""低""见"三个动词的主动者"风"，倍加欣赏。

整首诗歌，句句写景，句句含情，全篇不见一字写情，但字字皆情。读者可以真真切切地从诗里感受到草原风光之壮美和牧民的豪迈之情。所以，此诗所描写的景，就是作者情感的载体，情在景中，"景"就是情，一切景语皆情语，这就是"以景载情"。

第三节 情景交融

情景交融是作者创造意象和意境时所共同追求的，但意境的特征又不止于情景交融，它突破或超过具体的意象，从有限到无限，从具体升华到空灵。情景交融可以启发读者产生联想或想象，从而进入作者所创造的无限丰富和广阔的艺术空间，去思索、去领悟作者对社会历史乃至宇宙人生的思考。

例：杜牧《泊秦淮》
　　烟笼寒水月笼沙，夜泊秦淮近酒家。
　　商女不知亡国恨，隔江犹唱《后庭花》。

此诗前两句写景，后两句借典抒情。所写之景并非晴朗的明月和万里无云的碧空，而是迷蒙的烟月，笼罩着寒水的白沙。夜船停泊在秦淮河边靠岸的酒家，只见当今的达官贵人像陈后主一样，沉溺酒色，醉生梦死；如不改弦更张，必将重蹈覆辙，亡国害民，后果不堪设想。作者没有直接批评统治者，而是用典抒发"商女不知亡国恨"，表达作者对国家前途命运的担忧。情景交融，浑然一体，构思奇巧，用典恰当，寓意含蓄，语言简洁，清代诗评家沈德潜盛赞此诗为绝唱，确实名不虚传。

第四节 触景生情

触景生情是指受到眼前景物的触动而引起联想，产生某种感情。

例：辛弃疾《菩萨蛮·书江西造口壁》

郁孤台下清江水，中间多少行人泪。西北望长安，可怜无数山。

青山遮不住，毕竟东流去。江晚正愁余，山深闻鹧鸪。

辛弃疾是南宋爱国将领，一生以收复失地为己任，同时积极地不断寻求个人生命的辉煌。他的一生时时处处显现了英雄人物不愿在平庸中度过的英雄本色。但是，苟安江南的南宋朝廷，始终没有给这样的英雄人物一个用武之地，没能让他一展雄风去实现他的平生夙愿。1176年，36岁的辛弃疾路过造口（今江西万安县境内），想起47年前，金兵攻打江西，由南昌追击隆祐太后的御船，直追到泰和县，不及而返的情景。隆祐太后逃到造口，弃船登陆，到达赣州。如今，47年过去了，中原故都仍在金兵占领之下，而南宋朝廷仍偏安江南，不思北伐以收复失地。正当盛年的辛弃疾，在郁孤台下，激情难抑，大笔一挥，给我们留下了这首传诵千年的《菩萨蛮·书江西造口壁》。

这首词，作者在描写"郁孤台""清江水""无数山""青山""江晚""鹧鸪声"这些景物的同时，写出了他的主观感受"行人泪""望长安""可怜""愁""闻"。这些词语情真意切，让人真切地感受到诗人内心的伤痛。在这首词里，作者由眼前的"清江水"想到"行人泪"，由"东流"水奔腾而去，不受群山遮挡，想到南渡之人却无法北归，无法回到中原，只有愁绪满怀。这首词以眼前景道心上事，眼前景不过是清江水、无数山，而心上事则包含家国之悲、今昔之感，一并借眼前所见之景抒发而出。

他这首词所描写的景是作者抒情的触发点，它的特点是因景生情。这种写景抒情诗中的景，往往是有历史背景的。看起来是作者对眼前之景有感而发，实际上是他对具有历史背景的"景"有感而发，从而借题发挥，一抒胸臆。欣赏这类诗词，往往要联系作品的创作背景和作者的经历，对诗词内涵的理解才会准确深刻。这类写景抒情诗的特点是有景有情，情由景生，可谓触景生情。

第五节 以景蕴情

以景蕴情是指通过描写景物来传达和表达作者的情感和思想，这种表现手法在古典诗词中尤为常见。通过对景物的描绘，渲染一种气氛或环境，这种气氛又很好地把作者的情感烘托出来，营造出一种意境，情由境生，让作者的情感犹如"月悬中天，浑然天成"。以景蕴情的特点是耐人咀嚼，形象含蓄，往往能达到"此时无情胜有情"的效果。这种手法不仅能够增强作品的艺术感染力，还能够让读者在欣赏景物的同时，感受到作者深藏的情感和思想，引起共鸣和深思。

例：柳永《雨霖铃·寒蝉凄切》

寒蝉凄切。对长亭晚，骤雨初歇。都门帐饮无绪，留恋处、兰舟催发。执手相看泪眼，竟无语凝噎。念去去、千里烟波，暮霭沉沉楚天阔。

多情自古伤离别，更那堪冷落清秋节！今宵酒醒何处？杨柳岸、晓风残月。此去经年，应是良辰好景虚设。便纵有千种风情，更与何人说？

在这首词里，作者写寒蝉、长亭、骤雨、烟波、暮霭、楚天这些景物，点出离别的季节是"萧瑟凄冷"的秋天，离别的地点是汴京城外的长亭，离别的具体时间是雨后阴冷的黄昏。此时此地的景物，各具特色，凄切、晚、初歇、千里、沉沉、阔、杨柳、晓风、残月，这些景物组合在一起，为全词定下了"凄凉伤感的离别"基调，同时营造出悲凉、冷落的气氛。在这样的气氛中，作者即将离开自己的心上人，却是"帐饮无绪""留恋处""执手相看泪眼""无语凝噎"和"念去去"，作者的一腔离愁，满腹依恋，尽在字字句句、一物一事之中。在这里，作者把离情别绪的感受，通过环境画面展现得淋漓尽致，构成一种"诗意美"的意境，给读者以强烈的艺术感染。

第六节　以景结情

以景结情是指诗歌在议论或抒情过程之中，戛然而止，转为描写景物，常常以景物描写替代情感作结，使诗歌更显意犹未尽之感。所以，以景结情又称以景作结。

例：王昌龄《从军行七首·其二》

琵琶起舞换新声，总是关山旧别情。
撩乱边愁听不尽，高高秋月照长城。

此诗前三句以乐声抒情。在结句中，作者轻轻宕开一笔，以景抒情。仿佛在军中置酒饮乐之后，忽然出现一个秋月高照、长城苍茫的景象，古老雄伟的长城绵亘起伏，景象既壮阔又悲凉。此时的征戍者是浓浓的思乡之情还是渴望建功立业？是对现实的忧虑还是对祖国河山的深爱？这些都不得而知，留给读者无限想象。

例：骆宾王《于易水送人一绝》

　　此地别燕丹，壮士发冲冠。

　　昔时人已没，今日水犹寒。

这既是一首送别诗，又是一首咏史诗，寓情于景，以景作结。作者借送别友人，抒发思古之幽情，既表达对古代英雄的无限敬仰，又表现作者对现实政权的不满和愤慨，同时感慨友人以英勇赴死、壮士悲歌的精神，去完成"反对武则天、匡复唐王朝"的夙愿。"此地别燕丹，壮士发冲冠"咏怀古事，写出了作者送别友人的地点和情怀。"昔时人已没，今日水犹寒"是怀古伤今之辞，抒发作者的感慨。尾句中的"寒"字，由意构象，用象显意，更是画龙点睛之笔。

第七节　托物言志

托物言志是一种间接抒情手法。托物言志是借助对某种物质、物品的描写或议论抒发作者的情感、情怀和志向，又称抒怀言志。

例：虞世南《咏蝉》

　　垂缕饮清露，流响出疏桐。

　　居高声自远，非是藉秋风。

这是一首咏物诗。蝉的形象是：垂着触须在枝头吸着清洁的露水，阵阵的蝉声从稀疏的梧桐上传来。虽身居高处，叫声却传到很远，并非依靠风的力量。作者在诗中抒发的人生感怀是：凡是品格高尚的人，总是严格要求自己，不断提高自身修养。因为美好的声名自可远扬，不需要依靠他人吹嘘。由此可见，"咏蝉"是依据，抒怀言志才是作者的真正目的。作者以蝉自况，表明自己追求高洁、清远的品行和志趣。

第八节　用典抒情

在古诗词里，作者常用典故抒发自己的情感。用典是一种修辞方法，但很多用典抒情的古诗词都是诗人见景（古迹）、见物（古物）等而怀古抒情。用典抒情可以分为借古讽今、借古喻今和借古抒怀三种。用典用得适当，可以获得很好的艺术效果。

一是借古论今。古人在一些怀古抒怀的诗歌里，往往通过引用历史人物或历史故事等典故，发表自己的独特见解。针对社会存在的一些弊端，作者在受到周围环境的限制、不便畅所欲言时，往往引用典故影射时事，以达到借古讽今的目的。

二是抒情言志。古人表达情感、思想，关键在于诗中有情；但作者情感有时往往并不直接流露，而是借助典故含蓄表达，包括积极进取的理想抱负、壮志难酬的悲愤和感慨等。

三是引发联想。一些创新的意境诗词会在对现实景物描绘时引用典故，与此时此景与彼时彼景相连，创设新的画面，加深诗的意境，促使人产生联想，从而增强作品的表现力和感染力。

四是言简义丰。古诗词往往受字句格律的限制，如何在有限的诗篇内表达丰富的内涵？用典就是很好的一种写作技巧。因为用典是对历史故事的高度概括，增加诗歌情感容量的同时，又获得言简义丰、耐人寻味的效果。

1. 借古讽今

借用历史上一些荒唐的事件委婉地讽喻当朝昏庸统治者不理朝政，不顾人民的疾苦，过着奢侈荒淫的生活，祸国殃民。

例：刘禹锡《台城》
　　台城六代竞豪华，结绮临春事最奢。
　　万户千门成野草，只缘一曲《后庭花》。

这首诗以台城（今南京）六代帝王起居、临政的地方为题，采用欲抑先扬和对比表现手法，寓怀古论今于人事景物、沧桑巨变的描写之中，既有厚重的历史感,又有诗歌的情韵,还抒发了作者回顾历史的感伤情怀,寄托了作者吊古伤今的无限感慨。作者虽然没有直接指斥昏庸帝王荒淫误国,但是十分含蓄、委婉地表达忧国忧民的悲愤情怀。此诗"起承转合"分明,句句紧扣。首句描述台城经历了六个朝代(东吴、东晋、宋、齐、梁、陈)的豪华胜景。承句叙写结绮楼、临春楼两座极尽奢华的高楼,表现陈后主这位亡国之君的挥霍无度。转句"千门万户成野草"中的"成"字,成为全诗思想情感的转折点,承上启下,将前朝的繁华热闹推翻,引发了突如其来的繁华成空、万事成空的无限感慨。尾句"只缘一曲后庭花"交代"结绮楼""临春楼"等奢华建筑成为野草的原因,总结了陈朝亡国的教训,抨击了陈后主的荒淫,全诗意义几乎全部凝结在尾句之中,成为此诗的主旨。

2. 借古喻今

假借或引用历史事件、历史人物、古迹遗址、文学作品、传说等古人古事,隐喻当今朝廷执政问题及其亡国亡君的危害,抒发作者忧国忧民的情感,警醒后人。

例:李商隐《陈后宫·其二》
　　茂苑城如画,阊门瓦欲流。
　　还依水光殿,更起月华楼。
　　侵夜鸾开镜,迎冬雉献裘。
　　从臣皆半醉,天子正无愁。

这首诗描写南朝陈后主大建宫殿,骄奢淫逸,不理朝政,导致国家灭亡,同时讽喻晚唐的统治者。全诗以全景式的华丽建筑开篇,以君臣醉卧的场景收尾,大开小合,由外到内,描写逐步深入统治者糜烂生活的核心,如同层层剥笋,赤裸裸地将奢侈骄纵、不理朝政的乱象呈现在读者面前,构思布局堪称精妙。晚唐统治者长期大兴土木,劳民伤财,生活极度奢华,导致朝政混乱,这番情景与陈后主当年相差无几,这都是历史的教训。此诗既表达了作者的深沉感慨,又透露出作者的清醒,还有对少年袭位的当朝者执政能力的深深忧虑,同时起到了警醒世人的作用。

3. 借古抒怀

借用历史典故或历史事件抒发作者的情怀。

例：陆龟蒙《吴宫怀古》

香径长洲尽棘丛，奢云艳雨只悲风。

吴王事事须亡国，未必西施胜六宫。

这是一首七言绝句。前两句感叹春秋时期吴国君主在吴王宫（长洲苑）过着穷奢极欲、花天酒地的荒淫生活，最后导致国家覆灭的历史。如今，吴王宫遗址遍地荆棘丛生，只留下一股悲风在吹拂。前车之覆，后车之鉴，怀古喻今，蕴意深远。后两句感叹吴王夫差当年所做的荒诞事，为亡国埋下祸根，他才是亡国的罪魁祸首，而不是西施的美貌和六宫后妃推波助澜来蛊惑夫差亡国。作者在诗中既揭露了吴国亡国的真正原因，又抨击了"女祸亡国"的论调。

一首令人回味的抒情诗，不只是纯粹地直白抒情，更多的是借助一些景物传情达意。中国古典诗词尤其讲究含蓄蕴藉，了解这些常用艺术表现手法，有助于我们更好地欣赏古典诗词，从中获得艺术的熏陶，不断提升欣赏古典诗词的艺术水准。

第十一章　古诗词议论的表现手法

议论是表达或阐述作者观点、思想和道理的一种写作表达方式。在古诗词里，议论常常揭示事物的本质或事物之间的相互关系，说明一个做人做事的哲理。议论抒情，又称寓情于理的抒情，把感情寓于道理之中，借助说理表达感情、观点和思想。因此，议论抒情的表达方式包括直接议论和间接议论。直接议论是指直接表达观点和思想，间接议论则是通过比喻、对比、象征等修辞方法，借景、借事、借物来抒发作者的观点、思想和道理。

在古诗词里，议论主要有三种表现手法：一是直接抒发；二是先景后议；三是先议后景，包括先议论后抒情。古诗词议论的表现手法不仅可以增加诗词的内涵和深度，还可以使诗词的主题更加鲜明、突出，形象表达更加生动。

第一节　直接抒发

在古诗词议论表达手法里，直接抒发是指作者直接对人物事件给予议论式的评价，表明其看法、主张、思想或哲理。

例：李清照《夏日绝句》

　　生当作人杰，死亦为鬼雄。
　　至今思项羽，不肯过江东。

这是一首借古讽今、抒发悲愤的怀古诗。诗的前两句语出惊人，以议论方式直抒胸臆，提出"生当作人杰，死亦为鬼雄"的主张，同时表达作者的誓言，即一个人活着要为国家建功立业，成为英雄豪杰，死也要为国捐躯，成为"鬼"中的"英雄"。作者的这种英雄气魄和爱国情感喷涌而出，震撼人心。诗的最后两句"至今思项羽，不肯过江东"用典抒情，怀古讽今。作者通过歌颂项羽的悲壮，讽刺南宋当权者不思进取、苟且偷生的无耻行径，形成了古今历史人物的鲜明对比。此诗不仅对千年前的英雄抒发了感慨，又抒发了作者个人的悲愤和豪情壮志，还表达了广大人民的心声。这首诗出自封建时代一位女作家之笔，确实难能可贵！

例：杜甫《戏为六绝句·其二》

　　王杨卢骆当时体，轻薄为文哂未休。

　　尔曹身与名俱灭，不废江河万古流。

此诗并没有借助任何"意象"，而是直接抒发议论。此诗其意："初唐四杰"（王勃、杨炯、卢照邻、骆宾王）开创了一代诗词的风格和体裁，浅薄评论者的讥笑无止无休。待你辈的一切都化为灰土，也丝毫无伤于滔滔江河的万古奔流。从中可见，这篇议论佳作以理胜情，以气胜辞。假若直接抒发议论把握不当，往往流入空洞、抽象的弊端。

第二节　先景后议

在一些古诗里，先写景或写事，后生情、后议论。因为先写景或写事是议论的根据，容易触景生情，就事生议，前后相辅相成。

例：朱熹《泛舟》

　　昨夜江边春水生，艨艟巨舰一毛轻。

　　向来枉费推移力，此日中流自在行。

此诗前两句写景，后两句议论，用具体形象的比喻阐述读书的道理。昨天夜晚江边的春水大涨，那艘大船就像一片羽毛一般轻盈。以往枉费许多力量都不能推动它，今天却能在江的中央自由漂流。此诗是作者的读书感悟，一个人读书少时，就如同枯水的江河，那些艰深的问题如同大船，费尽力气都不能解决它。一旦掌握了丰富的知识，就如同船行深水，来往自如，那些束手无策的问题都会迎刃而解。此诗先景后议，景中蕴理。

例：文天祥《过零丁洋》

　　辛苦遭逢起一经，干戈寥落四周星。

　　山河破碎风飘絮，身世浮沉雨打萍。

惶恐滩头说惶恐，零丁洋里叹零丁。

人生自古谁无死，留取丹心照汗青！

这首诗前三联叙事，首联回顾作者的平生，颔联和颈联顺承首联后句"干戈寥落"，表达作者对当前局势的认识和看法。尾联作者发表议论："人生自古谁无死，留取丹心照汗青。"因此，此诗前三联叙事含情，尾联议论抒情，表达作者在国家危难时刻坚贞不屈的爱国情怀，抒发了作者视死如归、为国尽忠、舍生取义的人生观和民族气节，这是中华民族爱国主义精神的崇高表现。这两句诗感动和激励了一代又一代的中华优秀儿女建功立业。

例：苏轼《冬景》

荷尽已无擎雨盖，菊残犹有傲霜枝。

一年好景君须记，最是橙黄橘绿时。

此诗先景后议。前两句写景，又是流水对；起句写荷花的冬景，承句写菊花的冬景。作者结合时令对荷花和菊花两种花卉进行了细微描写，且同中有异。后两句议论，"橙黄橘绿"是初冬季节的代名词，又以其丰富的意象作前两句的补充。苏轼认为，一年中最美好的风光，莫过于初冬"橙黄橘绿"的景色。橘树和松柏一样，具有人的高尚品格和坚贞的节操。因此，苏轼在诗中写景咏物，既表达作者对初冬季节的赞美，又借景、借物赞扬友人刘景文，宁可枝头抱香死，也要保持残枝傲霜的精神。这首《冬景》又作《赠刘景文》。刘景文曾任两浙兵马都监，慷慨大度，失意潦倒，苏轼既勉励友人要在逆境中保持豁达开朗的胸怀，又寄托对友人的情谊。此诗既有对景物的直接描写，又有暗喻描写，情景俱胜。

第三节　先议后景

在一些古诗里，先议论抒情，后写景或写事表达作者的情感，前后相辅相成。

例：刘禹锡《秋词二首·其一》

自古逢秋悲寂寥，我言秋日胜春朝。

晴空一鹤排云上，便引诗情到碧霄。

这首诗前两句议论抒情，表明作者对秋天的观点，且与古人悲秋的论调不同；而后两句描绘碧空万里、白鹤凌云飞翔的图景，以证明自己的观点。刘禹锡这首诗一反常调，另辟蹊径，以最大的热情讴歌秋天的美好。更难得的是，这首诗还是作者被贬朗州时的作品，让人更加佩服刘禹锡待人处世的原则。全诗气势雄浑，意境壮丽，融情、融景、融理于一体，表现了作者无比自信和高扬的精神、开阔的胸襟，咏唱出一曲非同凡响的秋歌，为后人留下一份难能可贵的精神财富。

例：杨万里《晓出净慈寺送林子方》

毕竟西湖六月中，风光不与四时同。

接天莲叶无穷碧，映日荷花别样红。

这是南宋诗人杨万里的一首七言绝句。前两句先议论抒情，后两句写实景，描写西湖六月美丽景色。这首诗"诗中有画、画中有情"，是一首送别诗。一般来说，这样题材的诗通常都写友情，但此诗作者不直接写友情，也不写离愁别绪，而是通过对西湖美景的极度赞美，曲折地表达对友人的眷恋，这是此诗的绝妙之处。这首诗前两句议论直陈为虚，后两句写景为实，虚实结合，相得益彰。作者以一片无边无际的碧绿荷叶为背景，突出表现"映日荷花别样红"，使之成为六月西湖那不同于寻常的绮丽景色，可谓神来之笔，成为脍炙人口的名篇。尤其是"接天莲叶无穷碧，映日荷花别样红"成为赞美荷花的千古绝句。

这首诗还有另一种解释：只有连着"天"的"荷叶"才能无穷碧，"荷花"别样红是因为"太阳"的反射。因为当时杨万里和林子方都是皇帝身边的红人，尽管他们是知己，但有些话不敢直说，杨万里只好用诗委婉地劝说林子方不要离开皇帝赴外地任职。

例：林稹《冷泉亭》

一泓清可沁诗脾，冷暖年来只自知。

流出西湖载歌舞，回头不似在山时。

这首诗的字面含义是：一泓清澄的泉水，沁人心脾，引起无尽的诗意；年复一年，泉的冷暖有谁能够知晓？它流呀流，流入了西湖，水载着歌舞画舫。此时的西湖水，不再是从山里清澈流出的冷泉水。此诗先议论，后写景，前两句赞扬山泉水的清澈，冷暖只自知，又合"冷泉"题意。后两句描写西湖歌舞"繁华"的世间热景。当时，杭州富户和官僚生活穷奢极欲，作者借用泉水的冷热，对"暖风吹得游人醉"的现象表示不满，并表达对国家前途命运的担忧。同时，作者通过冷泉水在山与入湖的前后对比，揭示处世的准则，劝勉人们要慎始慎终、洁身自好。此诗引用杜甫《佳人》的"在山泉水清，出山泉水浊"，比喻冷泉水一旦与西湖水同流合污，便失去了本来面目，再也无法恢复原来的清澄。同样，人一旦失足，也无法保持原来的令名美誉。作者在题写山水名胜时，不忘警醒世人，把说理与写景紧密结合，将理寓于景中，这是宋代诗人写作绝句时的常用方法。

例：白居易《赋得古原草送别》
　　离离原上草，一岁一枯荣。
　　野火烧不尽，春风吹又生。
　　远芳侵古道，晴翠接荒城。
　　又送王孙去，萋萋满别情。

这首诗的前四句全是议论，但这些议论都是形象的，短小精悍，读起来朗朗上口，非常生动，又是客观世界的自然规律和普遍真理。后四句作者巧妙地把视线从"草"转向"古原"，进而引出"送别"的主题，这一转折堪称匠心独运。其诗意是："远处芬芳的野草遮没了古道，在阳光照耀下，明丽翠绿的草原连接着荒城。今天我又来送别老朋友，连繁茂的草儿也满怀离别之情。"全诗语句自然流畅工整，又融入深切的生活感受，字字含真情，语语有余味，不但得体，而且别具一格，称为"赋得体"中的绝唱。此诗的写作表现手法属于先议论后抒情。

第十二章　赋、比、兴的表现手法

赋、比、兴是《诗经》中诗歌的三种表现手法，是古人对古诗歌表现手法的高度概括、归纳和总结，也是对古诗词表现手法的常见称谓或习惯叫法，一直沿用至今。赋、比、兴的内涵十分丰富，全面理解掌握对古诗词初学者来说确实有些难度。现在，依然有不少人习惯用"赋、比、兴"这一个古代文学专业术语教学古诗词和现代汉语。若不深入学习研究这些概念，不与现代汉语古诗词表现手法进行比较，而是混为一谈，将不利于初学者对古诗词表现手法的学习和掌握，更不利于中国古诗词文化的传播。

第一节　赋

1. 赋的定义

赋在中国古代汉语中有两种含义。

第一，赋是我国古代一种韵文体，介于诗和散文之间，类似后世的散文诗。赋在语句上以四、六字句为主，句式错落有致并追求骈偶，讲求文采、韵律，具有诗歌和散文的性质。赋的特点是"铺采摛文，体物写志"，不仅注重辞藻的华丽和文采的铺陈，还通过具体的事物描写来表达作者的思想、情感和志向。作品既有文学的美感，又能深刻反映作者的情感世界和思想追求。最早出现于诸子散文中的叫短赋，以屈原为代表的骚体是诗向赋的过渡，是骚赋，汉代正式确立赋的体例并称为辞赋，魏晋以后向骈对方向发展又称骈赋，唐代又由骈体转入律体叫律赋，宋代以散文形式写赋称为文赋。著名的赋有杜牧《阿房宫赋》、曹植《洛神赋》、欧阳修《秋声赋》、苏轼《前赤壁赋》等。

第二，赋是《诗经》中诗歌的三种表现手法之一。南宋理学大家朱熹对

"赋"是这样解释的：赋者，敷陈其事而直言者也！从这个解释可以看出"赋"有两个特点：一是直言，二是铺陈。因此，铺陈一件事时，"直言"就是通过平铺、直叙的表达方式，先把事件的环境、发生条件、人物等按一定逻辑关系写出来，再引出事件、人物并交代清楚。铺陈讲究曲折、起伏，不能平淡如水，没有诗味；而且要有主线，尤其是叙事诗。

因此，赋既是直言其事、写景叙事、抒发情感的一种古典诗歌文学体裁，又是古诗写作表达方式、修辞方法和表现手法的集合，包括叙述、描写、抒情、议论等表达方式，还包括铺陈、比喻、排比等修辞方法或直接抒情。

例：《乐府诗集·木兰诗》

唧唧复唧唧，木兰当户织。不闻机杼声，唯闻女叹息。问女何所思，问女何所忆。女亦无所思，女亦无所忆。昨夜见军帖，可汗大点兵。军书十二卷，卷卷有爷名。阿爷无大儿，木兰无长兄。愿为市鞍马，从此替爷征。

东市买骏马，西市买鞍鞯，南市买辔头，北市买长鞭。旦辞爷娘去，暮宿黄河边，不闻爷娘唤女声，但闻黄河流水鸣溅溅。旦辞黄河去，暮至黑山头。不闻爷娘唤女声，但闻燕山胡骑鸣啾啾。

万里赴戎机，关山度若飞。朔气传金柝，寒光照铁衣。将军百战死，壮士十年归。

归来见天子，天子坐明堂。策勋十二转，赏赐百千强。可汗问所欲，木兰不用尚书郎。愿驰千里足，送儿还故乡。

爷娘闻女来，出郭相扶将。阿姊闻妹来，当户理红妆。小弟闻姊来，磨刀霍霍向猪羊。开我东阁门，坐我西阁床。脱我战时袍，著我旧时裳。当窗理云鬓，对镜帖花黄。出门看火伴，火伴皆惊惶。同行十二年，不知木兰是女郎！

雄兔脚扑朔，雌兔眼迷离。双兔傍地走，安能辨我是雄雌。

这是一首充满想象、铺排、夸张和悬念迭出的长篇叙事诗，是一首南北朝时期的乐府诗，具有浓郁的民歌特色。此诗讲述木兰作为女郎代父从军的故事。以人物问答的方式刻画人物心理活动，生动细致；并以众多的排比铺陈叙事，诗中多处着意铺排、渲染这位巾帼英雄代父从军的传奇。

第一段描写木兰代父从军的情景和原因。

第二段描写木兰准备出征和奔赴战场的故事。以"东市买骏马"开头，连用四句铺陈排比，写木兰抓紧时间购买战马和乘马用具，表示对从军的重视，又用夸张手法表现木兰行军的神速、军情紧迫的急切心情，使人感到紧张的战争气氛。"但闻黄河流水鸣溅溅"和"但闻燕山胡骑鸣啾啾"又衬托了木兰的思亲之情。

第三段概述了木兰十年保家卫国的征战生活。

第四段描写木兰还朝辞官。其因：一是木兰久别家乡，思念亲人；二是木兰是女儿身，不便向天子明言，颇有戏剧性。

第五段描写木兰衣锦还乡与亲人团聚。作者用铺排手法表现木兰归来后全家人的喜悦和恢复女儿装束与伙伴相见的喜剧场面。此段既是故事的结局，又是全诗的高潮，表达酣畅达意、痛快淋漓。

第六段以比喻作结。作者用两只兔子一起奔跑难辨雌雄的比喻，对木兰女扮男装、代父从军多年未被发现的秘密，加以巧妙解答，妙趣横生，令人回味，使作品更具有艺术感染力。

2. 赋的章法

赋的章法分为散布式、段落式、递进式、并列式四种铺陈手法。

（1）散布式铺陈手法，是指把同一内容的诗句或章节，散布在整篇作品中，如杜牧《阿房宫赋》。作者通过散布式铺陈，将描述秦始皇奢华生活的诗句或段落，巧妙地穿插在整篇文章之中，叙述上更加丰富多彩，同时增强了文章的表现力。

（2）段落式铺陈手法，是指作品中用一个诗段或自然段落描绘某一个主题，如李斯《谏逐客书》。作者在论述秦国历史上四位君主因用客卿而成帝业的事实时，各取一个主要角度：秦穆公用客卿，强调人才来自四面八方，重在广纳人才；秦孝公用客卿，从思想、政治、经济、军事方面全面论述，重在变法治国；秦惠王用客卿，以连横打破合纵，侧重四面扩张；秦昭王用客卿，"废襄侯、逐华阳"，侧重打击豪门。

（3）递进式铺陈手法，是指整篇作品或整个段落在铺陈时，采取层层递进、步步深入的描述方法，具有纵向性。如《乐府诗集·孔雀东南飞》中的"十三能织素，十四学裁衣，十五弹箜篌，十六诵诗书。十七为君妇"，按照时间顺序罗列叙述，突出刘兰芝从小聪明能干、多才多艺，很有家庭教养，暗示焦母驱逐媳妇的无理行为。

（4）并列式铺陈手法，是指全篇或整个段落从各个不同的方位、方面进行描绘，使描绘的对象具有横向性。如乐府民歌《木兰诗》的"东市买骏马，西市买鞍鞯，南市买辔头，北市买长鞭"，就是并列式铺陈手法，又是四句排比，合称为铺排。描写了军情紧急，木兰为出征紧张而周密地准备装备的情形，又展现木兰代父从军的从容气度和坚定意志。

3. 赋的表现手法

赋的表现手法分为直描情状、直抒胸怀、直写人物、直叙事件四种。

（1）直描情状

直描情状是指直接描述人、物、事的情形状况，包括情景和情况。具体地说，就是对某种特定的景物从不同角度加以描绘或者抓住某一点反复渲染，以突出所要抒发的感情。

例：《诗经·周南·卷耳》节选

　　采采卷耳，不盈顷筐。嗟我怀人，寘彼周行。

《诗经·周南·卷耳》是一首抒写怀人的情感诗。大意是："一个怀念丈夫的妇女采卷耳，采了又采，总是采不满筐。唉，对丈夫的思念如潮水般涌来。于是，弃菜筐于大路上。"用实景描写衬托女主人的情感，表达女主人在采集卷耳的劳动中突然想起远行在外的丈夫，描写她的举动和心思。

（2）直抒胸怀

直抒胸怀是指直接地抒发自己的思想感情，又称直接抒情。

例：《诗经·邶风·式微》节选

　　式微，式微，胡不归？微君之故，胡为乎中露！

诗句的大意是苦于劳役的人直接呼喊着心中的不满："天黑了，天黑了，为什么还不能回家？如果不是为了贵族老爷，怎么会在这露水中干活？"

（3）直写人物

叙事诗可以铺排叙述，直写人物的服饰装扮、年龄、言谈举止、个性气质等，有助于多角度地塑造完整的人物形象。

一是描写人物的服饰装扮，以显示人物身份和外表。如汉代《陌上桑》中描写秦罗敷的装束"头上倭堕髻，耳中明月珠。湘绮为下裙，紫绮为上襦"，意在突现罗敷的端庄和美貌。

二是描写人物的年龄和教养，以显示人物的成长过程。如《孔雀东南飞》中的刘兰芝"十三能织素，十四学裁衣，十五弹箜篌，十六诵诗书"，表现了刘兰芝的知书达理、聪明能干。

由此可见，铺排与含蓄是两种不同风格的艺术手法。铺排具有淋漓尽致、酣畅达意的优点，含蓄则有意未尽露、耐人寻味的特点。

例：《诗经·卫风·硕人》

　　硕人其颀，衣锦褧衣。齐侯之子，卫侯之妻，东宫之妹，邢侯之姨，谭公维私。

　　手如柔荑，肤如凝脂，领如蝤蛴，齿如瓠犀。螓首蛾眉，巧笑倩兮，美目盼兮。

　　硕人敖敖，说于农郊。四牡有骄，朱幩镳镳，翟茀以朝。大夫夙退，无使君劳。

　　河水洋洋，北流活活。施罛濊濊，鳣鲔发发，葭菼揭揭。庶姜孽孽，庶士有朅！

此诗含义如下：

第一段：好一个修长漂亮的女郎，麻纱罩衫锦绣裳。她是齐侯的爱女、卫侯的新娘、太子的胞妹、邢侯的小姨，谭公又是她的姊丈。

第二段：手像茅牙好柔嫩，肤如凝脂多白润，颈似蝤蛴真优美，牙齿若瓠子最齐整，额角丰满眉细长，嫣然一笑动人心，秋波一转摄人魂。

第三段：好一个高挑的女郎，车歇郊野农田旁。看那四马多雄健，红绸系在马嚼上，华车徐驶往朝堂。诸位大夫早退朝，今朝莫太劳君王。

第四段：黄河之水白茫茫，北流大海浩荡荡。下水渔网哗哗地动，戏水鱼儿唰唰地响。两岸芦苇长又长。陪嫁姑娘身材高，随从男士貌堂堂！

这首诗赞美了齐庄公女儿、卫庄公夫人庄姜的美丽。全诗各段采用铺陈手法，不厌其烦地从各个方面歌唱硕人。第一段主要写她的出身和家庭背景，她是一位门第高贵的贵夫人。第二段用生动形象的比喻，细致地刻画了她的修长俊美、天生丽质、美艳绝伦。第三和第四段主要写婚礼的隆重和盛大。从华贵的身世到隆重的仪仗，从人事场面到自然景观，无不或明或暗、或隐或显、或直接或间接地衬托出庄姜的美丽和高贵。

（4）直叙事件

直叙事件是指用直言的方式叙述事件。《诗经》中就有许多诗歌采用了直叙事件的写作方式，还有《孔雀东南飞》《木兰诗》和杜甫的《北征》《石壕吏》等。

例：《诗经·郑风·风雨》

　　风雨凄凄，鸡鸣喈喈。既见君子，云胡不夷。
　　风雨潇潇，鸡鸣膠膠。既见君子，云胡不瘳。
　　风雨如晦，鸡鸣不已。既见君子，云胡不喜。

此诗含义如下：

风凄凄呀，雨凄凄，窗外鸡鸣声声急。风雨之时见到你，怎不心旷神怡？
风潇潇呀，雨潇潇，窗外鸡鸣声声绕。风雨之时见到你，心病怎会不全消？
风雨交加昏天地，窗外鸡鸣声不息。风雨之时见到你，心里怎能不欢喜？

这是一首怀人诗，采用了哀景写乐的表现手法，倍增诗情。以风雨起兴，描写风雨交加，群鸡乱叫时，一个久盼丈夫的女子见到丈夫时无比欣喜的心情。诗中利用各种情和景反复渲染这样的气氛。

例：杜甫《石壕吏》

　　暮投石壕村，有吏夜捉人。
　　老翁逾墙走，老妇出门看。
　　吏呼一何怒！妇啼一何苦！
　　听妇前致词："三男邺城戍。
　　一男附书至，二男新战死。
　　存者且偷生，死者长已矣！
　　室中更无人，惟有乳下孙。

有孙母未去，出入无完裙。
老妪力虽衰，请从吏夜归。
急应河阳役，犹得备晨炊。"
夜久语声绝，如闻泣幽咽。
天明登前途，独与老翁别。

这是一首杰出的现实主义叙事诗。它以"耳闻"为线索，按时间顺序由"暮""夜""夜久"到"天明"，步步深入。从作者日暮投宿，到天明登程告别；从差役夜间捉人，到老妇随往，暗示老妇被抓走；从老翁翻墙逃走，到最后潜回家中。全诗通篇直写叙事，有开始、发展、高潮、结局，情节完整，颇为紧张。诗的首尾叙事，中间对话，人物出现有五六个之多。作者巧妙地借用老妇之口，诉说了她一家的悲惨遭遇和不幸。作者叙述，老妇说白，处处呼应，环环紧扣，层次清楚。

第二节　比

1. 比的定义

在古诗词创作中，比是一种高频使用的修辞写作方法，比直接陈述更有说服力和感染力。通俗地讲，比就是比喻，把一种事物比作另一种事物，使其形象特征更加鲜明突出。如李煜《虞美人》"问君能有几多愁，恰似一江春水向东流"，"恰似"为比喻词，把"愁与恨"比作"一江春水"，这就是"比"。作者用满江的春水比喻满腹的愁与恨，极为贴切形象，不仅显示了愁与恨的悠长深远，而且显示了愁与恨的汹涌翻腾，将蕴蓄于胸中的悲愁、悔恨曲折有致地倾泻而出，凝成千古绝句。

2. 比体诗

比既是一种修辞方法，又是古诗歌的表现手法。此时的比是借事抒情或借事寓情，即"写物以附意"。通篇运用比这一表现手法写成的诗歌，叫比体诗歌。此时的比体不是修辞方法，而是含有比喻抒情的诗歌类型，又称比体诗。

第十二章 赋、比、兴的表现手法

比体诗表面上说的是一件事，暗里却指另一件事。有些抒情诗是比体诗，比体诗表现手法包括托物言志、托物咏怀、用典抒情等借景、借物、借事抒情表现手法，它们都属于间接抒情。

一是托物言志。这种表现手法和借喻很相似。借喻是用一物代替另一物，如韩愈《调张籍》中的"蚍蜉撼大树，可笑不自量"。再如，刘禹锡《酬乐天扬州初逢席上见赠》中的"沉舟侧畔千帆过，病树前头万木春"，作者用比喻的手法，把"沉舟""病树"比喻旧事物的衰退，"千帆""万木"比喻新事物的蓬勃，借用自然事物的交替暗示社会变迁的规律，蕴含着深刻的哲理。

二是托物咏怀。借用一种事物并将其拟人化，通过它的表白来抒情言事，称为托物咏怀。如陆游《卜算子·咏梅》，作者给梅花赋予人的情操，以梅花自喻，表达作者不同流合污的高尚品质，同时流露了孤芳自赏的消极思想。再如，曹植在《七步诗》中用豆的口吻表明他自己受到的迫害。

三是借景抒情。借景抒情不同于托物言志，是指作者带着强烈的主观感情去描写客观景物，把自身所要抒发的情感寄寓于景物中，这种抒情方式称为借景抒情。它的特点是"景生情，情生景"，情景交融，浑然一体。如辛弃疾《菩萨蛮·书江西造口壁》没有一句议论的诗句，却用青山遮不住、江水东流去和鹧鸪的啼叫组成一幅风景图。当时，南宋政权风雨飘摇，抗金主战派和主降派对峙。这首词用青山形容投降派的阻挠，用挡不住的江水形容主战派会冲破阻挠，在一直没有结果的情况下，作者听到的是鹧鸪的凄凉啼叫。

四是借事抒情。借用现实之事或历史典故，包括神话传说、历史故事等来抒发作者的情感，称为借事抒情，又称借古抒怀或者用典抒情。

例：张籍《秋思》

> 洛阳城里见秋风，欲作家书意万重。
> 复恐匆匆说不尽，行人临发又开封。

此诗寓情于事，借事抒情。作者借助古人生活在外寄家书时的情感思绪和行动细节，非常细腻地表达了作客他乡，对家人的深深思念。

五是借物抒情。借物抒情是一种以描写事物来表达自己思想感情的写作方法。借物抒情写作的关键是找准能够与个人情感引起共鸣的物品特征，使物品与感情统一，使感情有所依托。

例：李白《独坐敬亭山》

众鸟高飞尽，孤云独去闲。

相看两不厌，只有敬亭山。

此诗是作者表现自己精神世界的佳作。此诗表面写作者独游敬亭山的情趣，深含之意则是表达作者经历的旷世孤独感。作者以奇特的想象力和巧妙的构思，赋予山水景物以生命，将敬亭山拟人化，描写得十分生动。作者既描写自己的孤独和怀才不遇，又表达自己坚定的性格以及在大自然中寻求安慰和寄托的情怀。

第三节　兴

1. 兴的定义

兴是寄托，即先说他物以引起诗歌所要吟咏的事物。兴的表现手法在《诗经》中有大量的运用，对诗词乃至后世文学的发展都有很大的影响。

兴就是触物起情。此物为诗歌所描写的景物，这种景物必然蕴含作者触景兴起的情，可以增强诗歌的意境。还有一种说法，兴是联想，触景生情、触物生情，因景物而起兴，即借助这个景物或事物作为诗歌开头或兴起，以引起所要歌咏的内容，表达作者的情感或思想。这如同借景言情、托物言志，同时兼有兴起与比喻的双重作用。因此，"兴"常指借景抒情、借物抒情，又是比"比"更含蓄、更委婉的表现手法。

例：关关雎鸠，在河之洲。窈窕淑女，君子好逑。（《诗经·周南·关雎》）

此句的写作表现手法是兴。先不说事、不说情，而是先描写眼前的景，由景生情，景在先、情在后，触景生情，后有"窈窕淑女，君子好逑"，青年男女追求爱情的直白，成为《诗经》里最有名的佳句。

2. 比兴

比兴是两种不同的古诗写作方法。对此，南宋朱熹有比较准确的解释。他认为："比者，以彼物比此物也""兴者，先言他物以引起所咏之词也。"所以人们常常把比与兴联用，称为比兴，又称比兴表现手法。

比兴手法最早出现于《诗经》。比之易学，兴之难懂。兴是诗人透彻领悟的文学手法。不悟兴，就无法欣赏古诗之美。真正的诗美在于兴，真正的诗义在于兴，而不悟兴，如同看山不登山、登山不望远。因此，正确理解比兴对学习古诗词十分重要。

例：孔雀东南飞，五里一徘徊。（《孔雀东南飞》）

"孔雀向南飞，五里一徘徊"表示夫妻恩爱依恋，不愿分离。前句含有比，把"孔雀"比作"丈夫"，又有兴，即诗人见到此景就联想到夫妻离别的不舍之痛；后句"五里一徘徊"是拟人修辞方法，为全诗定下一种缠绵相思、相爱的情调。

例：谁言寸草心，报得三春晖。（孟郊《游子吟》）

此句是作者直抒胸臆，对母爱尽情讴歌。这两句诗也采用了比兴的修辞方法，生动形象地把母爱比作春天的阳光，把儿女比作小草。"心"字一语双关，既指草木的茎，又指子女的心意，这种比兴手法形成了悬殊的对比，突出母爱的伟大。

例：刘禹锡《竹枝词九首·其二》

　　山桃红花满上头，蜀江春水拍山流。

　　花红易衰似郎意，水流无限似侬愁。

此诗采用民歌常用的比兴手法，先写眼前"水恋山"的景象，再用它来比喻，抒写愁绪。后两句借景抒情，用了两个比喻：一是用"花红易衰"比喻郎君的爱情虽然甜蜜，但不久便衰落；二是用"水流无限"比喻失恋女子的无尽愁苦，这两个比喻形象地描绘了失恋女子的内心情感。全诗的比喻新颖别致，又十分贴切，形象感很强，让读者不禁对这个女子在爱情上的不幸遭遇表示深深的同情。

3. 比兴的作用

比和兴虽然是古诗歌的两种表现手法，但时常融合在一起，初学者还必须掌握比兴的作用。

比兴的作用是唤起作者和读者对古诗词的联想或想象。在古诗词里，联想和想象是人的情感心理活动和思维活动的过程，既是古诗词构思创作的重要方法，又是两种不同的表现手法。它们不是修辞方法，但是常常因修辞而表现出来。联想和想象是古诗词各种表现手法的基础，触景生情、托物言志、用典抒情等表现手法都离不开联想或想象。比如，触景生情中的景就是兴，是作者抒发情感的触发物；而情是作者的情感，由景生情并将两者紧密联系起来的方法就是联想或想象，修辞仅仅是表现的手段或工具。所以，比和兴常常融合在一起，共同成为古诗词的表现手法。

只有深刻理解掌握古诗词比兴表现手法与联想、想象的内在关系，我们才能我们更好地领略作者的情感和诗的意境，才能与作者共情共鸣，才能领悟古诗之美。

例：贺知章《咏柳》

　　碧玉妆成一树高，万条垂下绿丝绦。

　　不知细叶谁裁出，二月春风似剪刀。

这首诗的主要表现手法是联想。首句作者把柳树拟人化，柳树如同经过梳妆打扮的亭亭玉立的少女，同时联想到她身披嫩绿、楚楚动人、充满着青春的活力。承句联想柳叶就是少女身上翠绿的裙丝带。转句由"绿丝绦"继续联想，这如丝绦的柳条是谁剪裁出来的呢？合句以回答作结，那二月的春风就是一把神奇的剪刀。作者借《咏柳》赞美春风，认为它是美的创造者，"裁"出了美丽的春天，给大地披上了新装，给人们以春的信息；同时改变了杨柳常常象征着离别的寓意。这首诗先描写对柳树的总体印象，再写柳条，最后写柳叶，由总到分，井然有序，结构独具匠心。语言运用丰富流畅，既有拟人，又有比喻和设问。作者对垂柳的描写既展现了早春时节生机勃勃的景象，又表达了作者对大自然之美和生命力的赞赏。

例：岑参《发临洮将赴北庭留别》

　　闻说轮台路，连年见雪飞。

　　春风曾不到，汉使亦应稀。

　　白草通疏勒，青山过武威。

　　勤王敢道远，私向梦中归。

这首诗的主要表现手法是想象。作者描写的边塞风光并非自己所见，而是出于想象。从诗的标题可以看出，作者此时尚处于前往边塞的途中，首联"闻说"二字表明后面所有描写全是凭借听闻或想象而作。这首诗通过对边塞自然环境和个人情感的描绘，展现了深沉的边塞行军生活，以及将士们对家国的思念与不舍。诗中所蕴含的情感既丰富又复杂，既有对远方故土的无限眷恋，又表达作者对边塞艰苦环境和恶劣生存状态的无奈接受。

附录1　古诗词作者小传[①]

（按音序排列）

白居易（772—846）：字乐天，晚年号香山居士。其先太原（今山西太原西南）人，后迁居下邽（今陕西渭南北）。贞元进士，授秘书省校书郎。元和年间任左拾遗及左赞善大夫。后被贬为江州司马。长庆间任杭州刺史，宝历初任苏州刺史，后官至刑部尚书。在文学上积极倡导新乐府运动，主张"文章合为时而著，歌诗合为事而作"。著有《白氏长庆集》，其代表作有《长恨歌》《卖炭翁》《琵琶行》等。

曹　操（155—220）：即"魏武帝"。三国时政治家、军事家、诗人。字孟德，小名阿瞒，沛国谯县（今安徽亳州）人。精兵法，善诗歌，有《蒿里行》《观沧海》《龟虽寿》等篇，抒发政治抱负，反映汉末人民苦难，气魄雄伟，慷慨悲凉。

曹　植（192—232）：三国魏诗人。字子建，沛国谯县（今安徽亳州）人。曹操子。封陈王，谥思，世称"陈思王"。诗歌多为五言，其诗善用比兴手法，语言精练而辞采华茂，对五言诗的发展有显著影响。也善辞赋、散文，《洛神赋》尤著名。

岑　参（约715—770）：江陵（今湖北荆州市荆州区）人。天宝进士。安史之乱后入朝任右补阙，官至嘉州刺史。其诗与高适齐名，并称"高岑"。长于七言歌行。由于从军西域多年，对边塞生活有深刻体验，善于描绘异域风光和战争景象。其诗气势豪迈，情辞慷慨，色调雄奇瑰丽。有《岑嘉州诗集》。

[①] 本附录古诗词作者小传来源于《辞海》网络版。

常　建：开元进士，与王昌龄同榜。曾任盱眙尉。天宝间卒。其诗多为五言，常以山林、寺观为题材，兴旨幽远。《题破山寺后禅院》一首，为世传诵。也善作边塞诗。有《常建集》。

晁补之（1053—1110）：字无咎，号归来子，济州巨野（今属山东）人。元丰进士，曾任礼部郎中、国史编修官、知河中府等职。十余岁即受苏轼赞赏，为"苏门四学士"之一。散文流畅，其论政、论史之作，比较注重"事功"。工诗词。词作俊迈爽朗，颇近苏轼。有《鸡肋集》《晁氏琴趣外篇》。

陈子昂（659—700）：字伯玉，梓州射洪（今属四川）人。少任侠。文明进士。以上书论政，为武则天所赞赏，拜麟台正字，转右拾遗。于诗标举汉魏风骨，强调兴寄，反对柔靡之风。所作《感遇》等诗，指斥时弊，抒写情怀，风格高昂清峻。于文也反对浮艳，重视散体。有《陈伯玉集》。

崔　颢（?—754）：汴州（今河南开封）人。开元进士，官太仆寺丞、试太子司议郎摄监察御史、司勋员外郎。早期诗多写闺情，流于纤艳。后历边塞，诗风变为雄浑奔放。其《黄鹤楼》诗意境高远，相传为李白所倾服。有《崔颢诗集》。

崔　护（?—831）：字殷功，蓝田（今属陕西）人。贞元进士，官至岭南节度使。年少时曾作《题都城南庄》诗，后传为"人面桃花"故事，事见孟启《本事诗》。

崔　珏：生卒年不详，字梦之，清河（今属河北）人，寄寓荆州（今湖北江陵）。大中间登进士第。咸通间由荆南幕府拜秘书省校书郎。官至侍御史。与李商隐善，诗风亦相类，多秾丽言情之作。《全唐诗》录存其诗一卷。

杜　甫（712—770）：字子美，尝自称少陵野老。祖籍襄阳（今属湖北），自其曾祖时迁居巩县（今河南巩义西南）。其诗大胆揭露当时社会矛盾，对穷苦人民寄以深切同情。善于选择具有普遍意义的社会题材，反映当时政治的窳败。许多优秀作品显示出唐代由开元、天宝盛世转向动荡衰微的历史过程，被称为"诗史"。在艺术上，善于运用各种诗歌形式，尤长于律诗，风格多样，而以沉郁为主；语言精练，具有高度的表达能力。与李白齐名，世称"李杜"。宋以后被尊为"诗圣"。有《杜工部集》。

杜　牧（803—853）：字牧之，京兆万年（今陕西西安）人。大和进士，历任监察御史，黄、池、睦诸州刺史，后入为司勋员外郎，官终中书舍人。感于藩镇跋扈和吐蕃、回纥的攻掠，诗文多指陈讽谕时政。小诗写景抒情，多清俊生动。与李商隐并称"小李杜"。有《樊川文集》。

杜审言（约645—708）：字必简，祖籍襄阳（今属湖北），迁居河南巩县（今巩义西南）。杜甫祖父。咸亨进士。唐中宗时，因与张易之兄弟交往，被流放峰州。后官修文馆直学士。与李峤、崔融、苏味道齐名，称"文章四友"。诗歌多为应制、酬和及写景、纪行之作，其五言律诗格律谨严。

范仲淹（989—1052）：字希文，苏州吴县（今江苏苏州）人。大中祥符进士。天圣中任西溪盐官，参与重修捍海堰。景祐二年（1035年），以天章阁待制权知开封府。次年，被贬知饶州。宝元三年（1040年）西夏攻延州，他与韩琦同任陕西经略副使。庆历三年（1043年）任参知政事，建议十事。工于诗词散文，所作文章富于政治内容，词传世仅五首，风格较为明健。著有《范文正公集》。

高　适（约700—765）：字达夫，渤海蓨（今河北景县）人。名将高偘之孙。天宝中举有道科，授封丘尉。后辞官客游河西，为哥舒翰书记。安史之乱起，奔赴行在，历任淮南、西川节度使，封渤海县侯，终散骑常侍。世称高常侍或高渤海。熟悉军事生活。所作边塞诗，对边地形势和士兵疾苦均有反映，《燕歌行》为其代表作。和岑参齐名，并称"高岑"，风格也大略相近。有《高常侍集》。

龚自珍（1792—1841）：一名巩祚，字璱人，号定盦，浙江仁和（今杭州）人。道光进士。官礼部主事。主张道、学、治三者不可分割，开知识界"慷慨论天下事"之风。所作诗文，提倡"更法""改图"，批评清王朝腐朽，洋溢爱国热情。为文奥博纵横，自成一家；诗词瑰丽奇肆，称为"龚派"。有《定盦文集》等。

韩　愈（768—824）：字退之，河南河阳（今河南孟州南）人。自谓郡望昌黎，世称韩昌黎。贞元进士。任监察御史，以事贬为阳山令。赦还后，曾任国子博士、刑部侍郎等职。参预平定淮西之役。因谏阻宪宗迎佛骨，贬为潮州刺史。官至吏部侍郎。卒谥文，世称韩文公。其诗风奇崛雄伟，力求新警，有时流于险怪。又善为铺陈，好发议论。有《昌黎先生集》。

贺知章（659—约744）：字季真，自号四明狂客，越州永兴（今浙江杭州市萧山区西）人。武周证圣进士，官至秘书监。后还乡为道士。工书法，尤擅草隶。其诗今存二十余首，多祭神乐章和应制诗；写景之作，较清新通俗。《回乡偶书》《咏柳》传诵颇广。

贺　铸（1052—1125）：字方回，号庆湖遗老，卫州（治今河南卫辉）人。曾任泗州、太平州通判，晚年退居苏州。好以旧谱填新词而改易其调名，谓之"寓声"。其词风格多样，善于锤炼字句，又常运用古乐府及唐人诗句入词。内容多刻画闺情离思，也有叹功名不就、纵酒狂放之作。又能诗文。有词集《东山词》、诗集《庆湖遗老集》。

黄　巢（?—884）：唐末农民大起义领袖。曹州冤句（今山东曹县西北）人。私盐贩出身。善骑射，粗涉书传，屡举进士不第。乾符二年（875年），率众响应王仙芝起义。王霸二年（879年），进入岭南，攻克广州，众至百万。王霸三年（唐广明元年）十一月，攻克东都洛阳。十二月初五（881年1月8日），进入长安（今陕西西安）。金统四年（883年），撤出长安，旋攻克蔡州（治今河南汝南），进围陈州（今河南淮阳），三百日不下，主力尽失。

黄庭坚（1045—1105）：字鲁直，号山谷道人、涪翁，洪州分宁（今江西修水）人。治平进士。以校书郎为《神宗实录》检讨官，迁著作佐郎。后以修实录不实的罪名，遭到贬谪。其诗多写个人日常生活，且谓诗歌不当有"讪谤侵陵"的内容。在艺术形式方面，讲究修辞造句，追求奇拗瘦硬的风格。在宋代影响颇大，开创了江西诗派。有《山谷集》。

贾　岛（779—843）：字浪仙，一作阆仙，范阳（治今河北涿州）人。初落拓为僧，名无本，后还俗，屡举进士不第。曾任长江主簿，世称贾长江。官终普州司仓参军。其诗喜写荒凉枯寂之境，颇多寒苦之辞。以五律见长，注重词句锤炼，刻苦求工。有《长江集》。

李　白（701—762）：字太白，号青莲居士。幼时随父迁居绵州昌隆（今四川江油）青莲乡。天宝初曾因诗名供奉翰林，但不受重视，又遭权贵谗毁，年余即赐金还山，离开长安。安史之乱中，怀着平乱的志愿，曾入永王李璘幕府，因璘败牵累，流放夜郎。中途遇赦东还。后卒于当涂。诗风雄奇豪放，想象丰富，语言流转自然，音律和谐多变。善于从民歌、神话中吸取营养和素材。被后人誉为"诗仙"。有《李太白集》。

李存勖（885—926）：五代唐的建立者。沙陀部人。小名亚子。李克用之子。嗣位为晋王，据太原，以奉李唐相号召，与后梁连年征战。在境宽租赋，举贤才，整顿军纪，训练士卒，进逼黄河北岸。后梁龙德三年（923年）称帝，国号"唐"，史称"后唐"，建元"同光"。旋攻灭后梁，定都洛阳（今属河南）。

李　贺（790—816）：字长吉，福昌（今河南宜阳西）人。唐皇室远支，家世早已没落，仕途偃蹇，仅曾官奉礼郎。因避家讳，不应进士科考试，韩愈曾为之作《讳辩》。其诗长于乐府，多表现人生不得意的悲愤，对宦官专权、藩镇割据的现实，也有所揭露、讽刺。又因其多病早衰，生活困顿，于世事沧桑、生死荣枯，感触尤多。善于熔铸辞采，驰骋想象，运用神话传说，创造出新奇瑰丽的诗境，在诗史上独树一帜，严羽《沧浪诗话》称为"李长吉体"。有《昌谷集》。

李嘉祐（？—约779）：字从一，赵州（治今河北赵县）人。天宝进士。曾官台州、袁州刺史。诗风婉丽，善写山水景物。与钱起、郎士元、刘长卿并称"钱郎刘李"。有《台阁集》二卷。

李清照（1084—约1155）：号易安居士，齐州章丘（今山东济南市章丘区西北）人。父李格非为当时著名学者，夫赵明诚为金石考据家。所作词，前期多写其悠闲生活，后期多慨叹身世，情调感伤，有的也流露出对中原的怀念。善用白描手法，自辟途径，语言清丽。论词强调协律，崇尚典雅、情致，提出词"别是一家"之说，反对以作诗文之法作词。并能诗，留存不多，感时咏史，情辞慷慨，与其词风不同。有《易安居士文集》《易安词》，已散佚。后人有《漱玉词》辑本。

李商隐（813—858）：字义山，号玉谿生，怀州河内（今河南沁阳）人。开成进士，曾任县尉、秘书郎和东川节度使判官等职。因受牛李党争影响，遭排挤而潦倒终身。其诗对当时藩镇割据、宦官擅权和时政弊端多有所反映，所作咏史诗多托古以斥时政。擅长律、绝，富于文采，构思精密，情致婉曲，具有独特风格。然因用典太多，或致诗旨隐晦。有《李义山诗集》。

李　涉：自号清溪子，洛阳（今属河南）人。早岁与弟李渤隐居庐山白鹿洞。唐宪宗元和时，受辟为陈许从事，入为太子通事舍人。因言事获罪，贬峡州司仓参军。穆宗时曾为太学博士，敬宗时以事流放南方，浪游桂林。其诗擅长七绝，多写迁谪行旅，语言通俗畅达，知名当世。《全唐诗》录存其诗一卷。

李　绅（772—846）：字公垂，无锡（今属江苏）人。元和进士，曾因触怒权贵下狱。武宗时拜相，出为淮南节度使。卒谥文肃。与元稹、白居易交游颇密，并共同倡导写作新乐府。作有《乐府新题》二十首，已失传。今存《追昔游诗》三卷，多写一生游宦感受。《全唐诗》另录其杂诗为一卷。其中《悯农》诗二首，较有名。

李　益（746—829）：字君虞，郑州（今属河南）人。大历进士。初因仕途不顺，弃官客游燕赵间。后官至礼部尚书。其诗音律和美，为当时乐工所传唱。长于七绝，以写边塞诗知名，情调感伤，《夜上受降城闻笛》《塞下曲》等为世传诵。有《李君虞诗集》二卷。

李　煜（937—978）：字重光，初名从嘉，号锺隐，世称李后主。在位十四年。宋兵破金陵，出降，后被宋太宗毒死。能诗文、音乐、书画。尤以词著名。前期作品多描写宫中享乐生活，风格清丽。后期则抒写对昔日生活的怀念，吟叹身世，表现了浓厚的感伤情绪。其词形象鲜明，语言生动，在题材与意境上也突破了晚唐五代词以写艳情为主的独白。

刘　邦（前256或前247—前195）：西汉王朝的建立者。公元前202—前195年在位。字季，沛县丰邑中阳里（今属江苏丰县）人。在位期间，继承秦制，实行中央集权制度。死后，上尊号"高皇帝"。

刘长卿（？—约789）：字文房，宣城（今属安徽）人，一作河间（今属河北）人。天宝进士。曾任长洲县尉，因事下狱，贬南巴尉。起为淮西鄂岳转运留后，复被诬贬睦州司马。官至随州刺史。诗多写仕途失意之感，也有反映离乱之作，善于描绘自然景物。风格简淡。长于五言，称为"五言长城"。有《刘随州诗集》。

刘方平：生卒年不详。河南（治今河南洛阳）人。天宝九载（750年）入京应进士试，不第，后曾入军幕，怀才不遇，晚年隐居颍、汝之间。与皇甫冉为诗友，为萧颖士赏识。诗多咏物写景之作，尤擅绝句。《全唐诗》录存其诗一卷。

刘禹锡（772—842）：字梦得，洛阳（今属河南）人，自言系出中山（治今河北定州）。贞元进士，又登博学宏词科。授监察御史，参加永贞革新，反对宦官跋扈和藩镇割据。失败后，贬朗州司马，迁连州刺史。后以裴度力荐，任太子宾客，加检校礼部尚书。世称刘宾客。其诗雅健清新，善用比兴寄托手法。为文长于说理。又通医学。有《刘梦得文集》。

柳　永（约987—约1053）：原名三变，字景庄，后改名永，字耆卿，排行第七，崇安（今福建武夷山市）人。景祐进士。官屯田员外郎。世称"柳七""柳屯田"。其词多描绘城市风光和歌妓生活，尤长于抒写羁旅行役之情。创作慢词独多。铺叙刻画，情景交融，语言通俗，音律谐婉。《雨霖铃》《八声甘州》《望海潮》等颇有名。诗仅存数首，《煮海歌》描写盐民贫苦生活，甚痛切。有《乐章集》。

柳宗元（773—819）：字子厚，河东解县（今山西运城西南）人，世称柳河东。贞元进士，授校书郎，调蓝田尉，升监察御史里行。与刘禹锡等参加主张革新的王叔文集团，任礼部员外郎。失败后贬为永州司马。后迁柳州刺史，故又称柳柳州。与韩愈倡导古文运动，并称"韩柳",同列"唐宋八大家"。散文多学西汉文章,峭拔矫健,说理透彻,结构谨严。又工诗,风格清峭,与韦应物并称"韦柳"。尊信佛教,有儒、释、道"三教调和"的主张。有《河东先生集》。

卢　纶(约742—约799):字允言,河中蒲(今山西永济西南)人。大历中由王缙荐为集贤学士、秘书省校书郎。后任河中浑瑊元帅府判官,官至检校户部郎中。为"大历十才子"之一。诗多送别酬答之作,也有反映军士生活者,《和张仆射塞下曲》较有名。有《卢纶诗集》十卷。

陆龟蒙(?—约881):字鲁望,姑苏(今江苏苏州)人。曾任湖、苏二州从事,后隐居甫里,自号江湖散人、甫里先生,又号天随子。与皮日休齐名,世称"皮陆"。诗多写景咏物之作,重视技巧追求。有《笠泽丛书》《甫里集》。

陆　游(1125—1210):字务观,号放翁,越州山阴(今浙江绍兴)人。宋孝宗时,赐进士出身,曾任镇江、隆兴通判。乾道六年(1170年)入蜀,任夔州通判。八年,入四川宣抚使王炎幕府。后官至宝谟阁待制。一生创作诗歌很多,今存九千余首,内容极为丰富。抒发政治抱负,反映人民疾苦,批判当时统治集团的屈辱投降,风格雄浑豪放,表现出渴望恢复国家统一的强烈爱国热情。亦工词,杨慎谓其纤丽处似秦观,雄慨处似苏轼。有《剑南诗稿》等。

卢照邻(约637—约686):字昇之,号幽忧子,幽州范阳(今河北涿州)人。曾任邓王府典签、新都尉。中年后患风痹症先后居太白山、龙门山、具茨山学道服饵,终投颍水而死。工骈文,尤有诗名,为"初唐四杰"之一。诗擅七言歌行,多愁苦之音。《长安古意》《行路难》等篇述世事变迁、繁华衰谢之感,音节流转,为世所称。有《幽忧子集》。

骆宾王(约638—684):婺州义乌(今属浙江)人。曾任临海丞。后随徐敬业起兵反对武则天,兵败后下落不明,或说被杀。或说为僧,不足信。与王勃等以诗文齐名,为"初唐四杰"之一。其诗以七言歌行见长,多悲愤之词。又善骈文。有《骆宾王文集》。

罗　隐(833—910):字昭谏,杭州新城(今浙江杭州市富阳区西南)人。本名横，以十举进士不第，乃改名。在咸通、乾符中，与罗邺、罗虬合称"三罗"。光启中，入镇海军节度使钱镠幕，后迁节度判官、给事中等职。其散文小品，笔锋犀利。诗亦颇有讽刺现实之作，多用口语，于民间流传颇广。有诗集《甲乙集》和文集《谗书》《两同书》等。

姜　夔（约1155—1209）：南宋词人、音乐家。字尧章，号白石道人，饶州鄱阳（今属江西）人。寓居武康。一生未仕。工诗，词尤有名，且精通音乐。词喜自创新调，重格律，音节谐美。多为写景咏物及记述客游之作，《扬州慢》等作品，感时伤事，情调较为低沉。词集《白石道人歌曲》中，其自度曲旁记俗字谱和律吕字谱，琴曲《古怨》旁记减字谱，是现存的一部词和乐谱的合集。有《白石道人诗集》等。

马致远（约1251—1321后）：元戏曲作家、散曲家。号东篱，一说字千里，大都（今北京）人。曾任江浙行省官吏。其戏曲创作以格调飘洒脱俗，语言典雅清丽著称。与关汉卿、郑光祖、白朴并称"元曲四大家"。其散曲亦受称誉，所作杂剧今知有十五种。《汉宫秋》最为著名。另《误入桃源》仅存一曲。散曲有辑本《东篱乐府》。

梅尧臣（1002—1060）：字圣俞，宣州宣城（今属安徽）人。宣城古名宛陵，故世称"梅宛陵"。少时应进士不第。以叔父门荫入仕，历任州县属官。中年后赐进士出身，授国子监直讲，官至都官员外郎。论诗注重政治内容，对宋初以来的靡丽文风表示不满。在写作技巧上重视细致深入。所作颇致力于刻画日常生活和民生疾苦，风格力求平淡，盖欲以矫靡丽之习，但有时不免流于板滞。有《宛陵先生文集》。

孟浩然（689—740）：以字行，襄州襄阳（今属湖北）人。早年隐居鹿门山。年四十，游长安，应进士不第。后为荆州从事，患疽卒。曾游历东南各地。诗与王维齐名，并称"王孟"。其诗情怀真率，清淡幽远，长于写景，多反映游历及隐逸生活。有《孟浩然集》。

孟　郊（751—814）：字东野，湖州武康（今浙江德清）人。早年隐居嵩山。近五十岁中进士，任溧阳县尉。元和间任河南水陆转运从事。卒后友人私谥贞曜先生。与韩愈交谊颇深。其诗感伤遭遇，多寒苦之音。

用字造句力避平庸浅率，追求瘦硬。与贾岛齐名，有"郊寒岛瘦"之目。有《孟东野诗集》。

聂夷中（837—?）：字坦之，河南人，一作河东（今山西永济西南）人。家境贫寒。咸通末进士，任华阴县尉，仕途不得意。其诗多为五言古体，朴质无华，多反映社会现状及农民疾苦。《伤田家》一首，尤为后世所称赏。原有集，已散佚，《全唐诗》录存其诗为一卷。

欧阳炯（约896—971）：五代后蜀词人。益州华阳（今四川成都）人。善吹长笛，工词。少事前蜀后主王衍，又仕后蜀，从孟昶降宋，曾任翰林学士。其词多写艳情，也有写南方风物之作。曾为《花间集》作序，表述了花间派词人对于词的一般看法。

欧阳修（1007—1072）：字永叔，号醉翁、六一居士，吉州永丰（今属江西）人。天圣进士。官馆校勘，因直言论事贬知夷陵。官至翰林学士、枢密副使、参知政事。谥文忠。主张文章应"明道""致用"，是北宋古文运动的领袖。散文说理畅达，抒情委婉，为"唐宋八大家"之一。诗颇受李白、韩愈影响，重气势而能流畅自然。其词婉丽。曾与宋祁合修《新唐书》，并独撰《新五代史》。有《欧阳文忠公文集》。

钱　起（约720—约782）：字仲文，吴兴（今浙江湖州）人。天宝进士，官至考功郎中。"大历十才子"之一。又与郎士元齐名，并称"钱郎"。诗以五言为主，多送别酬赠之作。应试时所作《湘灵鼓瑟》诗，颇为世所称。有《钱考功集》。

秦　观（1049—1100）：字少游、太虚，号淮海居士，高邮（今属江苏）人。曾任秘书省正字，兼国史院编修官等职。文辞为苏轼所赏识，为"苏门四学士"之一。工诗词。词多写男女情爱，也颇有感伤身世之作，风格委婉含蓄，感情深挚。诗风与词相近。有《淮海集》《淮海居士长短句》。

秦韬玉：唐诗人。字中明，京兆（治今陕西西安）人。中和间从宗至蜀，赐进士出身，后依附宦官，官工部侍郎。诗以七律见长，《贫女诗》较有名。原有《投知小录》三卷，已散佚，宋人辑有《秦韬玉诗集》。

丘　葵：宋泉州同安人，字吉甫。早年有志朱子之学，亲炙于吕大圭、洪天锡之门。杜门励学，不求人知。宋亡，居海屿中，因自号钓矶翁。元世祖闻其名，遣御史奉币征聘，不出，赋诗见志。年八十余卒。有《易解义》《书解义》《诗解义》《春秋解义》《周礼补亡》及诗集。

沈佺期（约656—716）：字云卿，相州内黄（今河南内黄西）人。唐高宗上元进士，玄宗初官至太子少詹事。曾因诣附张易之，被流放驩州。诗多应制之作。流放时作品，则多对其境遇表示不满。律体谨严精密，对律诗体制的定型颇有影响。与宋之问齐名，并称"沈宋"。原有集十卷，已散佚，今存《沈云卿文集》五卷。

宋之问（约656—713）：一名少连，字延清，汾州（治今山西汾阳）人。唐高宗上元进士，中宗时官考功员外郎。曾先后诣事张易之和太平公主。睿宗时贬钦州，先天中赐死。诗与沈佺期齐名，并称"沈宋"。多应制唱和之作，文辞华丽。放逐途中诸诗则表现了感伤情绪。律体谨严精密，对律诗体制的定型颇有影响。有《宋之问集》。

苏　轼（1037—1101）：字子瞻，号东坡居士，眉州眉山（今属四川）人。苏洵子。嘉祐进士。宋神宗时曾任职史馆，因反对王安石新法而求外职，任杭州通判，知密州、徐州、湖州。后以作诗"谤讪朝廷"罪贬谪黄州，史称"乌台诗案"。哲宗时任翰林学士，曾出知杭州、颍州等，官至礼部尚书。后又贬谪惠州、儋州。南宋时追谥文忠。与父弟，合称"三苏"，俱被列入"唐宋八大家"。文汪洋恣肆，明白畅达。诗清新豪健，善用夸张比喻，在艺术表现方面独具风格。词开豪放一派，对后代很有影响。有《东坡七集》等。

唐　寅（1470—1524）：字伯虎，一字子畏，号六如居士、桃花庵主、逃禅仙吏等，吴县（今江苏苏州）人。擅山水，并工人物、花鸟。与沈周、文徵明、仇英并称"明四家"。兼善书法，工诗文。与祝允明、文徵明、徐祯卿齐名，号称"吴中四才子"。文以六朝为宗；诗初多秾丽，中尚平易，晚则纵放不拘成格。有《六如居士全集》。

陶渊明（352或365或372或376—427）：一名潜，字元亮，私谥靖节，寻阳柴桑（今江西九江西南）人。曾任江州祭酒、镇军参军、彭泽令等，后去职归隐，绝意仕途。长于诗文辞赋。诗多描绘田园风光及其在农村生活的情景。其艺术特色兼有平淡与爽朗之胜；语言质朴自然，而又颇为精练，具有独特风格。有《陶渊明集》。

万俟咏：宋人，字雅言。工于词，自号词隐。徽宗崇宁中充大晟府制撰。依月用律制词，故多应制之作。黄庭坚称之为一代词人。有《大声集》。

王安国（1028—1074）：字平甫，抚州临川（今江西抚州）人。王安石弟。数举进士不第，熙宁元年（1068年）以茂才异等召试，赐进士出身，历官秘阁校理。论新法与其兄有异，后罢归田里。诗多感慨，风格豪健。家人编其诗文为一百卷，已佚，后人有《王校理集》。

王安石（1021—1086）：字介甫，号半山，抚州临川（今江西抚州）人。庆历进士。熙宁二年（1069年），为参知政事，次年拜相。陆续推行均输、青苗、农田水利、免役、市易、方田均税以及置将、保甲、保马等新法，史称"王安石变法"。由于保守派强烈反对，新政推行迭遭阻碍。七年罢相；次年再相，九年再罢，退居江宁（今江苏南京），封荆国公，世称"荆公"。散文雄健峭拔，为"唐宋八大家"之一。诗歌遒劲清新。词虽不多而风格高峻。有《临川先生文集》等。

王　勃（649或650—676）：字子安，绛州龙门（今山西河津）人。麟德初应举及第，曾任虢州参军。后往交趾探父，渡海溺水，受惊而死。少时即显露才华。与杨炯、卢照邻、骆宾王以文辞齐名，并称"王杨卢骆"，亦称"初唐四杰"。其诗长于五律，偏于描写个人经历，多思乡怀人、酬赠往还之作，风格清新流丽。其文多为骈体，重辞采而有气势。有《王子安集》。

王昌龄（？—756）：字少伯，京兆长安（今陕西西安）人。开元进士，授校书郎，改汜水尉，再迁江宁丞。晚年贬龙标（今湖南洪江西）尉。世乱还乡，道出亳州（一作濠州），为刺史闾丘晓所杀。尤擅七绝，多写当时边塞军旅生活，气势雄浑，格调高昂。《从军行》七首、《出塞》二首皆有名。其宫词善写女性幽怨之情。原有集，已散佚，后人辑有《王昌龄集》。另有《诗格》，论诗颇多创见。

王　翰：唐诗人。字子羽，晋阳（今山西太原西南）人。景龙进士。开元中任秘书正字、通事舍人等职，后贬官仙州别驾、道州司马。任侠使酒，恃才不羁。其诗善写边塞生活，《凉州词》尤有名。原有集十卷，已佚。

王　籍（480—约536）：南朝梁诗人。字文海。琅琊临沂（今属山东）人。少善属文，博学有才，为沈约、任昉所赏。齐末官至外兵记室。梁时为大司马从事中郎，迁中散大夫。以谘议参军随萧绎至荆州，寻卒。其名句"蝉噪林逾静，鸟鸣山更幽"（《入若耶溪》）传诵古今。原有集，已佚。

王　绩（约589—644）：字无功，绛州龙门（今山西河津）人。王通之弟。尝居东皋，号东皋子。隋大业中举孝悌廉洁及第，除秘书正字、扬州六合县丞。曾往依窦建德幕下数月。唐初以前官待诏门下省，改太乐丞，后弃官还乡。绩清高自恃，放诞纵酒，其诗多写饮酒及隐逸田园之趣，赞美嵇康、阮籍和陶潜，嘲讽周、孔礼教，以抒怀才不遇之苦闷。语言朴素自然。也能文。有《王无功文集》。

王　建（约767—约830）：字仲初，许州（治今河南许昌）人。出身寒微。元和间为昭应丞、渭南尉，大和初官至陕州司马。擅长乐府诗，与张籍齐名，世称"张王"。其以田家、蚕妇、织女、水夫等为题材的诗篇，对时政弊端及民生疾苦颇有所反映。所作《宫词》一百首，则多描写宫廷内的日常生活，对后世此类作品影响颇大。有《王司马集》。

王　冕（1287—1359）：元画家、诗人。字元章，号煮石山农、饭牛翁、会稽外史、梅花屋主等，诸暨（今属浙江）人。初为牧童，后从韩性学，试进士不第，即弃去。曾游大都，泰不花荐以翰林院官职，不就。归隐九里山，卖画为生。工墨梅，学扬无咎，花密枝繁，生意盎然，劲健有力；偶用胭脂作没骨梅。亦擅竹石。能刻印。传世作品有《墨梅图》《南枝春早图》等。诗作语言质朴，不拘常格。有《竹斋集》。

王实甫：元戏曲作家。一说名德信，大都（今北京）人。生平事迹不详，所作杂剧今知有十四种，现存《西厢记》、《破窑记》（一说关汉卿作）、《丽春堂》三种；《芙蓉亭》《贩茶船》两剧各存一折曲词。另存散曲数首。剧作大多以青年男女追求爱情幸福为题材。其作品风格秀美，细腻委婉，《西厢记》尤为出色。

王士禛（1634—1711）：字子真，一字贻上，号阮亭、渔洋山人。雍正时避帝讳，被改称士正；乾隆时，又改称士祯。新城（今山东桓台）人。顺治进士，官至刑部尚书，卒谥文简。论诗创神韵说。早年所作清丽澄淡，中年转为苍劲，诸体兼擅，而尤工七绝。又以余力为词与古文，亦获时名。有《渔洋山人精华录》《带经堂集》等。

王　湾：唐诗人。洛阳（今属河南）人。先天进士。官荥阳主簿、洛阳尉。早有文名，往来吴、楚间。《全唐诗》存其诗十首。

王　维（701？—761）：字摩诘，先世为太原祁县（今属山西）人，其父迁居于蒲州（治今山西永济西南蒲州镇），遂为河东人。开元进士。累官至给事中。官至尚书右丞，世称王右丞。前期写过以边塞为题材的诗篇。以山水诗最为后世所称，通过田园山水的描绘，叙写隐逸情趣和佛教禅理。诗与孟浩然齐名，并称"王孟"。有《王右丞集》。

王之涣（688—742）：字季凌，晋阳（今山西太原西南）人，后徙绛县（今属山西）。官衡水主簿、文安县尉。其诗善写边塞风光，意境雄浑，多为当时乐工制曲歌唱。传世之作仅六首，《凉州词》和《登鹳雀楼》（一说为唐朱斌作）尤有名。

韦承庆（约737—791）：字义博，京兆万年（今陕西西安）人。少以三卫郎事玄宗。后为滁州、江州刺史及左司郎中，官至苏州刺史，世称韦江州、韦左司或韦苏州。其诗以写田园风物著名，寄情悠远，语言简淡。涉及时政和民生疾苦之作，亦颇有佳篇。后世以其与柳宗元并称为"韦柳"。有《韦苏州集》。

韦应物（约737—791）：字义博，京兆万年（今陕西西安）人。少以三卫郎事玄宗。后为滁州、江州刺史及左司郎中，官至苏州刺史，世称韦江州、韦左司或韦苏州。其诗以写田园风物著名，寄情悠远，语言简淡。涉及时政和民生疾苦之作，亦颇有佳篇。后世以其与柳宗元并称为"韦柳"。有《韦苏州集》。

韦　庄（约836—910）：字端己，长安杜陵（今陕西西安东南）人。乾宁进士，官左补阙。后仕蜀，官至吏部侍郎兼平章事。早年所作长诗《秦妇吟》，写黄巢攻陷长安后的社会动荡，在当时颇有名。其词语言清丽，感情率真，多写闺情离愁和游乐生活，在《花间集》中较有特色。与温庭筠齐名，并称"温韦"。著有《浣花集》。另编选有《又玄集》。

文天祥（1236—1283）：字履善，一字宋瑞，号文山，吉州庐陵（今江西吉安）人。宝祐四年（1256年）进士第一。历任刑部郎官，知瑞、赣等州。德祐元年（1275年）闻元兵东下，在赣州组织义军，入卫临安（今浙江杭州）。次年任右丞相，出使元军议和，被扣留。后于镇江脱险，流亡至通州（治今江苏南通）。景炎二年（1277年）进兵江西，恢复州县多处。有《文山先生全集》《过零丁洋》《正气歌》等。

温庭筠（约801—866）：原名岐，字飞卿，太原（今山西太原西南）人，寄家江东。每入试，押官韵，八叉手而成八韵，时号温八叉。仕途不得意，官止国子助教。其诗词藻华丽，多写个人遭际，于时政亦有所反映。词多写闺情，风格秾艳。现存词六十余首，在唐词人中数量最多，大都收入《花间集》。其诗与李商隐齐名，称"温李"。词有"花间鼻祖"之称，与韦庄并称"温韦"。原有集，已散佚，后人辑有《温庭筠诗集》《金荃词》。

吴文英（约1212—约1272）：字君特、号梦窗、觉翁，四明（今浙江宁波）人。往来江浙间，曾为吴潜济东安抚使幕僚，复为宗室赵与芮门客。尝以词谄媚贾似道。知音律。能自度曲。其词或表现上层的豪华生活，或抒写颓唐感伤的情绪。讲究字句工丽、音律和谐，并喜堆砌典故词藻，常使词意隐涩。有《梦窗词》。

辛弃疾（1140—1207）：字幼安，号稼轩，历城（今山东济南）人。二十一岁参加抗金义军，不久即归南宋，历任湖北、江西、湖南、福建、浙东安抚使等职。一生坚决主张抗金。其词抒写力图恢复国家统一的爱国热情，倾诉壮志难酬的悲愤，对当时执政者的屈辱求和颇多谴责；也有不少吟咏祖国河山的作品。艺术风格多样，而以豪放为主。热情洋溢，慷慨悲壮，笔力雄厚，与苏轼并称为"苏辛"。有《稼轩长短句》。

徐昌图：五代闽词人。莆田（今属福建）人。入宋后为国子博士，累迁殿中丞。《尊前集》存其词三首。

徐　俯（1075—1141）：字师川，号东湖居士，洪州分宁（今江西修水）人。以父荫入仕，累官至司门郎。靖康之变中触忤张邦昌，遂致仕。高宗即位，赐进士出身，升翰林学上，兼权参知政事。早岁即有诗名，尝从舅父黄庭坚学诗，名列吕本中所作《江西诗社宗派图》中。诗以清远平易见长。有《东湖集》，已佚。

晏幾道（1038—1110）：字叔原，号小山，抚州临川（今江西抚州）人。晏殊第七子。历任颍昌府许田镇监、乾宁军通判、开封府判官等。晚年家境中落。其词长于小令，多追怀往事，凄楚沉挚，深婉秀逸。有《小山词》。

晏　殊（991—1055）：字同叔，抚州临川（今江西抚州）人。庆历中官至集贤殿大学十、同中书门下平章事兼枢密使。谥元献。其词擅长小令，多表现诗酒生活和悠闲情致，语言婉丽，颇受南唐冯延巳的影响。原有集，已散佚，仅存《珠玉词》及清人所辑《晏元献遗文》。

杨　炯（650—约693）：华阴（今属陕西）人。十岁举神童，后授校书郎，官至衢州盈川令。为"初唐四杰"之一。擅长五律。其边塞诗气势较盛，但有些作品未能尽脱绮艳之风。亦工骈文。有《盈川集》。

杨　慎（1488—1559）：字用修，号升庵，四川新都（今成都市新都区）人。正德六年（1511年）状元及第，授翰林修撰。明世宗时，为经筵讲官，以议"大礼"事获罪，谪戍云南永昌。学识广博，工诗文，善词曲。诗宗六朝初唐，推崇含蓄蕴藉的风格，于明代独立门户。著达多达百余种，后人辑其要者为《升庵集》；另有杂著《升庵外集》，又有词曲《升庵长短句》《陶情乐府》《廿一史弹词》等。

杨万里（1127—1206）：字廷秀，学者称诚斋先生，吉水（今属江西）人。绍兴进士，曾任秘书监。主张抗金。诗初学江西诗派，后转以王安石及晚唐诗为宗，终则脱却江西、晚唐窠臼，以构思新巧，语言通俗明畅而自成一家，被称为"诚斋体"。一生作诗二万余首，传世者仅为其一部分。亦能文。部分诗文关怀时政，反映民间疾苦，较为深切。对理学亦颇注意，著《诚斋易传》等。有《诚斋集》。

叶梦得（1077—1148）：字少蕴，号肖翁、石林居士。原籍吴县（今江苏苏州），居住乌程（今浙江湖州）。绍圣进士。绍兴时任江东安抚制置大使，兼知建康府、行宫留守。颇致力于防务及军饷供应。学问博洽，精熟掌故。其词风格接近苏轼，间有感怀时事之作。也能诗。勤于著作，存世有《建康集》《石林词》《石林诗话》《避暑录话》《石林燕语》等。

叶绍翁（1194—?）：本姓李，字嗣宗，号靖逸，浦城（今属福建）人，居处州龙泉（今属浙江）。曾入朝为官，后隐居西湖。博学工诗，熟谙典故，著《四朝闻见录》五卷，记高宗、孝宗、光宗、宁宗四朝史事，可补史传之阙。为诗长于七言绝句，善写景状物。《游园不值》构思精巧，流传颇广。有宋人辑本《靖逸小集》。

于　谦（1398—1457）：明浙江钱塘（今杭州）人，字廷益。永乐进士。任监察御史，河南、山西巡抚。正统十四年（1449年）土木之变后，从兵部侍郎升任尚书，拥立景帝，反对南迁。调集重兵，在北京城外击退瓦剌军。加少保。次年和议成，英宗被释还。景泰八年（1457年）英宗发动夺门之变，夺回帝位。石亨等诬以谋立襄王之子，被杀。成化初追复原官。万历间谥忠肃，有《于忠肃集》。

虞世南（558—638）：字伯施，越州余姚鸣鹤（今属浙江慈溪）人。官至秘书监，封永兴县子，人称虞永兴。能文辞，工书法，外柔内刚，笔致圆融遒丽，与欧阳询、褚遂良、薛稷并称"唐初四大书家"。正书碑刻有《孔子庙堂碑》。诗多应制之作，文辞典丽。编有《北堂书钞》一百六十卷。

元　稹（779—831）：字微之，河南（府治今河南洛阳）人，居京兆万年（今陕西西安）。早年家贫。举贞元九年（793年）明经科、十九年书判拔萃科。曾任监察御史。因得罪宦官及权臣，遭到贬斥。后转而因缘宦官，官至同中书门下平章事。以暴疾卒于武昌军节度使任所。与白居易友善，常相唱和，世称"元白"。所作乐府，对当时的社会矛盾有所揭露。有《元氏长庆集》。

岳　飞（1103—1142）：相州汤阴（今属河南）人，字鹏举。北宋末年投军，任秉义郎。所部军纪严明，英勇善战，称"岳家军"。1142年1月27日，以"莫须有"的罪名与其子岳云及部将张宪同被杀害。孝宗时，追谥武穆。宁宗时追封鄂王。著有《岳武穆遗文》（一作《岳忠武王文集》），诗词散文都慷慨激昂。

张　祜（约785—约852）：唐诗人。祜或误作祐。字承吉，贝州清河（今河北清河西）人。初寓姑苏，后至长安，为元稹排挤，漫游各地。晚至淮南，爱润州曲阿地，遂隐居以终。诗多写落拓不遇情怀和隐居生活，对时政亦有所谏讽。又以咏史诗及宫词著名。有《张承吉文集》。

张　籍（约767—约830）：字文昌，苏州（今属江苏）人，少时侨寓和州乌江（今安徽和县东北）。贞元进士，历任太常寺太祝、水部员外郎、国子司业等职，故世称张水部或张司业。其乐府诗多反映当时社会矛盾和民生疾苦，也有描写妇女的不幸处境者，甚受白居易推崇。有《张司业集》。

张九龄（673或678—740）：字子寿，一名博物。韶州曲江（今广东韶关西南）人。长安进士，任右拾遗，迁左补阙。开元二十一年（733年）任中书侍郎、同中书门下平章事，次年，迁中书令、兼修国史。唐玄宗怠于政事，他遇事力争，为李林甫所谮，罢相。所作《感遇诗》，抒怀感事，以格调刚健著称。著有《曲江集》。

张若虚：唐诗人。扬州（今属江苏）人。官兖州兵曹。中宗神龙中，与贺知章、张旭等齐名，为吴中名士。诗仅存二首。《春江花月夜》写春夜江边望月之感，融入对宇宙、人生的思考。音节和谐流转，历代传诵。

张　说（667—731）：字道济，一字说之，洛阳（今属河南）人。武则天时，应诏对策，得乙等，授太子校书，擢凤阁舍人。唐中宗时，任黄门侍郎等。睿宗时，进同中书门下平章事，监修国史。玄宗时，任中书令，封燕国公。曾任朔方节度使。擅长文辞，朝廷重要文件多出其手，与许国公苏颋并称"燕许大手笔"。亦能诗，贬在岳阳时作品尤工。有《张燕公集》。

张　先（990—1078）：字子野，乌程（今浙江湖州）人。天圣进士，历官都官郎中。晚年退居乡间。其词大多写诗酒生活和男女之情，对都会生活也有所反映。词风清婉，语言工巧。也能诗。原有集，已散佚。今存《张子野词》。

赵师秀（1170—1219）：字紫芝、灵芝，号灵秀、天乐，永嘉（今浙江温州）人。绍熙进士。曾任上元县主簿、筠州推官。诗学唐代贾岛、姚合一派，反对江西派的艰涩生硬。与徐照、徐玑、翁卷并称"永嘉四灵"。有《清苑斋集》一卷。

郑　燮（1693—1766）：字克柔，号板桥，江苏兴化人。早年家贫，乾隆间进士，曾任山东范县、潍县知县，后以助农民胜讼及办理赈济，得罪豪绅而罢官。做官前后均居扬州卖画。擅写兰竹，以草书中竖长撇法运笔，体貌疏朗，风格劲峭。工书法，用隶体参入行楷，非古非今，非隶非楷，自称"六分半书"。为"扬州八怪"之一。工诗词，描写民间疾苦颇为深切。有《板桥全集》。

郑　谷：唐诗人。字守愚，宜春（今属江西）人。光启进士，官都官郎中，人称郑都官。又以《鹧鸪诗》得名，人称郑鹧鸪。晚年归隐宜春，约卒于梁初。其诗多写景咏物之作，表现士人的闲情逸致。风格清新通俗，但流于浅切。有《云台编》三卷，影宋蜀刻本题作《郑守愚文集》。

周邦彦（1056—1121）：字美成，号清真居士，钱塘（今浙江杭州）人。历官太学正、庐州教授、知溧水县等。宋徽宗时为徽猷阁待制，提举大晟府（音乐机关）。精通音律，曾创作不少新词调。作品多写闺情、羁旅，也有咏物之作。格律谨严，语言典丽精雅，长调尤善铺叙。亦能诗赋。有《清真居士集》，已佚。今存《片玉词》。

朱敦儒（1081—1159）：字希真，号岩壑老人，洛阳（今属河南）人。早年隐居不仕。绍兴五年（1135年），赐进士出身。曾任两浙东路提点刑狱。秦桧为相时，任鸿胪少卿。其词语言清畅俚俗，多写隐居生活的闲适放浪；南渡后，也有感怀、愤激之作。有《岩壑老人诗文集》《猎较集》，已佚。今存词集《樵歌》。

朱庆馀：唐诗人。名可久，以字行，越州（治今浙江绍兴）人。宝历进士，官秘书省校书郎。其诗辞意清新，描写细致。应试时曾进诗于张籍，有"画眉深浅入时无"之句,为籍所赏识。有《朱庆馀诗集》一卷。

朱　熹(1130—1200):字元晦,一字仲晦,号晦庵,别称紫阳,谥号文。祖居徽州婺源(今属江西),生于南剑州尤溪(今属福建),定居建阳(今属福建)。任秘阁修撰等职。博极群书,广注典籍,对经学、史学、文学、乐律以至自然科学有不同程度贡献。著有《四书章句集注》《周易本义》《诗集传》《楚辞集注》。后人编纂有《晦庵先生朱文公文集》和《朱子语类》等。

附录2　《平水韵》和《词林正韵》韵部表

（一）《平水韵》韵部表

诗韵类别	韵部名称
上平声	一东、二冬、三江、四支、五微、六鱼、七虞、八齐、九佳、十灰、十一真、十二文、十三元、十四寒、十五删
下平声	一先、二萧、三肴、四豪、五歌、六麻、七阳、八庚、九青、十蒸、十一尤、十二侵、十三覃、十四盐、十五咸
上声	一董、二肿、三讲、四纸、五尾、六语、七麌、八荠、九蟹、十贿、十一轸、十二吻、十三阮、十四旱、十五潸、十六铣、十七筱、十八巧、十九皓、二十哿、二十一马、二十二养、二十三梗、二十四迥、二十五有、二十六寝、二十七感、二十八俭（琰）、二十九豏
去声	一送、二宋、三绛、四寘、五未、六御、七遇、八霁、九泰、十卦、十一队、十二震、十三问、十四愿、十五翰、十六谏、十七霰、十八啸、十九效、二十号、二十一个、二十二祃、二十三漾、二十四敬、二十五径、二十六宥、二十七沁、二十八勘、二十九艳、三十陷
入声	一屋、二沃、三觉、四质、五物、六月、七曷、八黠、九屑、十药、十一陌、十二锡、十三职、十四缉、十五合、十六叶、十七洽

说明：①上平声和下平声为平声韵，上声、去声和入声为仄声韵。②清朝嘉庆年间，因避讳嘉庆皇帝爱新觉罗·颙琰的名字，将《平水韵》和《佩文诗韵》上声二十八琰中的"琰"改为"俭"。同理，《词林正韵》第十四部仄声二十八琰中的"琰"也被改为"俭"。

（二）《词林正韵》韵部表

诗韵类别	韵部名称
第一部	平声：一东、二冬 通用 仄声：上声 一董、二肿 　　　去声 一送、二宋 通用
第二部	平声：三江、七阳 通用 仄声：上声 三讲、二十二养 　　　去声 三绛、二十三漾 通用
第三部	平声：四支、五微、八齐、十灰 [半] 通用 仄声：上声 四纸、五尾、八荠、十贿 [半] 　　　去声 四寘、五未、八霁、九泰 [半]、十一队 [半] 通用
第四部	平声：六鱼、七虞 通用 仄声：上声 六语、七麌 　　　去声 六御、七遇 通用
第五部	平声：九佳 [半]、十灰 [半] 通用 仄声：上声 九蟹、十贿 [半] 　　　去声 九泰 [半] 十卦 [半] 十一队 [半] 通用
第六部	平声：十一真、十二文、十三元 [半] 通用 仄声：上声 十一轸、十二吻、十三阮 [半] 　　　去声 十二震、十三问、十四愿 [半] 通用
第七部	平声：十三元 [半]、十四寒、十五删、一先 通用 仄声：上声 十三阮 [半]、十四旱、十五潸、十六铣 　　　去声 十四愿 [半]、十五翰、十六谏、十七霰 通用
第八部	平声：二萧、三肴、四豪 通用 仄声：上声 十七筱、十八巧、十九皓 　　　去声 十八啸、十九效、二十号 通用
第九部	平声：五歌 独用 仄声：上声 二十哿 　　　去声 二十一个 通用
第十部	平声：九佳 [半]、六麻 通用 仄声：上声 二十一马 　　　去声 十卦 [半]、二十二祃 通用

续表

诗韵类别	韵部名称
第十一部	平声：八庚、九青、十蒸 通用 仄声：上声 二十三梗、二十四迥 　　　去声 二十四敬、二十五径 通用
第十二部	平声：十一尤 独用 仄声：上声 二十五有 　　　去声 二十六宥 通用
第十三部	平声：十二侵 独用 仄声：上声 二十六寝 　　　去声 二十七沁 通用
第十四部	平声：十三覃、十四盐、十五咸 通用 仄声：上声 二十七感、二十八俭、二十九豏 　　　去声 二十八勘、二十九艳、三十陷 通用
第十五部	入声：一屋、二沃 通用
第十六部	入声：三觉、十药 通用
第十七部	入声：四质、十一陌、十二锡、十三职、十四缉 通用
第十八部	入声：五物、六月、七曷、八黠、九屑、十六叶 通用
第十九部	入声：十五合、十七洽 通用

说明：《词林正韵》第一部至第十四部为平声、上声、去声韵部，第十五部至第十九部为入声韵部。《词林正韵》所有韵部均源于《平水韵》106个韵部，按照词韵用韵规则编入十九个韵部。

附录3 诗韵举要

本附录《诗韵举要》，按照唐朝写诗用韵情况，且以杜甫诗集中所用的字为标准，从清朝康熙年间官修的《佩文诗韵》和《平水韵》中选择4381个字，作为本书《诗韵举要》内容。凡一字收入两韵以上者，在其后括号内注明它在某韵中的意义；如果是同义，则注"某韵同"。通假字、异体字、繁体字也加括号注明。

【上平声】

一东
东同童僮铜桐峒筒瞳中（中间）衷忠虫冲终忡崇嵩（崧）戎狨弓躬宫融雄熊穹穷冯风枫丰酆充隆空（空虚）公功工攻蒙蒙朦幪笼（名词，董韵同；又动词，独用）胧聋栊龖昽洪红虹鸿丛翁忽葱聪骢通棕蓬

二冬
冬彤农宗锺钟龙舂松冲容溶庸蓉封胸凶汹讻匈雍（和也）浓重（重复，层）从（随从、顺从）逢缝（缝纫）峰锋丰蜂烽纵（纵横）踪茸邛筇慵恭供（供给）

三江
江缸窗邦降（降伏）双泷庞舡撞（绛韵同）

四支
支枝移为（施为）垂吹（吹嘘）陂碑奇宜仪皮儿离施知驰池规危夷师姿迟龟眉悲之芝时诗棋旗辞词期祠基疑姬丝司葵医帷思（动词）滋持随痴维厄螭麾墀弥慈遗（遗失）肌脂雌披嬉尸狸炊湄篱兹差（参差）疲茨卑亏蕤骑（跨马）歧岐谁斯私窥熙欺疵赀羁彝髭颐资縻饥衰锥姨夔祗涯（佳麻韵同）伊追缁箕治（治理，动词）尼而推（灰韵同）麋绥羲嬴其淇麒祁崎骐锤罗罹漓鹂

璃骊狝罴貔仳琵枇屍鹀鶒柅匙蚩篪絺鸥跐嗤隋虽睢咨淄鹚瓷萎惟唯厮澌缌逶迤贻裨庳伾嵋郿劓蠡（瓠勺，齐韵同）鏖痍猗椅（音漪，木名）

五微
微薇晖辉徽挥韦围帏讳闱霖菲（芳菲）妃飞非扉肥威祈旂畿机几（微也，如见几）稀希衣（衣服）依旧苇饥矶欷

六鱼
鱼渔初书舒居裾车（麻韵同）渠余予（我也）誉（动词）舆馀胥狙锄（鉏、锄）疏（疏密）疎（同疏）蔬梳虚嘘徐猪闾庐驴诸除如墟於畲淤好好玙蜍储苴葅沮龃据（拮据）鶋蕖歔茹（茅茹）洳摅梧

七虞
虞愚娱隅乌无芜巫于衢儒濡襦须株诛殊铢蛛瑜榆愉谀腴区驱躯朱珠趋扶凫雏敷夫肤纡输枢厨俱驹模谟蒲胡湖瑚乎壶孤弧菰辜姑菇徒途涂荼图屠奴吾梧吴租卢鲈炉芦苏乌污（污秽）枯粗都苤儒徂樗躅拘劬岖鸲芙苻符廊桴俘须奥繻呼瑚蝴糊雩醐餬呼沽酤泸舻轳鸬驽弩遄匍葡铺殳酥菟洿诬呜颙逾（踰）禺萸竽雩猇揄瞿

八齐
齐黎藜犁梨妻（夫妻）萋凄凄堤低题提蹄啼鸡稽兮倪霓（蜺）西栖犀嘶梯鼙䪒赍迷泥（泥土）溪圭闺携睚嵇跻泸脐奚醯蹊鬶鑫（支韵同）醍鹈珪睽

九佳
佳*街鞋牌柴钗差（差使）崖涯*（支麻韵同）偕阶皆谐骸排乖怀淮槐（灰韵同）豺侪埋霾斋娲*蜗*蛙*

（有*号的字，词韵属《词林正韵》第十部；其余属第五部）

十灰
灰恢魁隈回徘（音裴）徊（音回）槐（音回，佳韵同）梅枚媒煤雷罍隤（颓）催摧堆陪杯醅嵬推（支韵同）迴侸肧浼裴培崔纔开*哀*埃*台*苔*该*才*材*财*裁*来*莱*栽*哉*灾*猜*孩*骍*腮*

（有*号的字，词韵属《词林正韵》第五部；其余属第三部）

十一真
真因茵辛新薪晨辰臣人仁神亲申身宾滨邻鳞麟珍瞋尘陈春津秦频蔬鳘银

垠筠巾囷民岷贫尊淳醇纯唇伦纶轮沦匀旬巡驯钧均榛遵循甄宸郴椿鹑嶙辚磷
驎泯（轸韵同）缗邠嗔诜駪呻伸绅滣寅夤姻荀询郇峋氤恂逡嫔皴

十二文
文闻纹蚊云分（分离）纷芬焚坟群裙君军勤斤筋勋熏曛醺云芹欣芸耘沄
氲殷汶阌氛喷汾

十三元
元*原*源*鼋*园*猿*垣*烦*蕃*樊*喧*萱*喧*冤*言*轩*藩*魂袁*沅*援*
辕*番*繁*翻*幡*璠*壎*（埙）蹇*鸳*蜿*浑温孙门尊樽（罇）存敦蹲暾豚村
屯盆奔论（动词）昏痕根恩吞荪扪

（有*号的字，词韵属《词林正韵》第七部；其余属第六部）

十四寒
寒韩翰（羽翮）丹单安鞍难（艰难）餐檀坛滩弹残干肝竿乾（乾湿）阑
栏澜兰看（翰韵同）丸完桓绔端湍酸团攒官棺观（观看）冠（衣冠）鸾銮峦
欢（驩）宽盘蟠漫（水大貌）叹（翰韵同）邯郸摊玕拦磻珊狻

十五删
删潸关弯湾还环鬟寰班斑蛮颜奸（奸）攀顽山阍艰闲间（中间）悭患（谏
韵同）孱潺

【下平声】

一先
先前千阡笺天坚肩贤弦弦烟燕（国名）莲怜田填年颠巅牵妍眠渊涓边编
悬泉迁仙鲜（新鲜）钱煎然延筵毡羶蝉缠连联篇偏扁（扁舟）绵全宣镌穿川
缘鸢捐旋（回旋）娟船涎鞭铨专圆员乾（乾坤）虔愆权拳椽传（传授）焉鞯
褰搴汧千铅舷跹鹃蠲筌痊诠悛遄鹃族鳣禅（参禅，逃禅）婵单（单干）躔颛
燃涟琏便（安也）翩梗骈癫阗畋钿（霰韵同）沿蜒胭

二萧
萧箫挑（挑担）貂刁凋雕雕迢条髫跳苕调（调和）枭浇聊辽寥撩寮僚
尧宵消霄绡销超朝潮嚣骄娇焦燋椒饶挠烧（焚烧）遥徭摇谣瑶韶昭招镳瓢苗
猫腰桥乔妖飘逍潇鸮骁翛桃鷦鹩缭獠嘹夭（夭夭）幺邀要（要求，要盟）飙

姚樵侨顚标飙嫖漂（漂浮）飘徼（徼幸）

三肴
肴巢交郊茅嘲钞包胶爻苞梢蛟教(使也)庖匏坳敲胞抛鲛崤啁鞘抄蜊咆哮

四豪
豪毫操（操持）髦绦刀萄猱褒桃糟旄袍挠（巧韵同）蒿涛臯号（号呼）陶鳌曹遭羔高嘈搔毛滔骚韬缲膏牢醪逃劳（劳苦）濠壕舠饕洮淘叨啕篙熬邀翱嗷臊

五歌
歌多罗河戈阿和（平和）波科柯陀娥蛾鹅萝荷（荷花）何过（经过，箇韵同）磨螺禾珂蓑婆坡呵哥轲（孟轲）沱鼍拖驼跎柁（舵，哿韵同）伧（他）颇（偏颇）峨俄摩么娑莎迦靴痾

六麻
麻花霞家茶华沙车（鱼韵同）牙蛇瓜斜邪芽嘉瑕纱鸦遮叉奢涯（支佳韵同）夸巴耶嗟遐加笳赊槎（查）差（差错）楂枒蟆骅虾葭袈裟砂衙枒呀琶杷

七阳
阳杨扬香乡光昌堂章张王（帝王）房芳长（长短）塘妆常凉霜藏（收藏）场央鸯秧狼床方浆舫梁娘庄黄仓皇装殇襄骧相（互相）湘箱创（创伤）亡忘芒望（观望，漾韵同）尝偿樯坊囊郎唐狂强（刚强）肠康冈苍匡荒遑行（行列）妨棠翔良航疆粮穰将（送也，持也）墙桑刚祥详洋梁量（衡量，动词）羊伤汤彰獐猖商防筐煌凰徨纲茫臧裳昂丧（丧葬）漳嫱闾蜣蒋（茹蒋）缰僵羌枪抢（突也）锵疮杭魴盲篁簧惶璜隍攘滰亢廊阆浪（沧浪）琅梁邙旁泌傍（侧也）骧当（应当）珰糖沧鸧尫飏泱殃敫佯

八庚
庚更（更改）羹盲横（纵横）觥彭亨英烹平评京惊荆明盟鸣荣莹（径韵同）兵兄卿生甥笙牲擎鲸迎行（行走）衡耕萌氓甍宏茎罂莺樱泓橙争筝清情晴精睛菁晶施盈楹瀛嬴嬴营婴缨贞成盛（盛受）城诚呈程声征正（正月）轻名令（使令）并（交并）倾萦琼峰撑嵘鹦钪坑铿罂鹦勍

九青
青经泾形刑型陉亭庭廷霆蜓停丁仃馨星腥醒（迥韵同）俜灵龄玲伶零听

（聆听，径韵同）汀冥溟铭瓶屏萍荧萤荥扃垌蜻硎苓舲聆鸰瓴翎娉婷宁暝瞑

十蒸
蒸烝承函惩澄（澄）陵凌绫菱冰膺鹰应（应当）蝇绳渑（音绳，水名）乘（驾乘，动词）升升胜（胜任）兴（兴起）缯冯凭（径韵同）仍兢矜徵（徵求）称（称赞）登灯（镫）僧增曾憎矰层能朋鹏肱薨腾藤恒棱罾崩塍滕崚嶒姮

十一尤
尤邮优忧流旒留骝刘由游遊猷悠攸牛修脩羞秋周州洲舟酬雠柔俦畴筹稠邱抽瘳遒收鸠搜（蒐）骝愁休囚求裘仇浮谋牟眸侔矛侯喉猴讴鸥楼陬偷头投钩沟幽虬樛啾鹙楸蚯赒踌裯惆餱揉勾韝娄琉疣犹邹兜呦售（宥韵同）

十二侵
侵寻浔临林霖针（针）箴斟沉砧（碪）深淫心琴禽擒钦衾吟今襟（衿）金音阴岑簪（覃韵同）壬任（负荷）歆森禁（力能胜任）祲骎嵚参（音深，星名，又音岑的阴平，参差）琛浔

十三覃
覃潭参（参拜，参考）骖南枏男谙庵含涵函（包函）岚蚕探贪耽龛堪谈甘三（数目）酣柑惭蓝担（动词）簪（侵韵同）

十四盐
盐檐（櫩）廉帘嫌严占（占卜）髯谦佥纤签瞻蟾炎添兼缣霑（沾）尖潜阎镰幨黏淹箝甜恬拈砭铦詹兼歼黔钤

十五咸
咸碱函（书函）缄岩谗衔帆衫杉监（监察）凡馋芟搀巉镵

【上声】

（注意：许多上声字现在都读成去声）

一董
董动孔总笼（名词，东韵同）澒桶洞（澒洞）

二肿
肿种（种子）踵宠垄（陇）拥壅冗重（轻重）冢奉捧勇涌（湧）踊（踴）恐拱悚悚耸栱

三讲
讲港棒蚌项

四纸
纸只咫是靡彼毁毇委诡髓累（积累）妓绮觜此蕊徒尔弭婢侈弛豕紫旨指视美否（臧否，否泰）兕几姊比（比较）水轨止市徵（角徵）喜己纪跪技蚁（蚍）鄙晷子梓矢雉死履被（寝衣）垒癸趾以已似耜祀史使（使令）耳里理裹李起杞跂士仕俟始齿矣耻麂枳址峙玺鲤迩氏仳驶巳滓苡倚七跬

五尾
尾苇鬼岂卉（未韵同）几（几多）伟斐菲（菲薄）匪篚

六语
语（言语）圉吕侣旅杼伫与（给予）予（赐予）渚煮汝茹（食也）署鼠黍杵处（居住，处理）贮女许拒炬所楚阻俎沮叙绪屿墅巨宁褚础苣举讵榉粔溆御篹去（除也）

七麌
麌雨宇舞府鼓虎古股贾（商贾）蛊土吐（遇韵同）圃庚户树（种植，动词）煦诩努辅组乳弩补鲁橹覩腐数（动词）簿五竖普侮斧聚午伍釜缕部柱矩武苦取抚浦主枚坞祖愈堵扈父甫怒（遇韵同）禹羽腑俯（俛）罟估赌齿姥鹉偻拄莽（养韵同）

八荠
荠礼体米启陛洗邸底抵弟坛柢涕（霁韵同）悌济（水名）澧醴蠡（范蠡，彭蠡）祢棨诋舣眯

九蟹
蟹解洒楷獬澥枴矮

十贿
贿悔改*采*採*彩**海在*（存在）罪宰*醅*馁*铠*恺*待*殆*怠*倍乃*每载*（载运）

（有*号的字在词韵属《词林正韵》第五部；其余属第三部）

十一轸
轸敏允引尹尽忍准隼笋盾（阮韵同）闵悯泯（真韵同）蚓牝殒紧蠢陨慜

矧哂朕（朕兆）

十二吻
吻粉蕴愤隐谨近（远近）忿（问韵同）

十三阮
阮*远*（远近）晚*苑*返*阪*饭*（动词）偃*寋*（铣韵同）鄢*巘*琬*混本反损衮遁（遯，愿韵同）稳盾（轸韵同）

（有*号的字在词韵属《词林正韵》第七部；其余属第六部）

十四旱
旱暖管琯满短馆（翰韵同）缓盌（翰韵同）碗懒繖（伞）卵（哿韵同）散（散布）伴诞罕灗（浣）断（断绝）侃算（动词）欵但坦袒

十五潸
潸眼简版琖（盏）产限栈（谏韵同）绾（谏韵同）柬拣板

十六铣
铣善（善恶）遣浅典转（自转，不及物动词）衍犬选冕辇免展茧辩辨篆勉翦（剪）卷（同卷）显饯（霰韵同）晪（霰韵同）喘藓软寋（阮韵同）演充件腆鲜（少也）跣缅沔渑（音缅，渑池）缱绻觍殄扁（不正圆，又扁额）单（音善，姓也，又单父，县名）

十七篠
篠小表鸟了晓少（多少）扰绕遶绍杪沼眇矫皎皦杳窈窕袅（嬝）挑（挑引）掉（啸韵同）肇缥缈渺淼茑褭赵兆旐缴缭朓夭（夭折）悄

十八巧
巧饱卯狡爪鲍挠（豪韵同）搅绞拗咬炒

十九皓
皓宝藻早枣老好（好丑）道稻造（造作）脑恼岛倒（仆也）祷（号韵同）擣（捣）抱讨考燥扫（号韵同）嫂保鸨槁草昊浩镐颢缟槔堡阜磙

二十哿
哿火舸觯柁（歌韵同）我娜荷（负荷）可坷左果裹朵锁（鏁）琐堕情妥坐（坐立）裸跛颇（稍也）夥颗祸卵（旱韵同）

二十一马
马下（上下）者野雅瓦寡社写泻（祃韵同）夏（华夏）也把贾（姓贾）假（真假）捨（舍）厦惹冶且

二十二养
养像象仰朗桨奖敞氅枉颡强（勉强）荡惘两曩杖响掌党想榜爽广享丈仗（漾韵同）幌莽（虞韵同）纺长（长幼）上（升也）网荡壤赏倣（仿）罔蒋（姓蒋）橡慷汻恭谠往魍魉鞅

二十三梗
梗影景井岭境警请饼永聘逞颖顷整静省幸颈郢猛丙炳杏秉耿矿颍鲠领冷靖

二十四迥
迥炯挺挺艇醒（青韵同）酪酊并等鼎顶泂肯拯铤

二十五有
有酒首口母*后柳友妇*斗狗久负*厚手守右否*（是否）丑受牖偶阜*九后咎薮吼寻（箒）垢亩*舅纽藕朽臼肘韭剖诱牡*缶*酉苟丑灸笱叩（叩）塿某*莠寿（宥韵同）绶叟

（有*号的字在《词林正韵》中兼入虞韵）

二十六寑
寑饮（饮食）锦品枕（衾枕）审甚（沁韵同）廪衽（袵）稔沈凛懔朕（我也）荏

二十七感
感览揽胆澹（淡，勘韵同）噉（啖）坎惨（憯）敢领撼毯黕糁湛

二十八俭
俭焰敛（艳韵同）险检脸染掩点簟贬冉苒陕谄忝（艳韵同）俨闪剡琰奄歉芡崭

二十九赚
赚槛范减舰犯湛斩黯范

【去声】

一送
送梦凤洞（岩洞）众瓮贡弄冻痛栋仲中（射中，击中）粽讽恸鞚空（空缺）控

二宋
宋用颂诵统纵（放纵）讼种（种植）综俸共供（供设，名词）从（仆从）缝（隙也）雍（州名）重（再也）

三绛
绛降（升降）巷撞（江韵同）

四寘
寘置事地志治（治安，太平）思（名词）泪吏赐自字义利器位戏至次累（连累）伪为（因为）寺瑞智记异致备肆翠骑（车骑，名词）使（使者）试类弃饵媚鼻易（容易）辔坠醉议翅避笥粹侍谊帅（将帅）厕寄睡忌贰萃穗二臂嗣吹（鼓吹，名词）遂恣四骥季刺驷泗寐魅积（储蓄）食（以食食人）被芰懿觊冀愧匮馈（饩）庇泊暨塈概质（抵押）鼓柜篑痢腻被（覆也）秘比（近也）鸷阗啻示嗜饲饲遗（馈遗）意薏祟值识（音志，记也，又标识）

五未
未味气贵费沸尉畏慰蔚魏纬胃渭汇谓讳卉（尾韵同）毅既衣（著衣）

六御
御处（处所）去（来去）虑誉（名词）署据驭曙助絮著（显著）豫箸恕与（参与）遽疏（书疏）庶预语（告也）踞觑饫

七遇
遇路辂赂露鹭树（树木）度（制度）渡赋布步固素具数（数量）怒（虞韵同）务雾鹜骛附兔故顾句墓暮慕募注驻祚裕误悟寤住戍库护屦诉蠹妒惧趣娶铸绔（袴）傅付谕喻妪芋捕哺互孺寓吐（虞韵同）赴冱孺污（动词）恶（憎恶）怖晤

八霁
霁制计势世丽岁济（渡也）第艺惠慧币砌滞际厉涕（荠韵同）契（契约）

269

弊毙帝蔽敝髻锐庆裔袂系祭卫隶闭逝缀翳制替细桂税堉例誓筮蕙诣砺励瘗噬继脆叡（睿）毳沴曳蒂睇妻（以女妻人）递逮棣蓟罽系系彗嗜芮蚋薛荔唳掠粝泥（拘泥）篚嬖繐篲睥睨

九泰
泰*会带*外*盖*大*（箇韵同）旋濑*赖*籁*蔡*害*最贝霭*蔼*沛艾*丐*奈*柰*绘脍（鲙）荟太*懦狈汰*蕞*

（有*号的字在词韵属《词林正韵》第五部；其余属第三部）

十卦
卦*挂*懈廨隘卖画*（图画）派债怪坏诚戒界介芥械薤拜快迈话*败稗晒虿瘥

（有*号的字，词韵属《词林正韵》第十部；其余属第五部）

十一队
队内塞*（边塞）爱*辈佩代*退载*（年也）碎态*背秽菜*对废诲晦昧碍*戴*贷*配妹喙溃黛*吠概*岱肺溉慨*耒块在*（所在）耐*鼐佩*（璀）再*碓乂刈

（有*号的字，词韵属《词林正韵》第五部；其余属第三部）

十二震
震印进润阵镇刃顺慎鬓晋骏闰峻衅振俊（隽）舜吝烬讯仞迅趁橹搢仅觐信轫浚

十三问
问闻（名誉）运晕韵训粪忿（吻韵同）酝郡分（名分）素汶愠近（动词）

十四愿
愿*论（名词）怨*恨万*饭*（名词）献*健*寸困顿遁（阮韵同）建*宪*劝*蔓*券*钝闷逊嫩溷远*（动词）偃*（衍）苑*（阮韵同）

（有*号的字在词韵属《词林正韵》第七部；其余属第六部）

十五翰
翰（翰墨）岸汉难（灾难）断（决断）乱叹（寒韵同）观（楼观）翰榦散（解散）旦算（名词）玩（翫）烂贯半案按炭汗赞瓒漫（寒韵同，又副词独用）冠（冠军）灌爨窜幔粲灿换焕唤悍弹（名词）惮段看（寒韵同）判叛

涣绊盥鹳幔畔锻腕惋馆（旱韵同）

十六谏

谏雁患（删韵同）涧间（间隔）宦晏慢盼豢栈（潸韵同）惯串绽幻瓣苋卯办绾（潸韵同）

十七霰

霰殿面眄（铣韵同）县变箭战扇膳传（传记）见砚院练炼燕宴贱馔荐绢彦掾便（便利）眷面线倦羡奠徧（遍）恋啭眩钏倩卞汴片禅（封禅）遣善（动词）溅饯（铣韵同）转（以力转动，及物动词）卷（书卷）甸钿（先韵同）电嚥旋（已而，副词）

十八啸

啸笑照庙窍妙诏召邵要（重要）曜耀（爝）调（音调）钓吊叫少（老少）眺诮料疗潦掉（碉韵同）峤徼（边徼）烧（野火）

十九效

效咥教（教训）貌校孝闹豹罩櫂（棹）觉（寤也）较乐（喜爱）

二十号

号（号令，名号）帽报导祷（皓韵同）操（所守也）盗噪灶奥告（告诉）诰暴（强暴）好（喜好）到蹈劳（慰劳）傲耗躁造（造就）冒悼倒（颠倒）爆燥扫（皓韵同）

二十一箇

箇个個贺佐大（泰韵同）饿过（经过，歌韵同，又过失，独用）和（唱和）挫课唾播座坐（行之反，又同座）破卧货涴簸轲（轗轲）

二十二祃

祃驾夜下（降也）谢榭罢夏（春夏）霸暇灞嫁赦藉（凭藉）假（借也，又休假）蔗炙（音蔗，炮火，名词）化舍（庐舍）价射骂稼架诈亚麝怕借泻（马韵同）卸帕

二十三漾

漾上（上下）望（观望，阳韵同，又名望，独用）相（卿相）将（将帅）状帐浪（波浪）唱让旷壮放向响仗（养韵同）畅量（度量，数量，名词）葬匠障瘴谤尚涨饷样藏（库藏）舫访贶嶂当（适当）抗酿妄伧宕怅创（开创）

酱况亮傍（依傍）丧（丧失）恙王（王天下，霸王）旺

二十四敬
敬命正（正直）令（命令）政性镜盛（多也）行（品行）圣咏姓庆映病柄郑劲竞净竟孟净獍更（更加）并（合并）聘横（横逆）

二十五径
径定馨磬应（答应）乘（车乘，名词）赠媵佞称（相称）邓莹证孕兴（兴趣）剩（賸）凭（蒸韵同）迳甑听（聆也，青韵同，又听从，独用）胜（胜败）宁

二十六宥
宥候就授售（尤韵同）寿（有韵同）秀绣宿（星宿）奏富*兽门漏陋狩昼寇茂旧胄宙袖（褎）岫柚覆（盖也）救厩臭佑（祐）囿豆窦瘦漱咒究疚谬皱近嗅遘溜镂逗透骤又幼读（句读）副*

（有*号的字在《词林正韵》中兼入遇韵）

二十七沁
沁饮（使饮）禁（禁令，宫禁）任（负担）荫浸潜谶枕（动词）甚（寝韵同）喋

二十八勘
勘暗（闇）滥啖（啖）担（名词）憨缆瞰暂三（再三）绀憨澹（感韵同）轞

二十九艳
艳（艷）剑念验赡壂店忝（俭韵同）占（占据）敛（聚敛，俭韵同）厌焰（俭韵同）垫欠僭酽溅滟玷（俭韵同）

三十陷
陷鉴监（同鉴，又中书监）泛梵忏赚蘸嵌

【入声】

一屋
屋木竹目服福禄谷熟谷肉族鹿漉腹菊陆轴逐苜蓿牧伏宿（住宿）夙读（读书）犊渎牍黩毂复粥肃碌鹔鹴育六缩哭幅斛戮仆畜蓄叔淑菽俶倏独卜馥沐速

祝麓辘恧镞簇蹙筑穆睦秃縠覆（翻也）辐瀑曝（暴）郁舳掬鞠蹴踘袱复蝮鹄鹏髑

二沃
沃俗玉足曲粟烛属录辱狱绿毒局欲束鹄梏告（音梏，忠告）蜀促触续浴酷躅祷旭欲笃督赎劚项蓐渌騄

三觉
觉（知觉）角桷榷岳（岳）乐（礼乐）捉朔数（频数）卓研啄（矸）琢剥驳（驳）雹璞朴（朴）壳确浊濯擢渥幄握榷涿

四质
质（性质）日笔出室实疾术一乙壹吉秩密率律逸（佚）失漆栗毕恤（卹）蜜橘溢瑟膝匹述僄黜跸弼七叱卒（终也）虱番戌嫉帅（动词）蒺佚铚蹛怵潏蟋蟀笔策宓必筚秫栉窸飋

五物
物佛拂屈郁乞掘（月韵同）讫吃（口吃）绂黻弗衡勿迄不绋

六月
月骨发阙越谒没伐罚卒（士卒）竭窟笏钺歇发突忽袜鹘（黠韵同）厥蹶蕨曰阅筏歇殁橛掘（物韵同）楬揭蝎勃圪阢（屑韵同）孛渤揭（屑韵同）碣（屑韵同）

七曷
曷达末阔活钵脱夺褐割沫拔（拔起）葛阏渴拨豁括抹遏挞跋撮泼斡秣掇（屑韵同）怛妲秳栝獭（黠韵同）刺

八黠
黠拔（拔擢）鹘（月韵同）八察杀刹轧戛瞎獭（曷韵同）刮刷滑辖铩猾捋

九屑
屑节雪绝列烈结穴说血舌洁别缺裂热决铁灭折拙切悦辙诀泄洩咽喳杰彻澈哲鳖设啮劣掣玦截窃孽浙子桔颉拮撷揭（月韵同）缬襭齾（月韵同）羯碣（月韵同）挈抉褻薛拽（曳）爇冽臬蘖瞥撒迭跌阅辍掇（易韵同）

十药
药薄恶（善恶）作乐（哀乐）落阁鹤爵弱约脚雀幕洛壑索郭错跃若酌托

削铎凿却鹊诺萼度（测度）橐漠钥著（着）虐掠获泊搏籥锷霍嚼勺谑廓绰霍镬莫篧缚貉濩各略骆寞膜鄂博昨柝拓

十一陌
陌石客白泽伯迹（迹）宅席策册碧籍（典籍）格役帛戟璧驿麦额柏魄积（积聚）脉夕液尺隙逆画（同划）百辟虢赤易（变易）革脊获翮屐适帻厄（厄）隔益窄核覈舄掷责坼惜癖辟僻掖腋释译峄择摘奕帟迫疫昔赫瘠谪亦硕貊跖（蹠）䧿碛踖袼只炙（动词）跞斥吓岁皙淅鬲骼舶珀

十二锡
锡壁历枥击绩笛敌滴镝檄激寂觋析溺觅狄荻幂鹢戚感涤的喫沥霹雳惕剔砾翟籴倜

十三职
职国德食（饮食）蚀色力翼墨极息直得北黑侧贼饰刻则塞（闭塞）式轼域殖植敕（勒）饬棘惑默织匿亿臆特勒劾仄昃稷识（知识）逼（偪）克即弋拭陟测翊恻洫穑鲫鹡（鹟）克嶷抑或

十四缉
缉辑戢立集邑急入泣湿习给十拾袭及级涩粒揖楫（叶韵同）汁蛰笠执隰汲吸絷茸挹浥岌饟悒熠

十五合
合塔答纳榻阖杂腊蜡匝阖蛤衲沓楹鸽踏飒拉遝盍塌哑

十六叶
叶帖贴牒接猎妾蝶叠箑惬涉鬣捷颊楫（楫，缉韵同）摄蹑协侠荚魇睫浃慑愲蹀挟铗靥燮奢摺袙馌踏辄婕屧聂镊渫谍堞䐑

十七洽
洽狭（陜）峡法甲业邺匣玉鸭乏怯劫胁插锸歃押狎袷箑夹恰峡硤

参考文献

[1] 王力. 诗词格律 [M]. 北京：中华书局，2000.

[2] 申忠信. 诗词格律三十三讲 [M]. 北京：商务印书馆国际有限公司，2017.

[3] 叶嘉莹. 唐宋词十七讲 [M]. 北京：北京大学出版社，2007.

[4] 黄伯荣，廖序东. 现代汉语（增订六版）[M]. 北京：高等教育出版社，2017.

[5] 上海辞书出版社文学鉴赏辞典编纂中心. 唐诗鉴赏辞典（珍藏分卷本）壹至肆 [M]. 上海：上海辞书出版社，2023.

[6] 上海辞书出版社文学鉴赏辞典编纂中心. 宋词鉴赏辞典（珍藏分卷本）壹至陆 [M]. 上海：上海辞书出版社，2023.

[7] 李梦生注译. 千家诗全解 [M]. 上海：复旦大学出版社，2023.

[8] 李梦生解. 宋诗三百首全解 [M]. 上海：复旦大学出版社，2021.

[9] 道纪居士解译. 乐府诗集 [M]. 北京：中国纺织出版社，2017.

[10] 赵京战. 中华新韵（十四韵）[M]. 北京：中华书局，2011.

后 记

四十多年前，我很想把古诗词学好，这是我中学时代的梦想。为了实现这个梦想，我常年潜心研习古诗词，并从古诗文网、百度文库、百度教育、百度百科、360个人图书馆等互联网上广泛阅读学习有关古诗词的佳作，获益匪浅。同时，我潜心钻研、消化吸收，历时数年，集百家之长，将古诗词写作与现代汉语知识融为一体，编成《古诗词欣赏与写作》一书，以供交流。付梓之时，甚感欣慰。同时对所有原创者和本书编审、责任编辑、责任校对、装帧设计等有关人员表示衷心的感谢！

在本书编写期间，我得到一些朋友的鼓励，这增强了我完成写作的勇气、信心和决心。同时十分荣幸地得到老领导赵文图先生的细心审阅与指导，还有李柏生、郭玉梅等老师给予的宝贵意见，为本书增色添香。如果没有他们的鼓励、支持和指导，此书难以完成。在此，也向他们表示真诚的感谢！

由于本人学识浅薄，水平有限，书中存在差错在所难免，敬请广大读者批评指正。同时很高兴与读者分享我的学习成果，这也是对自己的鼓励和鞭策。

李 民

2025 年 5 月 24 日